© 2022 Matheus Vander Campos. Todos os direitos reservados.

Este trabalho está protegido pelas leis de direitos autorais e outros direitos de propriedade intelectual. Qualquer reprodução, distribuição ou exibição pública deste trabalho, no todo ou em parte, sem a permissão expressa do autor, é estritamente proibida.

Preparação de texto, revisão, capa, diagramação: Matheus Vander Campos.

Sinopse;

No coração de uma floresta onde o real e o sobrenatural se entrelaçam, Jack Aidan se depara com um mundo onde criaturas lendárias ganham vida, mitos antigos ressurgem, e a magia se torna a única arma de sobrevivência. Em meio a sombras que escondem medos ancestrais, Jack descobre ser o último de sua espécie—o derradeiro elfo em um universo devastado pela extinção.

Preso em uma teia de segredos antigos e forças sombrias que ameaçam não apenas sua vida, mas o próprio equilíbrio do mundo, Jack deve encarar o desconhecido e, mais aterrorizante ainda, a verdade sobre sua origem. Em sua jornada para salvar o futuro, ele enfrentará inimigos formidáveis e revelações que testarão sua coragem, desafiando-o a descobrir o que significa ser o último de sua linhagem.

"Uma brisa fria acaricia seu rosto, enquanto ele solta um suspiro profundo, relembrando momentos que o tempo não trará de volta.

Seu olho esquerdo, único e expressivo, começa a lacrimejar, uma única lágrima escorrendo suavemente pela sua face. A gota salgada percorre lentamente o caminho até o seu fim.

O céu, que antes exibia nuvens serenas, transforma-se abruptamente, ganhando tonalidades obscuras. Uma chuva gélida começa a cair impiedosamente, como se até o próprio clima lamentasse.

Num simples piscar de olhos, a atmosfera se torna sombria. Ele fecha os olhos, vira-se de costas para o passado e, com passos pequenos, inicia sua gigantesca jornada. Enquanto caminha, a narrativa revela a trajetória de um herói improvável, um simples garoto destinado a salvar o mundo."

Primeiro capítulo: O recado.

Em um típico sábado de verão, no coração do interior, em uma rústica casa de campo, residia Jack Aidan, um garoto de dez anos. O garoto não esbanjava nada de impressionante, ele era de forma peculiar, comum, possuía cabelos castanhos e ondulados, junto a olhos escuros, trajava uma camisa branca e uma calça preta. À primeira vista, apenas mais um garoto normal desfrutando da vida no campo. No entanto, como muitas histórias começam, este dia de verão aparentemente comum, seria o ponto que mudaria drasticamente a vida do pequeno Jack.

Jack morava com sua prima, Eliza, uma mulher de vinte e seis anos, que assumia a responsabilidade de cuidar de Jack desde que seus pais faleceram em um fatídico acidente. Diferentemente de Jack, ela exibia uma pele rosada, cabelos lisos em tons de brancos e olhos azuis. Suas orelhas eram grandes e pontudas, ligeiramente curvadas para o lado. Trajava uma regata branca, calça preta e botas que pareciam harmonizar perfeita com o resto da roupa. Eliza irradiava uma presença única. Ela sempre carregava consigo um colar no formato de flechas que parecia nunca ter sido removido de seu pescoço.

A casa de Jack e Eliza era uma modesta construção de madeira, envolta por um charme antigo e rústico. Com dois andares, a residência exalava simplicidade e aconchego. Ao entrar, o espaço era dividido de maneira prática, com a cozinha ocupando o lado esquerdo, uma escadaria central conduzindo ao andar superior e o banheiro situado no lado direito.

A cozinha, com suas paredes de madeira desgastada, emanava o aroma reconfortante de refeições caseiras. A escadaria, marcada pelo desgaste do tempo, conduzia ao coração do lar no andar superior. O quarto compartilhado por Jack e Eliza era o refúgio acolhedor onde a simplicidade se misturava à história da vida no campo. Era um lugar onde a rusticidade da madeira se encontrava com a intimidade de seus moradores.

O quarto era realçado pelos móveis de madeira desgastados pelo tempo. Armários de aspecto antigo, baús robustos e duas camas simples, uma para Eliza e outra para Jack, compunham o cenário. A decoração era minimalista, mas cada peça contava a história da vida naquele campo. O ambiente transmitia a sensação de um refúgio seguro, onde a simplicidade se unia à história, proporcionando conforto aos seus habitantes.

Aos sábados, Jack e Eliza desfrutavam de longas caminhadas até a cidade, um trajeto que, apesar de longo, se tornava uma jornada repleta de diálogos animados e brincadeiras entre os dois. O caminho transformava-se em uma oportunidade única para fortalecer os laços familiares, enquanto compartilhavam histórias, risadas e experiências ao longo da estrada rural que ligava ao centro da cidade. Era um momento especial em que a simplicidade do percurso se transformava em um cenário vivo de conexão entre primos, revelando a beleza das relações que se desenvolviam durante os anos.

O dia transcorreu tranquilamente, com a aparência de ser mais um dia lindo e comum. Durante o trajeto para a cidade, tudo transcorreu sem incidentes. No entanto, na volta, no meio da multidão de pessoas que estavam na cidade, Eliza começou a perceber algo estranho. Em meio à agitação da multidão, quatro figuras prenderam sua atenção, envoltas em capas negras e máscaras que ocultam completamente seus corpos e rostos. Estavam imóveis a uma certa distância, sem se mexerem, como estátuas, apenas encarando Jack e Eliza. A presença nefasta era percebida apenas por Eliza, enquanto a normalidade ao redor permanecia alheia ao perigo que se aproximava.

As máscaras que usavam, sinistros adereços que escondiam suas faces, tinham o formato de máscaras de teatro, porém sem muitos detalhes. Apenas um único sorriso diabólico e assustador estava talhado na máscara, com olhos negros de formato ameaçador, lançando uma aura de enigma e frieza. A única distinção entre eles era a cor das máscaras: amarela, vermelha, azul e branca. A atmosfera pacífica do dia rapidamente se transformou em suspense, e a presença oculta dos mascarados lançou uma sombra de inquietude sobre a tranquila paisagem.

O enigma que perturbava a serenidade do momento só era perceptível para Eliza, enquanto Jack e o restante das pessoas que estavam lá permaneciam alheios ao perigo que se aproximava. A ameaça se desdobrava silenciosamente, envolvendo-os em um mistério sombrio que pairava sobre a aparente normalidade do dia

Eliza não conseguia desviar o olhar deles, como se tivesse passado uma eternidade os encarando, embora apenas três segundos tivessem se passado. Ela continuava fixando os mascarados, quando de repente, um cidadão passou na frente de Eliza, quebrando o contato visual com os misteriosos personagens. Assim que o civil saiu de sua visão, os mascarados que a encaravam simplesmente desapareceram.

Um arrepio percorreu a espinha de Eliza, que começou a olhar desesperadamente para todos os lados em busca dos mascarados, mas sem sucesso. O desaparecimento repentino deixou Eliza em pânico; ela estava suando frio, sua barriga doía, e seu corpo tremia, revelando o nervosismo que a consumia. O encontro fugaz com aqueles seres sombrios deixou um rastro palpável de inquietude e mistério em seu rastro.

Jack, que tal acelerarmos um pouco o passo? — sugeriu Eliza com um toque de preocupação em sua voz.

— Algum problema? — indagou Jack.

— Não, nenhum, mas se demorarmos mais, perderemos nosso treinamento de arco e flecha. - Revelou Eliza, tentando dissimular sua inquietação.

Todas as noites, desde que Jack tinha cinco anos, Eliza dedicava-se a ensinar arco e flecha ao garoto. Eliza costumava dizer a Jack que essa prática era um hábito típico de seus ancestrais.

Jack observa o céu e questiona, notando que ainda era dia, sugerindo que não havia urgência em retornar para casa. Em resposta, Eliza menciona que, em breve, começaria a chover, e se não voltassem agora, a chuva impediria o treinamento deles mais tarde.

Apesar da falta de sinais iminentes de chuva no céu, Jack conhecia bem a peculiar habilidade de Eliza: seu olfato incrivelmente aguçado para prever o tempo. Sem questionar, confiou na intuição de sua prima e acatou a decisão. Assim, prima e sobrinho começaram a jornada de volta para casa.

Ao chegarem em casa, tudo parecia normal, mas Eliza não conseguia afastar os pensamentos sobre os mascarados. Havia uma sensação de familiaridade incômoda. Jack, percebendo a expressão preocupada de Eliza, indagou com delicadeza:

— Está tudo bem?

— Sim, está tudo bem. Por que acha que eu estaria com algum problema?

— Tenho notado que você está um pouco diferente desde que saímos do mercado. Eliza, sei que algo está acontecendo. Não precisa esconder de mim.

Eliza, relutante em compartilhar a verdadeira preocupação que a assombra, respondeu com um tom ansioso:

— Você está certo, há algo na minha mente. Já faz cinco minutos desde que chegamos, e ainda não começamos o treinamento — disse

Eliza, como se as sombras do seu segredo pairasse discretamente entre as palavras, desviando a atenção do cerne de sua inquietação.

Jack percebeu que Eliza não estava inclinada a compartilhar o que a incomodava e resolveu não pressionar. — Tudo bem, deixemos isso para lá. Mas desta vez, será impossível você ganhar. — Comentou Jack voltando o foco para o treino.

Jack e Eliza, após equiparem-se em casa com flechas e arcos, adentraram na floresta próxima de sua residência. Ao caminharem, chegaram a uma área circular sem árvores, apenas com gramas e alguns buracos. Esse espaço era o local escolhido por Eliza para seus treinos, evidenciado por diversas flechas cravadas em árvores e marcas de batalhas.

— Hoje, não será apenas um treino de tiro ao alvo, mas sim um duelo entre nós dois — disse Eliza, com um brilho desafiador nos olhos.

A expressão de Jack passa de confiante para ansiosa. Ele recorda do último duelo que teve com sua prima, onde por pouco não perdeu o braço. Contudo, de maneira anormal, Eliza sempre encontra um meio de curar os ferimentos de Jack. O histórico de confrontos entre os dois deixa uma tensão palpável no ar, fazendo com que cada fala de Jack seja carregada com a memória dos desafios anteriores.

Jack permanece em silêncio, apenas retirando seu arco dos ombros e o preparando com uma flecha retirada da aljava equipada em suas costas. Ele mira em direção a Eliza.

Eliza, notando as mãos trêmulas de Jack, tenta aconselhá-lo. — Jack, respire. Se ficar nervoso, não vai conseguir m...

Antes que Eliza termine sua frase, Jack dispara uma flecha em direção ao rosto dela. Sem demonstrar expressão em seu rosto, Eliza de maneira fria e anormalmente rápida, pega a flecha com sua mão direita e a quebra ao meio sem aparentar esforço. Entretanto, ao abaixar a mão e soltar a flecha, percebe que Jack não está mais em sua frente.

Eliza começa a andar pelo campo, aproximando-se de um buraco, quando Jack, em um salto impressionante, emerge do buraco e acerta um gancho de direita no queixo de sua prima.

Eliza cai no chão. Inicialmente, Jack começa a rir, mas à medida que o tempo passa e Eliza permanece imóvel por quase dois minutos, seu riso se transforma em preocupação. Jack, agora ansioso, chama por Eliza repetidamente, mas não recebe resposta.

Preocupado, Jack corre em direção para ajudá-la. No entanto, antes que Jack consiga chegar até ela, Eliza bruscamente puxa o pé de Jack. Ao cair no chão, Eliza o surpreende, imobilizando-o com uma chave de braço. A expressão de Jack muda rapidamente para frustração e susto diante da habilidade repentina de Eliza.

"Vamos, Jack, desista, ou vou quebrar seu braço." As palavras de Eliza ecoam ameaçadoramente. Jack tenta se soltar, mas suas tentativas são em vão. Ele conhece bem o tom sério de Eliza; não seria a primeira vez que ela quebraria alguma parte dele em um duelo. No entanto, o orgulho de Jack é colossal, um orgulho que rivaliza com a realeza. Ele se recusa a desistir.

Muitos segundos se arrastam enquanto Jack persiste, mas a paciência de Eliza se esgota. — Pois bem, Jack. — Ela profere essas palavras e, logo em seguida, um som de algo quebrando preenche o ar, acompanhado por um grito ensurdecedor e agoniante que vem da garganta de Jack. O grito é tão desesperador, que reverbera no ar da floresta e assusta os pássaros, fazendo-os voar. Quando o grito cessa, Jack perde a consciência

Jack é acordado por um barulho de trovão seguido por incontáveis gotas de chuvas. Quando abre os olhos, percebe que o ambiente mudou completamente. Ele não está mais na floresta; está em sua própria casa, deitado e coberto em sua cama. Ao lado, uma sopa esfriando. Jack descobre e examina seu braço. Para sua surpresa, não há ferimentos, dor ou marcas. Uma sensação estranha e inquietante o envolve. Como isso é possível? Ele se questiona, lembrando-se de outras ocasiões em que estava certo de ter quebrado algum osso, apenas para encontrá-lo perfeitamente intacto em seguida. A sensação ruim toma conta dele, deixando uma atmosfera de desconforto pairando no ar.

Jack, atordoado pelas revelações e eventos sobrenaturais recentes, estava repleto de questionamentos sobre a verdadeira natureza de Eliza. A dúvida sobre se ela era realmente sua prima ecoava em sua mente, lançando uma sombra de incerteza sobre o relacionamento que eles compartilhavam. A busca por respostas tornava-se imperativa, pois Jack ansiava por compreender a realidade por trás dos eventos extraordinários que começavam a moldar sua vida de forma inesperada.

Jack, mesmo descalço, decide deixar a cama e descer as escadas em busca de Eliza.

Eliza, imersa na rotina da cozinha, percebe a presença de Jack por trás, sem se virar para encará-lo. De forma casual, pergunta sobre a sopa e pede desculpas pelo treino intenso, assegurando que todas as suas ações visam o bem de Jack, preparando-o para enfrentar os desafios futuros.

O silêncio que segue perturba Eliza, levando-a virar-se para olhar Jack. Nesse instante, percebe que não é o garoto que está atrás dela, mas sim o ser de máscara branca, o mesmo que havia visto na cidade. Antes que Eliza possa reagir, o mascarado ergue a mão em direção ao seu pescoço, iniciando um estrangulamento. A cozinha tranquila transforma-se em um cenário de tensão, enquanto Eliza se vê presa em um ameaçador.

Eliza, em desespero, debate-se enquanto Jack, ao descer as escadas, se depara com a cena chocante. Um ser alto, vestido com um manto preto, está de pé em sua cozinha, enforcando Eliza. O susto toma conta de Jack, pois a presença do mascarado é inexplicável e ameaçadora.

Movido pela urgência de salvar Eliza, Jack corre em direção ao mascarado. No entanto, de forma misteriosa, o mascarado solta Eliza e desaparece diante dos dois, deixando para trás um rastro de perplexidade e inquietação. O ambiente antes silencioso agora é preenchido pela respiração pesada de Eliza, e a sensação de Jack, que algo além da compreensão acaba de ocorrer.

Eliza permanece de joelhos no chão, tossindo e tentando recuperar o fôlego. Jack se aproxima dela, agachando-se para melhor observá-la. Ela tenta falar, mas apenas tosses escapam de seus lábios. Sentindo a necessidade de ajudar, Jack se levanta e busca um copo d'água para Eliza. Ao beber a água, ela finalmente consegue recuperar a voz e iniciar uma conversa com Jack. O silêncio tenso que pairava no ambiente começa a se dissipar.

— Eliza, você está bem? — perguntou Jack, preocupado com sua prima.

Eliza, em resposta, não aborda diretamente a preocupação de Jack, apenas o instrui:

— Jack, tranque-se no quarto. Saia apenas quando eu mandar.

— Eu não vou deixar você sozinha. Deixe-me ajudar, Eliza, por favor. Você poderia ter morrido.

— Não se preocupe, garoto. Eu sei me virar. Apenas suba as escadas.

Jack hesita por um momento, mas decide obedecer. No entanto, antes que ele consiga subir as escadas, um vento acompanhado por uma chuva intensa o interrompe, abrindo a porta com violência e varrendo tudo em seu caminho. As janelas se quebraram, os cacos voaram pelo ar, mas, por sorte, nenhum dos dois ficou ferido. Jack tenta desesperadamente fechar a porta, mas é inútil. Ele é simplesmente empurrado e derrubado pelo poderoso vento. Eliza, que ainda estava de joelhos, se levanta e caminha até a porta. Estranhamente, com apenas uma mão, ela consegue fechá-la. Logo após o fechamento da porta, a chuva continua, mas os ventos ameaçadores cessam abruptamente.

Eliza, após fechar a porta, se acalma e decide verificar como Jack está. Ela percebe que, ao ser jogado, Jack bateu a cabeça na escada e desmaiou. Preocupada, Eliza se aproxima para tratar do ferimento de Jack. No entanto, antes que ela consiga começar, um barulho de algo quebrando ecoa pelo ar. Ao olhar na direção do som, Eliza se depara com outro mascarado. Dessa vez, o intruso era o de máscara azul, que havia pisado nos cacos no chão.

Sem hesitar, Eliza aponta a palma da mão na direção do mascarado e grita com uma intensidade assustadora:

— WEERLING! — De maneira bizarra e anormal, um relâmpago laranja e vermelho explode de sua mão, indo em direção ao mascarado, cortando o ar com um zumbido elétrico que ecoa de forma assustadora. No entanto, para a surpresa de Eliza, o mascarado desvia facilmente, revelando ser um oponente difícil.

Mesmo surpresa, ela aproveita a oportunidade e a distância, e agarra Jack, coloca-o rapidamente em seus braços e inicia uma fuga desesperada

O mascarado, em vez de perseguir Eliza, permanece imóvel, observando enquanto os fugitivos adentram a floresta. De repente, ele começa a desaparecer pelo chão, como se fosse absorvido por ele, simplesmente passando através dele e desvanecendo-se

.

Mesmo com a chuva caindo em seu rosto, Eliza não deixa de correr. Após longos minutos correndo, Eliza chega à área de treino de arco e flecha. Com pressa, ela esconde Jack em um dos buracos, procurando protegê-lo enquanto avalia a situação.

Após escondê-lo, Eliza percebe a presença de alguém atrás dela. Dessa vez, o ser em questão era o mascarado amarelo. Eliza se vira e pergunta, com uma mistura de medo e raiva:

— Quem são vocês? O que querem conosco? — indaga Eliza, encarando o mascarado amarelo, cuja risada psicopata ecoa por trás da máscara.

O mascarado amarelo, com uma risada psicopata ecoando por trás da máscara, responde:

— Ah, minha cara Eliza, as respostas que busca são como as sombras que dançam nos limites da loucura. Vocês despertaram algo que estava adormecido, e agora, nesta dança macabra, vocês são peças centrais. Mas não se preocupe, o espetáculo está apenas começando. E, como qualquer boa peça, há uma dose de caos e surpresa reservada para todos. Prepare-se para os atos que virão, pois vocês são os protagonistas involuntários desta trama surreal.

Eliza com raiva grita:

— Me responde, quem diabos são vocês, e qual o motivo por trás desse ataque?

Chuva fica mais forte e antes do mascarado responder, um trovão ensurdecedor escoa ao redor deles. O mascarado, em meio a risos distorcidos, murmura de forma psicótica:

— Simples. Sem enrolação. Eliza, viemos para desfrutar do espetáculo da sua morte. Estamos aqui para lhe dar o privilégio de ser a estrela principal desta noite macabra. Eu quero ver você sangrar. Não apenas por um motivo especial, mas porque é divertido! Ver a vida saindo de seus olhos é muito excitante. Eu sou um psicopata sedento, eu estou louco Eliza, a única coisa que vai me saciar é a morte e neste circo de horrores, você é a próxima atração. Mas não se preocupe, depois de brincar com você, vou fazer uma visita ao seu primo. Ah, a diversão nunca termina!

— Por que querem minha morte? O que ganham com isso? Essa insanidade é apenas um jogo para vocês?

O mascarado amarelo, com um riso insano, responde:

— Por que queremos sua morte? Ah, minha cara, a pergunta certa seria: por que não? A diversão está em assistir sua vida se despedaçar, querida Eliza. A morte é a dança final, e todos vocês estão convidados para o espetáculo! Nada como um homicídio para animar a noite, não é mesmo?

Nesse momento, mais um trovão acontece, porém, agora muito mais alto e assustador. Jack que estava desmaiado surge desorientado do buraco que estava escondido, olhando para Eliza em busca de respostas. A expressão confusa em seu rosto denota a falta de compreensão da situação. Jack chama sua prima e pergunta o motivo deles estarem ali. Eliza, com urgência e temor, solta um grito abafado e comanda Jack a correr, como se a simples presença dele pudesse desencadear uma ameaça maior.

O mascarado amarelo, em uma atitude sádica e psicótica, começa a gargalhar de maneira descontrolada, batendo palmas como se estivesse extremamente satisfeito pela presença de Jack na cena. Suas risadas ecoam de maneira perturbadora, criando um ambiente de tensão e incerteza.

Jack, longe de levar a sério a situação, não só manda o mascarado calar a boca como também o chama de palhaço, expressando seu desdém pela situação.

O mascarado, em um surto de loucura, começa a gritar o nome de Jack de maneira enlouquecida. Após vários gritos, uma risada diabólica ecoa pelo ambiente. Ele então transforma os dedos de sua mão em várias navalhas. Surpreendentemente, ao invés de atacar Jack, ele começa a se golpear freneticamente no abdômen, em um gesto insano e autodestrutivo.

Após uma série de golpes, as navalhas estavam encharcadas de sangue, mas, surpreendentemente, o mascarado não demonstrava dor, apenas ria histericamente. Apontando as navalhas para Jack, ele pergunta se o garoto gostaria de provar o sangue dele. Sem dar tempo para resposta, cinco navalhas voam em direção a Jack, que fica sem reação diante do ataque iminente. Contudo, sua prima Eliza salta à frente, recebendo os golpes no lugar de Jack. Ela fica com cinco cortes em seu corpo, alguns no braço direito e outros no abdômen e peito.

O mascarado, ainda rindo de forma ensandecida, olha para Eliza e diz: "Ah, que feio em Eliza, sua vez vai chegar, não precisa furar a fila."

Jack, encharcado pela chuva em meio ao temor e preocupação, segura a mão de Eliza com firmeza.

— Eliza, você está bem? Por favor, precisamos sair daqui! — Dizia Jack com um tom temeroso.

— Estou bem, Jack. Por favor, saia... — Antes que ela pudesse terminar sua fala, Eliza é tomada por uma tosse violenta, seguida de vômito. O líquido que expelia estava misturado com sangue, e Jack percebe que uma das navalhas atingiu o coração de sua prima. O desespero toma conta de Jack, que suplica pela vida de Eliza com lágrimas nos olhos que se ocultavam na forte chuva.

Eliza se ajoelha, no entanto, ao invés de ceder ao desespero, Eliza fecha os olhos e pensa nas navalhas dentro de seu corpo. De maneira surpreendente, as navalhas caem no chão, e os ferimentos que antes jorravam sangue se fecham, deixando Jack atônito diante da cena inexplicável.

— Eliza, como você fez isso? — Jack estava aliviado pelo bem de sua prima, porém ainda abismado com tudo o que estava ocorrendo. Ele queria saber o que Eliza era.

— Jack, corra. Eu me viro aqui. Irei te explicar tudo mais tarde, eu prometo. — Eliza sussurra, ficando em pé aos poucos, ainda se recuperando, enquanto Jack relutantemente aceita sua orientação e começa a se afastar do local, lançando olhares preocupados para trás.

Nesse momento de tensão, o mascarado, pronto para atacar Jack, irrompe com uma risada maníaca e diz:

— Você acha que eu vou permitir?

O mascarado se preparava para avançar ferozmente na direção de Jack, assemelhando-se a uma besta prestes a atacar. Contudo, antes que pudesse iniciar seu movimento, uma voz sombria e grave ecoou pelo ar, impondo-se com autoridade e firmeza, como se pertencesse a um monarca dominador.

— Pare! — A voz grave e sombria ecoa, cortando o ar com autoridade.

O mascarado, antes impulsionado para a frente, congelou no lugar. Seus olhos, mesmo por trás da máscara, denotavam surpresa e respeito diante da voz que acabara de interrompê-lo. Jack e Eliza, perplexos, observavam a cena enquanto o mascarado se via momentaneamente contido.

Jack, percebendo a chance de escapar, corre velozmente, desaparecendo da visão do mascarado amarelo, que permanecia paralisado.

A voz sombria e grave ressoa novamente, desta vez carregada de ira:

— Como ousa desrespeitar minhas ordens? Eu falei claramente que o garoto não era para ser ferido.

O mascarado amarelo, com uma voz trêmula, responde:

— Peço desculpas, senhor. Eu asseguro que o garoto não foi ferido, ele está ileso. Eu não falharei novamente, por favor, me dê outra chance.

A chuva que ainda caía intensificava-se, e um raio corta o céu próximo ao lado direito do mascarado amarelo, arremessando-o ao chão. O impacto do raio cria uma nuvem densa de fumaça. À medida que a neblina se dissipa, três silhuetas imponentes emergem. A figura central, mais à frente, revela-se como o mascarado vermelho, o suposto dono da voz. À sua direita, um pouco mais recuado, o mascarado azul. No lado oposto, destaca-se o mascarado branco. A presença dos três mascarados cria uma atmosfera de intensidade, envolvendo tanto Eliza quanto o mascarado amarelo em uma aura de imponência.

O vermelho olha para o amarelo caído no chão. Então com uma fúria na voz ele profere ao mascarado: — Você é um lixo, amarelo, um animal descontrolado. Fui explícito sobre a ordem de não machucar o garoto. Ele faz parte do plano do mestre, e você ousou desrespeitar minhas instruções. Está querendo que eu o elimine também? Seja grato por eu permitir que você ainda respire. Se houver mais uma falha de sua parte, não hesitarei em cortar esse elo fraco.

Amarelo se levanta, curvando-se diante do Vermelho, e, com um tom de voz humilde, pede desculpas. Ele assegura que não repetirá o erro, prometendo ser mais cuidadoso no futuro.

O mascarado vermelho, ignorando o amarelo, direciona seu olhar para Eliza. Nesse momento, o mascarado amarelo se junta aos outros três, formando uma linha imponente. Um raio caiu atrás deles, iluminando suas máscaras e intensificando a aura temível que paira sobre eles.

Eliza, mantendo-se firme, repete o questionamento sobre a identidade deles, desta vez dirigindo-se ao mascarado vermelho. Sua expressão revela uma mistura de determinação e temor. Desta vez Eliza obtém uma resposta.

Os mascarados, alinhados e imponentes, encaram Eliza. O mascarado vermelho, com uma voz grave e autoritária, finalmente responde à pergunta:

— Somos conhecidos como os Cavalheiros do Apocalipse. Eu, com minha máscara vermelha, atendo pelo nome de Hades, o Cavaleiro do Submundo. O amarelo, chamado Loki, assume o papel de Cavaleiro da Trapaça. Breu, o azul, é o Cavaleiro dos Pesadelos, enquanto o branco, denominado Hybris, ostenta o título de Cavaleiro do Orgulho.

— Estamos aqui para ceifar sua vida, isso é de suma importância para o nosso objetivo final — diz o Breu Cavaleiro azul com uma voz rouca.

— Hades, me deixe acabar com isso, não vou lhe desapontar como o amarelo fez — diz Hybris com um tom confiante.

— Não duvido da sua capacidade, Hybris, contudo, já que estamos todos aqui. Atacaremos em conjunto para evitar possíveis falhas — responde Hades, o Cavaleiro Vermelho.

A chuva intensificava-se, e Eliza mantinha os olhos fechados. De repente, uma marca laranja desenhou-se com radiante intensidade no início de sua testa, do lado direito. A linha, contínua e brilhante, passou sobre seu olho direito, seguindo ao longo do pescoço até alcançar a parte posterior de sua mão direita, completando seu rosto, pescoço e braço com uma energia vívida. Esta linha pulsante, repleta de esplendor, não apenas iluminava seu rosto, mas irradiava uma luminosidade capaz de clarear o espaço ao redor, revelando um poder latente.

Ao abrir os olhos, Eliza exibiu um olhar ameaçador, revelando duas íris que irradiavam uma cor brilhante, semelhante à lava em erupção.

Eliza então profere: **"GIA TIN PROTASÍA."** Em um instante, uma barreira esférica transparente, imponente como cristal, emerge, envolvendo todos e abrangendo completamente a área de treino. Tudo então fica em completo silêncio. A chuva que caía é repelida pela barreira, formando uma espécie de escudo contra as gotas que deslizam sobre ela. A atmosfera torna-se impenetrável, indicando que nenhum ser ou elemento seria capaz de entrar ou sair daquele local protegido.

Hybris, ao perceber a barreira, ergue seu braço rapidamente para o alto e, em um movimento ágil, o abaixa. Um raio poderoso desce do céu, mas antes que atinja o solo, é detido pela barreira de Eliza. Nenhum som de trovão ecoa, pois, a barreira não apenas bloqueia a passagem física, mas também impede que qualquer som penetre em seu interior. A demonstração de poder da barreira é completa, tornando claro que nada, nem mesmo o som do caos lá fora, pode transpor sua proteção impenetrável

— Realmente algo incrível, o meu raio é capaz de perfurar tudo; pelo visto, você talvez não seja tão fraca quanto aparenta ser. — Hybris elogia Eliza, porém ao mesmo tempo desdenha dela.

— Percebe a marca em seu rosto? — questiona Hades, com um tom de voz impressionado.

— Muito brilhante. — Reclama Loki, cobrindo seus olhos.

— Sim, essa é a marca dos elfos. Apenas eles conseguem acessar esse modo. — Explica Hades.

— Como isso seria possível? Os elfos foram extintos a anos. — Indaga Breu, com um tom culto.

— Pelo visto, um sobreviveu. Talvez o garoto também seja um elfo, mas isso não é problema nosso. Não podemos fazer nada a respeito do garoto, apenas sobre ela. — Exclama Hades.

Loki, sem controle, começa a gargalhar de forma incessante, proferindo que agora será mais divertido matá-la.

— Loki, controle-se. Iremos agir em grupo. — Ordena Hades com firmeza, para conter a excitação de Loki.

Com o coração batendo descompassado, Jack corre pela floresta em direção à sua casa. As portas se abrem de supetão, e ele, sem hesitar, sobe as escadas com determinação. No quarto, seu olhar se fixa em um baú ao lado da cama. Com movimentos rápidos, Jack o abre e retira seu arco e flecha, a determinação em seus olhos reflete a urgência da situação. Ele não tem tempo para pensar em sapatos, nem para perceber os cortes nos pés descalços, enquanto a chuva lá fora cai em um ritmo frenético. A única coisa que ecoa em sua mente é a imagem de Eliza, e o sentimento de obrigação em salvá-la impulsiona cada passo de Jack. Assim, ele volta a percorrer o caminho da floresta, um ato impulsivo, mas carregado de significado, pois Eliza é mais do que uma prima, é a âncora que conecta seu mundo, uma mãe para Jack.

A batalha tem início quando Eliza estende as mãos, pronunciando as palavras **"Werling Flamog"**. Raios e chamas rompem de suas mãos, disparando em direção aos Cavaleiros do Apocalipse. No entanto, todos conseguem desviar, escapando por um triz. Loki, por sua vez, é atingido de relance, demorando um pouco para reagir e se esquivar por completo.

— Sua elfa, bastarda, estúpida, você queimou um pouco da minha roupa! — grita Loki, partindo para cima de Eliza como um animal enfurecido.

Eliza, com uma velocidade sobrenatural, utiliza suas pernas para ganhar impulso, rompendo o solo com rachaduras intensas. Num piscar de olhos, ela desvia de Loki, movendo-se para uma posição muito distante, sua velocidade tão vertiginosa que ultrapassa a barreira do som, criando um estrondo que ecoa pela área. O chão se parte, o ar se distorce; Eliza é uma força incontrolável em meio ao caos.

Breu, num átimo, tenta tocar Eliza, visando paralisá-la, mas a velocidade da jovem é surpreendente. Ela se lança em direção a Hades, desencadeando uma torrente de socos furiosos. Cada impacto desferido é como meteoros, capazes de romper montanhas. No entanto, Hades não oferece resistência, não se defende nem revida, permitindo que Eliza o atinja repetidamente. Em meio aos golpes, um soco certeiro atinge o olho esquerdo da máscara de Hades, rachando-a e fazendo com que um pedaço caia, revelando o lado esquerdo de seu rosto.

Eliza, atordoada, observa a face do seu inimigo. O choque toma conta dela, e alguns passos para trás são involuntários. Antes que pudesse reagir, a máscara de Hades se regenera instantaneamente, um novo pedaço surge para substituir o anterior. Eliza, ainda processando a visão impactante, sente um toque em seu pescoço e ouve um sussurro: "Paralisart." Breu, o responsável pelo toque, paralisa completamente Eliza. A identidade de Hades permanece um mistério, enquanto Eliza, imobilizada, tenta compreender a realidade da situação.

Eliza permanece paralisada, ciente de que a segurança de Jack está em jogo enquanto Hades não for detido. Agora, conhecendo a verdadeira identidade do cavaleiro vermelho, ela compreende o quão perigoso ele é, Eliza sabe que Jack está em perigo iminente e que Hades logo irá atrás dele. Desesperada para quebrar a paralisia que a mantém impotente, ela luta contra as limitações, mas seus esforços são em vão. A frustração e a preocupação tomam conta de Eliza, ela estava tão impotente que nem suas pálpebras conseguiam fechar. A agonia de não poder intervir intensifica-se, pois o destino de Jack parece depender da resolução desse confronto.

No momento em que Eliza permanece paralisada, Jack, que estava a caminho para encontrá-la, finalmente chega ao local. Contudo, ele é barrado pela barreira, vendo sua prima no centro da situação. Jack tenta desesperadamente chamar por ela, mas seus gritos são abafados pela impenetrável barreira. A chuva cai com intensidade do lado de fora, e Jack se vê impotente, observando a cena angustiante.

Hades avança em direção a Eliza, agarrando-a pelo pescoço. Jack, ao testemunhar a ameaça iminente à sua prima, começa a gritar e desferir socos e golpes contra a barreira. No entanto, toda a sua fúria é em vão, e Jack se vê apenas machucando suas próprias mãos na tentativa desesperada de intervir. A impotência e a frustração transparecem em seu rosto, enquanto a barreira impede qualquer intervenção

"Pagu Por Viaj Pekoj." Enquanto segura Eliza pelo pescoço, Hades profere essas palavras, tocando a testa dela. Nesse momento,

Eliza começa a perder sua vitalidade rapidamente. Sua pele fica pálida, seus belos cabelos tornam-se finos, a marca élfica desvanece lentamente. Seu corpo seca, tornando-se cada vez mais semelhante a um esqueleto. Após alguns segundos, Hades solta o corpo esquelético de Eliza no chão, proclamando que a alma dela foi completamente sugada.

Nesse instante, a barreira se desfaz, e a chuva retorna a cair no local. Jack, que estava paralisado pela cena aterradora, corre em desespero na direção do corpo de sua prima. O ambiente agora é permeado pela frieza da morte, e a expressão de Jack reflete o desespero ao perceber que ali não resta mais vida, apenas um receptáculo vazio. A crueldade de Hades é evidente, assim como o desamparo de Jack diante da perda devastadora.

Enquanto os cavaleiros se retiravam, Jack, ainda junto ao corpo inerte de Eliza, se ergue lentamente. Com os olhos fechados e a cabeça baixa, ele sussurra: — Vocês vão pagar pelo que fizeram.

Os cavaleiros ignoram as palavras de Jack e seguem seu caminho, mas Loki se aproxima dele, fazendo um gesto como se não tivesse ouvido o que foi dito.

— Fale mais alto, garotinho. Não consegui te ouvir — provoca Loki, aproximando sua cabeça do rosto de Jack.

Nesse momento, Jack ergue a cabeça e abre os olhos, revelando pupilas verdes e brilhantes, semelhantes às de um gato. Ele repete suas palavras, mas agora gritando: — VOCÊS IRÃO PAGAR PELO QUE FIZERAM!

O grito estridente de Jack é tão poderoso que arremessa não apenas os cavaleiros, mas também algumas árvores próximas. Loki é lançado longe, e sem hesitar, Jack corre como um animal em sua direção, desferindo um soco em seu estômago. Não foi um soco comum; o impacto fez Loki ajoelhar-se, gemendo de dor. O som do soco é como se várias costelas estivessem quebrando. Loki tenta se levantar, mas cai novamente, desmaiando no chão. Poucos segundos depois, os olhos de Jack voltam à cor original, e ele desmaia com a cara volta para o chão.

Hades, que havia sido arremessado, fica impressionado com o poder de Jack. Hybris sugere acabar com Jack antes que ele se torne um problema, mas Hades o repreendeu, afirmando que o garoto é essencial para o mestre.

Uma voz trevosa e profundamente aterradora ecoa no ar, ordenando que os cavaleiros retornem. Assim, eles obedecem e desaparecem como vultos. Os únicos que permanecem são Hades e Loki, que estava desacordado. Hades se aproxima de Loki, pega seu corpo e, antes de desaparecer, encara Jack por alguns segundos, soltando um pequeno riso antes de sumir junto com Loki. A chuva cessou, mas Jack continua desmaiado.

Então amanhece, Jack é acordado pela luz do sol em seu rosto, ao se levantar aos poucos ele se recorda do que aconteceu noite passada. Porém Jack não lembra de seu surto de raiva, parece que ele teve algum tipo de amnésia, a única coisa que ele lembra era de ter se debruçado no corpo de Eliza, Jack não sabia como estava estão longe do corpo de sua prima, ele também não entendia o que tinha acontecido com os mascarados, ele se lembra que sua prima não estava mais viva e então ele abaixa sua cabeça e começa a chorar.

Porém, ao baixar sua cabeça, Jack percebe algo estranho no chão, algo vermelho, Jack se aproxima e pega em suas mãos o misterioso objeto. Ele não tinha dúvidas, aquela peça vermelha era da máscara do mascarado vermelho, o mesmo que ceifou a vida de sua prima, porém apenas a metade da máscara. ele então começa a ficar com raiva, ele estava preste a quebrar a máscara quando percebe, ao longe, bem onde estava o corpo de Eliza, uma luz branca, uma luz tão forte que parecia um pequeno sol. Jack se acalma e resolve guardar o pedaço de máscara em sua aljava. Após isso ele segue em direção a luz que vinha do corpo de Eliza.

O amanhecer traz consigo a luz do sol, que desperta Jack com seus raios suaves. Ao se levantar, ele sente a lembrança da noite anterior surgindo lentamente em sua mente. No entanto, estranhamente, Jack percebe uma lacuna em suas memórias, como se uma parte dos eventos tivesse sido apagada de sua mente. Ele recorda de se debruçar sobre o corpo de Eliza, mas o surto de raiva e o poderoso grito parecem ter desaparecido de sua memória.

A realidade da perda de Eliza atinge Jack novamente, e ele se encontra distante do corpo de sua prima. Confuso e desolado, Jack não compreende totalmente o que aconteceu com os mascarados na noite anterior. A única certeza em sua mente é a trágica morte de Eliza. Baixando a cabeça, ele não consegue conter as lágrimas.

Entretanto, algo chama sua atenção no chão. Um objeto vermelho chama sua atenção, e ao se aproximar, Jack reconhece-o imediatamente como parte da máscara do mascarado vermelho, o responsável pela morte de Eliza. A raiva inunda Jack, e ele está prestes a quebrar o fragmento da máscara quando uma luz branca surge ao longe, exatamente onde estava o corpo de Eliza.

A intensidade da luz acalma Jack, e ele decide guardar o pedaço da máscara em sua aljava. Determinado, ele segue em direção à luz radiante que emana do corpo de Eliza, buscando compreender o mistério por trás desse fenômeno inexplicável.

Jack, ao se aproximar do corpo de Eliza, percebe que a fonte da luz é o pingente do colar que ela carregava no pescoço. Fascinado pelo brilho, Jack toca no colar, que se desprende suavemente do pescoço de Eliza e flutua à sua frente. O garoto, surpreso, observa o colar flutuante antes que uma mensagem de voz ressoe no pingente.

"Esta mensagem é de Eliza Aidan. O conteúdo será revelado quando você, Jack Aidan, atingir a maioridade, contudo no caso do falecimento de Eliza, a mensagem será automaticamente reproduzida quando você tocar no pingente do colar."

O colar, então, voa em direção ao pescoço de Jack e se prende ao garoto. Após a fixação, o colar cria uma imagem holográfica de Eliza à sua frente, e o holograma começa a falar.

"Jack, ouça com atenção. Todas as histórias do livro de criaturas mágicas que eu li para você são reais, e agora, se eu tiver partido, você se torna o último elfo existente. Há muito a ser dito em pouco tempo. Lamento por minha possível morte, mas me ouça. Dentro do baú em frente à minha cama, há um cartão roxo e dourado, um cartão espiritual. Ao completar treze anos em janeiro, aguarde até o dia quatro de fevereiro. Quando essa data chegar, quebre o cartão ao meio e o mantenha próximo. Se eu estiver morta, deixe esta casa; é provável que ela se torne um alvo. Vá para o lugar mais distante que encontrar, não compartilhe isso com ninguém até o dia quatro. Meu tempo está se esgotando, Jack. Não foram os vampiros; foi Fumetsu."

A mensagem ecoa na mente de Jack, e um arrepio percorreu sua espinha ao ouvir o nome Fumetsu. Mesmo sem conhecer a origem desse nome, ele sente uma presença sinistra e um pressentimento sombrio o envolvendo. O mistério sobre Fumetsu paira no ar, deixando Jack inquieto e perturbado

Em meio ao silêncio da floresta, Jack assimila a mensagem de Eliza. Sentando ao lado do corpo de sua prima, ele deposita um beijo suave em sua testa, como uma despedida emocionada. Em um abraço que parece durar uma eternidade, Jack segura Eliza pela última vez, lágrimas banhando seus olhos. A dor da perda se entrelaça com a melancolia enquanto ele se levanta, carregando o corpo de sua prima em seus ombros.

Caminhando pela floresta, cada passo é uma jornada através das memórias compartilhadas. A tristeza pesa em seu coração, mas ele persiste. Finalmente, chega a um belo riacho, onde a natureza exala beleza e serenidade. Próximo ao riacho, encontra um lugar especial, um buraco preparado para receber Eliza. Com cuidado, Jack coloca o corpo da prima no túmulo improvisado, um gesto reverente.

Seus olhos marejados testemunham o último adeus, mas Jack ainda tem uma última homenagem a prestar. Ele pega seu arco, uma parte vital de suas memórias compartilhadas, e o deposita sobre o corpo de Eliza. Em seguida, com mãos trêmulas, ele busca pedras ao redor do riacho. A cada pedra colocada, a cova se fecha lentamente, um ato de despedida em meio à solidão da floresta. O ritual é um adeus doloroso a sua única representação materna, uma despedida que ressoa na quietude da natureza, enquanto as lágrimas de Jack se misturam às águas do riacho.

Segundo capítulo: A Amizade com o Urso Tony.

Três anos se passaram, e durante esse tempo, Jack dedicou-se a construir uma cabana no topo de um monte afastado da floresta, utilizando os itens que encontrou em sua moradia anterior. Além do treinamento contínuo com arco e flecha, ele mergulhou no aprimoramento de suas habilidades em combate com espadas, inspirado por um livro que descobriu no baú de Eliza.

Ao final desses três anos, Jack, agora mais velho, exibia um cabelo médio que repartia ao meio. Vestia uma camisa branca por dentro de uma calça social marrom. Sobre a camisa, trajava um capuz verde escuro que cobria sua cabeça e ombros, estendendo-se até a cintura de Jack. Esse capuz, anteriormente pertencente à sua prima, tornou-se parte integrante de sua indumentária. Jack calçava botas pretas de couro, semelhantes às que Eliza costumava usar.

A paisagem ao redor de sua cabana mostrava sinais de cuidado e preservação. Jack aprendeu a equilibrar sua conexão com a natureza e sua busca por aprimoramento pessoal. O som das folhas das árvores sussurrava seus segredos, enquanto os ventos carregam consigo o eco dos anos de treinamento e reflexão. O olhar determinado de Jack indicava que sua jornada estava longe de terminar.

Finalmente, o tão esperado dia havia chegado. Na calada da madrugada de quatro de fevereiro, Jack quebrou o cartão ao meio. Após alguns minutos de frustração diante da aparente falta de resposta, ele decidiu guardar o cartão no bolso e recolher-se para dormir. A cabana de Jack era simples, um amplo espaço que funcionava como cozinha, mesa de jantar, cama e possuía alguns armários e baús estrategicamente posicionados. Embora menor que a antiga residência, atendia perfeitamente às necessidades de Jack, proporcionando-lhe um refúgio acolhedor no meio da natureza.

Mais um dia desponta, e Jack acorda com a suavidade da luz do dia. Espreguiçando-se, ele boceja e, meio sonâmbulo, segue em direção ao banheiro. Em seu estado de sonolência, Jack não percebe a presença surpreendente de um enorme urso amarelo que está cozinhando em seu fogão. Passando pelo urso, ele até mesmo responde ao "bom dia" do animal.

Ao lavar o rosto no banheiro, a ficha de Jack finalmente cai, e ele abre a porta bruscamente. Agora, frente a frente com o urso, Jack percebe a peculiar situação. A única coisa próxima a Jack é a porta do banheiro e uma gaveta cheia de utensílios de cozinha. Nesse momento, o urso olha para Jack e, tranquilamente, pergunta se ele gostaria de panquecas. Jack, ao notar o facão na gaveta, decide pegá-lo, apontando-o cautelosamente para o urso.

— O que diabos você é? — pergunta Jack cautelosamente, apontando o facão para o enorme urso de dois metros e trinta de estatura

Tony, apesar de sua imponência como urso, usava um surpreendente terno vermelho de três peças, impecavelmente ajustado. O tecido abraçava sua figura majestosa sem apertar ou parecer excessivamente grande, como se o traje tivesse sido feito sob medida para ele. A cor vermelha vibrante contrastava com sua pelagem dourada, conferindo-lhe uma elegância única.

Uma gravata borboleta azul adornava seu pescoço robusto, um toque de sofisticação que parecia harmonizar com a aura majestosa do urso. Sobre sua cabeça, um chapéu preto adicionava um ar de mistério, uma escolha que, estranhamente, não parecia deslocada naquele ambiente mágico.

Tony agia com uma dignidade que desafiava a lógica, combinando a majestade de sua forma ursina com a elegância de um verdadeiro cavalheiro. O contraste entre sua natureza selvagem e a vestimenta refinada criava uma imagem intrigante, como se ele carregasse consigo uma história complexa e enigmática.

O enorme urso, com sua pelagem dourada e seu belo terno, olha para Jack com olhos curiosos, e responde com uma voz calma e surpreendentemente humana: "Como assim? Eu sou um urso." Jack, continua com seu facão apontado para o urso.

O urso, que não havia parado de cozinhar, desliga o fogo. Ele leva a panela até um prato repleto de panquecas, que já estavam prontas, e adiciona mais uma, retirando-a da panela e colocando-a cuidadosamente no prato.

Jack, com uma expressão mais intensa e persistente, ainda apontando o facão, pergunta:

— Responda, o que você é?

O urso, então, recorda que não está mais no mundo mágico, mas sim no mundo dos humanos, onde animais falantes não são normais. Ele decide explicar a Jack o que ele é. — Eu me chamo Tony, sou um urso evoluído. Pode parecer estranho para você, humano, mas no meu mundo, a existência de animais evoluídos é algo comum.

Jack não duvida das palavras de Tony, mas ainda não havia esclarecido o motivo de sua visita. Ele abaixa a faca, mantendo-a em sua posse por precaução. Jack questiona o urso sobre o motivo de sua presença:

— Por que veio até a minha residência?

O urso então responde: — Minha antiga aprendiz quebrou o cartão espiritual que eu havia dado anos atrás. Eu segui o rastro do cartão, e ele me trouxe até aqui. Talvez o cartão esteja errado, eu não sei, mas tenho que achá-la

Jack percebe que possivelmente o urso estava falando da Eliza. Seu semblante agressivo transforma-se em tristeza, e ele tem alguns flashes de memórias de sua prima. Jack escuta a voz dela, a imaginando chamando-o, mas é trazido de volta à realidade pelo urso que o chama.

— Garoto, você está bem? — Indaga o urso, preocupado com Jack, que, após ouvir sobre a aprendiz, ficou parado como uma estátua.

Jack logo recobra a consciência e coloca o facão novamente na gaveta. Ele pergunta a Tony se a aprendiz da qual ele falava seria Eliza Aidan.

— Sim, isso mesmo, você conhece ela?

Jack responde que sim, e conta sobre o trágico falecimento dela. As lágrimas do enorme urso Tony caíam como chuva, o urso, antes cozinheiro atarefado, agora se despedaçava em um choro que ecoava pela cabana. Sua expressão revelava uma tristeza profunda e uma incredulidade diante da notícia da morte de Eliza. Jack, ao testemunhar a reação emocional do urso, sentia um aperto no peito pela perda de sua prima e pela dor que sua ausência causava até mesmo a um ser tão grandioso quanto Tony. O silêncio pairava na cabana, apenas quebrado pelo som do choro do urso, ecoando pelas paredes de madeira.

Depois de um longo período de lamento e choro, Tony finalmente engoliu suas tristezas e se aproximou de Jack. O rapaz respondeu com uma postura defensiva, preparado para qualquer desentendimento. Contudo, em vez de atacar, o enorme urso ergueu delicadamente Jack e o envolveu em um abraço forte e caloroso. Tony não conhecia a identidade de Jack nem sua relação com Eliza, mas naquele momento, o urso precisava de um abraço, não importando de quem viesse.

Após o abraço, Tony e Jack se sentaram à mesa, onde começaram a desfrutar das panquecas preparadas pelo urso. Não trocaram muitas palavras durante a refeição, apenas compartilharam o silêncio enquanto saboreiam as deliciosas panquecas. Depois de terminar a refeição, uma dúvida pairava na mente de Tony: se Eliza tivesse morrido, quem teria quebrado o cartão espiritual? Afinal, o cartão só funcionaria se Eliza o quebrasse ou se alguém com um parentesco próximo o fizesse.

Com uma expressão séria, Tony encarou o garoto, ainda intrigado pela questão que pairava em sua mente. Com cuidado, ele quebrou o silêncio:

— Há algo que preciso perguntar. Se Eliza morreu, quem quebrou o cartão espiritual? Apenas ela ou alguém com parentesco com ela poderia ter feito isso.

— Eu tenho parentesco com Eliza, ela é minha prima — responde Jack de maneira fria e direta

Tony, surpreso, quase perde o equilíbrio na cadeira ao ouvir a resposta de Jack. Incrédulo, o urso afirma que o garoto está mentindo. Pois todos os elfos haviam morrido a muito tempo, restando apenas Eliza.

Jack, firme e determinado, olha nos olhos do urso e responde com seriedade:

— Pois bem, eu sobrevivi. Eu sou o último elfo vivo.

A expressão de Tony muda de incredulidade para um misto de choque e perplexidade. Ele então indaga:

— Garoto, me responda, qual o seu nome?

— Eu me chamo Jack Aidan, o último elfo vivo

Tony, enquanto processava a revelação, deixou que as sombras do passado emergissem de suas memórias. As imagens do massacre pairavam em sua mente, e ele murmurou em voz baixa:

— Eu lembro que no dia do massacre, a rainha dos elfos estava grávida e prestes a dar à luz um bebê, destinado a receber o nome de Jack Aidan. No entanto, isso nunca se concretizou; ela partiu antes que pudesse acontecer. Mas quem sabe, talvez estejamos todos enganados. Talvez ela tenha dado à luz e confiado a criança a Eliza para que a escondesse.

Um arrepio percorreu a espinha de Jack enquanto Tony pedia que ele narrasse os eventos da fatídica noite. À medida que as palavras escapavam de seus lábios, a sala parecia imersa em uma escuridão mais profunda, uma presença maligna que pairava sobre eles. Ao mencionar o nome "Fumetsu", a atmosfera ficou pesada, como se o próprio mal estivesse se materializando na sala, fazendo o pelo de Tony se eriçar em antecipação.

— Jack, precisa me mostrar essa mensagem, por favor — implorou o urso, seus olhos refletindo a inquietação que o envolvia.

Ambos saem da mesa e ficam de pé em um local espaçoso da sala. Jack segurou o pingente, mas nada aconteceu. Ele explicou ao urso suas tentativas frustradas de ativar a mensagem novamente. Tony revelou que para reativar a mensagem, Jack deveria fechar a mão sobre o pingente e sussurrar a magia de revelação chamada "Malkasi".

Jack, seguindo as instruções, envolveu o pingente em suas mãos. Ao sussurrar as palavras sombrias "Malkasi", uma aura sinistra tomou conta do ambiente, transformando a mensagem de Eliza em algo mais macabro, ressoando como o murmúrio enigmático de uma entidade oculta em pesadelos.

O holograma de Eliza, ao invés de apresentar uma imagem normal, revelava uma versão distorcida da elfa. Seu rosto estava desfigurado, uma sombra de sua beleza anterior. Os olhos refletiam uma escuridão insondável, como se contivessem segredos indescritíveis. Cada palavra que ela proferia ecoava como um sussurro vindo das profundezas, envolvendo a sala em uma atmosfera gélida e sinistra.

Seu belo pescoço se abria, como se tivesse sido trespassado por garras cruéis, e seus olhos vertiam um líquido negro que manchava sua pele. Eliza ostentava um sorriso, mas não era a graciosa expressão que Jack recordava. Era um sorriso inquietante, uma manifestação morta que distorcia todo o seu rosto, uma expressão cuja amplitude se estendia muito além do normal, como se estivesse dilacerando a própria carne de Eliza.

"Jack, meu querido primo", a voz de Eliza ecoava de maneira dissonante, distorcida pelos cantos obscuros da magia. "Você está sozinho, mas nunca estará verdadeiramente só. Fumetsu está à espreita, uma sombra que se alimenta da esperança. Fuja, Jack, fuja enquanto ainda pode. Ele não é do nosso mundo, mas seu poder cresce em meio às trevas."

O holograma exibe uma imagem indescritível de Fumetsu, uma sombra com olhos brancos que pareciam penetrar a alma de Jack. Era como se aquele ser sombrio fosse uma manifestação do próprio Jack, uma conexão bizarra e perturbadora entre ambos. Cada detalhe da figura sinistra era uma visão que gelava os ossos de Jack. A mensagem continuava ecoando a partir da figura ameaçadora de Eliza.

"Esteja atento, Jack Aidan, pois as sombras podem se mover entre os mundos. Você é a chave, a última esperança, mas cuidado com o preço que a luz pode exigir."

Antes do holograma se dissipar, Eliza proferiu palavras finais, sussurrando com uma voz sobrenatural: "Não foram os vampiros, Jack. Foi Fumetsu que ceifou nossas vidas."

O holograma se desfez lentamente, deixando para trás uma sensação de desassossego que se entranhava na própria essência do ambiente. Tony encarava a imagem que se desvanecia, seus olhos cheios de temor, enquanto a verdade do que estava por vir se desvela diante deles. O terror agora era uma presença palpável, uma sombra que pairava sobre o destino de Jack Aidan

A cabana, envolta na penumbra da floresta, testemunhava a conversa sombria entre Jack e o colossal urso evoluído, Tony. O ambiente carregava uma tensão palpável, enquanto os dois personagens encaravam a realidade macabra que se desvelam.

— Essa foi a mensagem que você encarou? — sussurrou Tony, seus olhos transmitindo uma preocupação profunda, como se carregasse o peso de segredos do passado.

— Nunca vi essa distorção grotesca da minha prima — respondeu Jack, sua voz carregada de inquietação —, mas a última parte... sobre ser Fumetsu e não os vampiros, isso bate com as palavras dela. Alguma ideia do que significa?

Tony, com sua pelagem eriçada e olhos expressivos, começou a desvelar uma narrativa digna dos pesadelos mais sinistros. Há cerca de treze anos, o reino élfico foi subjugado por um massacre hediondo. Vampiros, no controle de espécies primitivas como se fossem marionetes de uma entidade sombria, urdiram a morte impiedosa de milhões de elfos, transformando o éden élfico em um pesadelo sangrento.

— Espécies primitivas? — murmurou Jack, as palavras saindo de sua boca como um suspiro aflito, tentando compreender o horror que envolvia o passado.

— Sim — assentiu Tony, seu tom carregado de peso —, os vampiros só tem controle sobre as criaturas consideradas primitivas, incapazes de resistir ao encanto hipnótico dos sanguessugas noturnos.

Enquanto Tony delineava os horrores daquela noite fatídica, ele revelou que Merlin, uma figura de poder indescritível, chegou tarde demais para evitar o banho de sangue. O reino élfico foi consumido pela escuridão, e como uma sentença macabra, todos os vampiros, até mesmo as inocentes crianças, foram condenados a viver a eternidade inteira na Floresta Maldita.

— Quem é Merlin? — indagou Jack, mergulhando cada vez mais nas sombras que obscurecem sua compreensão.

— Merlin é a entidade mais poderoso do mundo sobrenatural, um dos guardiões protetores incumbidos de manter a ordem — disse Tony, revelando a aura mística que envolvia Merlin e sua ligação com a renomada academia de seres místicos, a "Magith".

Contudo, as revelações obscuras de Eliza sobre Fumetsu, o verdadeiro arquiteto do massacre, lançaram uma nuvem de incertezas. A verdade, soturna e insidiosa, conduzia Jack e Tony por um caminho sinuoso, onde a magia revelava seu lado mais tenebroso, desafiando-os a enfrentar as sombras que se escondiam nos recantos mais profundos da existência. O terror, agora personificado, se tornava uma presença visceral, uma entidade que aguardava, faminta pela luz da verdade.

A sinistra sugestão de Tony reverbera como um eco persistente no íntimo de Jack. A decisão de se dirigir a Magith, em busca do enigmático Merlin, tornou-se um destino inexorável diante das intrincadas teias de magia obscura que entrelaçam suas vidas.

"Magith... encontrar Merlin", disse Tony, suas palavras saindo como um veredicto que pairava no ar carregado da cabana.

Jack, embora inicialmente relutante, percebeu que esta jornada era o legado deixado por Eliza. Sua vida pacata e isolada estava prestes a ser engolida por eventos místicos que se desdobravam diante dele.

"Talvez seja isso que Eliza desejava", ponderou Jack consigo mesmo, uma centelha de resolução brilhando em seus olhos. Com treze anos, ele estava prestes a adentrar um mundo mágico que transcende os limites de sua compreensão.

—Você tem treze anos e está prestes a iniciar seu primeiro ano em Magith. — Anunciou Tony, como se os alicerces do destino estivessem sendo solidificados. Jack, aceitando o chamado do desconhecido, reuniu apenas o essencial: o arco que outrora pertencia a Eliza e suas flechas.

A jornada estava prestes a começar, enquanto a sinistra sombra de Fumetsu e a verdade oculta aguardavam ansiosamente no horizonte distante de Magith. O medo sussurrava através das árvores, e Jack mal podia imaginar o terror que aguardava nas sombras do desconhecido.

— Como iremos até Magith? — Jack pergunta a Tony

Jack observava Tony com olhos arregalados, perplexos diante do que estava prestes a experimentar. A bolsa do urso se abriu, revelando uma poção enigmática e uma foto de um elevador. Diante da pergunta de Jack sobre como chegaram à escola, Tony respondeu com uma calma sobrenatural.

— Você só precisa tomar isso e concentrar-se na imagem — instruiu Tony, estendendo uma imagem do fundo de um elevador e uma a poção para Jack. —Não se esqueça de fechar os olhos.

A hesitação momentânea pairou no ar, mas Jack, movido pela curiosidade e determinação, tomou a poção e concentrou-se na imagem do elevador. Num piscar de olhos, sua percepção da realidade se distorceu, e quando Jack abriu os olhos, encontrava-se de pé no interior de um elevador.

O choque imediatamente se manifestou em um grito involuntário de Jack, mas Tony, ágil como sempre, cobriu a boca do garoto com a pata maciça.

— Não grite — advertiu Tony, enquanto Jack, ainda atordoado, tentava recuperar o fôlego. — É normal sentir essa sensação de queda. Logo você se acostuma

O ambiente desconhecido da escola de Magith aguardava-os, e Jack mal podia conceber as maravilhas e perigos que o esperavam além das portas do elevador mágico.

Jack permaneceu boquiaberto, ainda tentando compreender a surreal experiência do teletransporte. Ele encarou Tony com uma expressão inquisitiva, questionando o local onde se encontravam dentro do confinado espaço do elevador.

— Onde nós estamos? — Perguntou Jack.

Tony respondeu casualmente, como se explicar o local fosse algo trivial. "Em um elevador qualquer."

A resposta só aprofundou a confusão de Jack. — Como assim, um elevador qualquer? — Insistiu ele.

— Podemos chegar a Magith por qualquer elevador desde que ele tenha oito andares. — Explicou Tony, simplificando o extraordinário.

Jack, intrigado, continuou indagando: — Por que oito andares?

Não existe apenas Magith no mundo mágico. Existem vários lugares, e cada um tem um código de acesso. Quando você digita esses números no elevador, ele é teletransportado para o local correto," elucidou Tony.

Curiosidade e espanto se misturaram no olhar de Jack, enquanto Tony revelava um código que era mais do que uma simples sequência numérica. — Para Magith, a senha sempre será a mesma: seis, dois, oito, quatro, três, oito, sete. — Disse Tony, adicionando um toque de mistério à jornada que acabavam de iniciar.

O elevador, transportando Tony e Jack para terras mágicas, começou a tremer, deixando Jack inquieto. — O que está acontecendo? — Perguntou ele.

Tony, com sua expressão serena, explicou:

— Isso é normal. O elevador está apenas atravessando o plano astral.

Com um suspiro de alívio, Jack observou enquanto a porta do elevador se abria, revelando finalmente o mundo mágico diante de seus olhos. Assim que Tony e Jack saíram, o elevador se fechou abruptamente e começou a subir freneticamente até desaparecer. Os dois se encontraram em um pequeno beco que, ao final, dava acesso a uma magnífica cidade, cujas torres se erguiam majestosas e as luzes dançavam entre as sombras mágicas.

— Então, esta é a Magith? É tão deslumbrante. — Jack curioso pergunta.

— Sim, é sim. — Concordou Tony. — Mas esta não é Magith

Jack com semblante de dúvida, pergunta a Tony o que havia acontecido para eles terem sido mandados para outro lugar.

— Bem, alguém deve ter alterado a senha de Magith — Tony explica a Jack que as vezes isso acontece, porém antes disso todos teriam que ser avisados — Não se preocupe, essa é a cidade de Mystrall. Ela fica ao lado de Magith. Precisaríamos vir até aqui para comprar seu material escolar de qualquer forma

Jack, ainda perplexo com a mudança inesperada para Mystrall, sentiu um calafrio percorrer sua espinha enquanto observava a cidade à sua frente. As luzes roxas, em vez de oferecer conforto, lançavam uma aura de mistério e encanto sombrio sobre as ruas movimentadas.

Os prédios, em sua majestosa e peculiar arquitetura, pareciam erguer-se como sentinelas sinistras, suas formas escuras se destacavam, deixando o dia parecido com uma noite, iluminada por estrelas roxas. Cada construção, cada detalhe arquitetônico, era como um chamado hipnótico, atraindo o olhar de Jack para explorar seus segredos ocultos.

A agitação nas ruas era intensa e, ao mesmo tempo, bizarra. Criaturas de todas as formas e tamanhos transitavam pelas calçadas, cada uma mais estranha que a outra. Ciclopes evoluídos, polvos humanoides com gravatas e centauros em busca de produtos para seus belos cabelos contribuem para a atmosfera peculiar e perturbadora da cidade.

Mystrall, embora deslumbrante à primeira vista, parecia ter um poder de atração irresistível, como se quisesse envolver Jack em seus encantos mágicos. O ar carregava uma tensão mágica, indicando que aquela cidade não era apenas um local comum. O verdadeiro mistério de Mystrall aguardava Jack e Tony enquanto eles adentravam suas ruas iluminadas pela luz roxa.

Num trânsito constante pelas ruas obscuras de Mystrall, Tony e Jack avançavam, perdendo-se nas sombras que pairavam sobre a cidade. Jack, embora atônito com a mudança abrupta para aquele lugar peculiar, não podia deixar de notar as peculiaridades que se desdobravam diante dele.

A cada esquina, criaturas estranhas cruzavam seus caminhos. Um lobo de aparência refinada, usando uma cartola e um terno cinza, caminhava elegantemente pela calçada. Os olhos amarelos do lobo encontraram os de Jack, e por um momento, o jovem elfo sentiu como se estivesse sendo avaliado por algo mais do que simples curiosidade.

Aquela visão surreal, um lobo vestido com elegância em meio à escuridão da cidade, deixava Jack em um estado de perplexidade. Era como se a linha entre a realidade e o fantástico estivesse borrada, e Mystrall, com toda a sua estranheza, começava a hipnotizá-lo.

Os passos ecoavam pelas sombrias ruas de Mystrall até que, finalmente, Tony e Jack alcançaram o local desejado: a "Loja de Itens Mágicos de Dungo". Ao adentrar o estabelecimento, foram recebidos por um pequeno e peculiar sátiro, cuja estatura anã contrastava com sua expressão séria. Dungo, de pelos loiros e olhos azuis que espreitavam por trás de pequenos óculos de leitura, estava ocupado organizando uma prateleira no topo de uma escada de mão.

Contudo, a entrada abrupta de Tony, que abriu a porta com força, fez com que a loja tremesse. O resultado desastroso foi a queda de

Dungo da escada. Antes que pudesse atingir o chão, Tony, mais ágil do que parecia, o segurou nos braços. No entanto, em vez de agradecimento, Dungo, furioso, ordenou que o colocasse no chão imediatamente. A loja, agora imersa em uma atmosfera de tensão, aguardava para revelar seus segredos mágicos.

Dungo avança lentamente, uma expressão zangada pintada em seu rosto, enquanto passa por Tony e Jack. O sátiro, ao alcançar sua mesa, solta um suspiro pesado e se senta em sua cadeira.

— Tony! A quanto tempo, meu velho amigo. — Diz Tony, porém sua voz carrega mais deboche e sarcasmo do que genuína amizade. — Vejo que agora está acompanhado, um novo pupilo? O que aconteceu com a outra?

Tony, com uma tentativa de acalmar o sátiro, responde:

— Dungo, não estou aqui para brigar. Veja este jovem ao meu lado, precisa de sua mercadoria, ele vai para Magith.

Dungo, em fúria, desfere um soco na mesa, fazendo-a pular ligeiramente.

— Como ousa vir até aqui depois do que fez da última vez? Devo lembrá-lo do soco que me deu e do anel que pegou da loja.

— Dungo, não seja rancoroso, isso foi o que, há dois anos atrás? — Indaga Tony. — Além do mais, você tem uma encomenda para mim, não se esqueça.

Dungo então se vira para Jack, seus olhos pequenos e penetrantes examinam o jovem com desconfiança.

— E você, garoto, o que deseja? As mercadorias mágicas de Dungo não são para qualquer um. O que você busca em Magith?

— Estou em busca de itens mágicos para meu treinamento em Magith. Preciso de equipamentos que me ajudem a aprimorar minhas habilidades. Pode me ajudar nisso, Dungo?

Dungo, com seus olhos estreitados pela desconfiança, solta um suspiro longo e pesado. A tensão no ar torna-se palpável, enquanto Jack reflete sobre o dilema apresentado pelo pequeno sátiro.

— Preciso saber que tipo de criatura você é. Não posso vender uma poção para centauros se você não for um; simplesmente não funcionará.

Jack, consciente de que seu segredo élfico será desvelado em breve ao ingressar como aluno em Magith, decide romper com a trama de segredos e confessa, num tom baixo que ecoa nas sombras:

— Me chamo Jack Aidan, sou um elfo.

Dungo, ao ouvir tais palavras, engasga, seus olhos se arregalaram numa mistura de incredulidade e horror. Tossindo, ele finalmente se pronuncia, suas palavras carregadas de um medo ancestral.

— Garoto, pare com suas brincadeiras. Elfos não existem mais.

Tony, segurando o ombro de Dungo, confirma a verdade aterradora.

— Mas seus cabelos são negros. Elfos noturnos não existem há centenas de anos. — Exclama Dungo, enquanto um arrepio percorreu sua espinha. — Espera um momento, Aidan? Você é então filho de Arthur Aidan. Agora tudo faz sentido. Seus cabelos escuros e pele morena provêm de sua mãe, a rainha, que não era uma elfa, mas sim uma humana.

— Não tinha pensado nisso, mas isso faz de Jack apenas meio elfo. — Comenta Tony, a gravidade da situação pesando em cada palavra.

Jack, envolto numa aura de mistério, vê-se mergulhado num abismo de sombras e segredos. A revelação de suas origens lança-o em uma jornada pelo terror ancestral, onde horrores há muito esquecidos aguardam na escuridão, ansiosos por emergir e desvendar os mistérios de sua linhagem élfica. A magia, agora, é tingida por uma sombra mais profunda, enquanto Jack confronta o passado que espreita nas trevas.

O breve silêncio, paradoxalmente estendido, paira como uma sombra sobre Jack. Seu coração, desencadeado pela revelação de suas origens, começa a bater descompassadamente. A memória de Eliza, os mascarados e a misteriosa figura envolta em vermelho dominam seus pensamentos, enquanto a escuridão do desconhecido se aprofunda.

O foco do terror parece concentrar-se na cor vermelha, uma paleta de medo que desencadeia uma crise em Jack. Seu coração dispara descontroladamente, a respiração se torna um fardo insuportável. A realidade ao seu redor parece fragmentar-se, rachando como vidro quebrado. Jack cai, incapaz de se manter de pé, à medida que o peso do desconhecido o esmaga.

Em meio à agonia, Dungo intervém, oferecendo uma poção reconfortante. Uma mistura amarela, um elixir feito de mel de duende, com propriedades calmantes. Tony, rápido, derrama a poção sobre o rosto contorcido de Jack. O mel de duende acalma a tempestade dentro dele, devolvendo-lhe o fôlego e a lucidez aos poucos.

A experiência traumática de Jack é suavizada momentaneamente pela doçura mágica da poção, mas a sombra da verdade continua a se estender sobre ele.

Jack, ao erguer-se com dificuldade, sente o peso do desconhecido sobre seus ombros, como se carregasse não apenas os itens mágicos, mas o fardo de segredos entrelaçados com sua própria existência. Seu semblante, uma expressão gélida e angustiada, reflete a tempestade de emoções em seu interior.

No áspero silêncio que se instala entre eles, Tony observa Jack com uma mistura de compreensão e preocupação. Dungo, por sua vez, mantém seu olhar crítico sobre o jovem elfo. Minutos se estendem como horas, e a atmosfera densa parece vibrar com as implicações do que está por vir.

Tony conclui a compra dos itens mágicos, cada um deles um elo na corrente do desconhecido. O grimório, o receituário, o livro sobre a história do mundo mágico, e o anel de magia, este último como uma chave para desbloquear as portas da verdade. Tony, em um gesto de relativa paz, chama a atenção de Jack para o anel, explicando sua função crucial.

— Basicamente, o anel permite que você lance magias. Sem ele, é impossível.

— Mas minha prima não usava anel. — Murmura Jack, evidenciando sua confusão e insegurança diante das novas revelações.

Tony, após um prolongado silêncio, responde com uma calma matizada pela seriedade da situação. — A única forma de usar magia sem o anel seria através de outro acessório mágico, como uma varinha, ou usando uma marca.

— Marca? — Indaga Jack, mergulhando ainda mais fundo no enigma que é o mundo mágico.

— Sim, alguns mestres de magia, como Merlin, conseguem criar uma espécie de tatuagem, normalmente algum símbolo que substitui o uso do anel. Possivelmente, sua prima tinha uma dessas marcas mágicas. — Revela Tony, lançando Jack em um abismo de possibilidades que o anel agora sinaliza. O desconhecido, cada vez mais impenetrável, aguarda Jack enquanto ele se prepara para adentrar a escuridão mágica que esconde os segredos de sua linhagem élfica.

— Por que não deu certo? — questiona Jack.

— Isso nunca aconteceu antes! — exclama Tony — Alguma ideia, Dungo?

— Talvez se deva à extinção dos elfos, esse é um anel recente, concebido após esse desaparecimento. Em essência, não opera para um elfo. — Sugere Dungo.

— E o que propõe? — questiona Tony.

— Vocês carecem de um anel antigo, mas isso se tornou praticamente impossível. Esses anéis não são forjados há anos, eu mesmo não conservo mais nenhum. — Respondeu Dungo.

Tony suspira e agradece a Dungo. Então, ele retira de seus ombros o que parece ser uma bolsa marrom. O urso se aproxima de Jack e entrega-lhe a bolsa. — Esta bolsa é infinita, um presente de sua mãe. Agora, estou passando-a para você.

A expressão de Jack mescla surpresa e gratidão enquanto Tony lhe entrega a bolsa marrom, uma peça peculiar e, ao mesmo tempo, extraordinária. O urso, Tony, revela que a bolsa é infinita, um presente valioso da mãe de Jack. O garoto, segurando-a cuidadosamente, sente o peso simbólico do gesto e a responsabilidade que vem com esse presente único.

Ao ajustar a bolsa em seu corpo, Jack percebe como ela se integra de maneira perfeita, como se fosse feita sob medida para ele. A alça, estrategicamente colocada por baixo da capa verde de sua prima, e a bolsa ficando ao lado direito do corpo de Jack, adiciona um toque de familiaridade e conforto. O garoto agora carrega consigo não apenas um item mágico, mas também uma conexão com sua própria história e o legado de sua mãe.

"Dungo, antes que eu me esqueça, a minha encomenda, por favor", solicita Tony com um aceno de cabeça, enquanto Dungo prontamente retira uma pequena caixa de uma gaveta na bancada.

— Aqui está! — Exclama Dungo.

Tony abre a caixa, revelando um ovo preto com cascas que parecem feitas de pedras escuras, como se fosse feito de concreto.

— Cuide bem disso, Tony. Sabe o quão difícil é encontrar um desses. — Adverte Dungo, orientando Tony com seriedade.

— Não se preocupe, Dungo. Eu sei. — Afirma Tony com confiança.

Tony se aproxima de Jack, entregando-lhe o ovo com um sorriso. Jack olha para o objeto intrigante em suas mãos e pergunta: — O que é isso?

Dungo interrompe, expressando sua objeção: — Você não pode dar isso a ele, Tony!

Tony, ignorando as objeções de Dungo, entrega o ovo nas mãos de Jack com um sorriso misterioso. — Isso, meu jovem, é um presente. Cuide dele como se fosse seu tesouro mais valioso.

Dungo, visivelmente irritado, protesta. — Tony, você não pode dar isso a ele!

Tony apenas sorri e responde: — Relaxe, Dungo. Jack é confiável. Esse ovo vai ser útil para ele.

Dungo, ainda insatisfeito, grita: — Você não sabe o quão raro e perigoso esse ovo é!

Mas Tony e Jack já estão saindo da loja, deixando para trás a raiva de Dungo e carregando consigo um mistério nas mãos de Jack.

Tony e ele deixam a loja de Dungo. O pequeno ovo preto, agora cuidadosamente guardado no bornal, parece pulsar com uma energia mágica única, um enigma que Jack desvendaria.

Enquanto caminham pelas movimentadas ruas de Mystrall, Tony toma a frente, orientando Jack sobre o que os aguarda na escola de magia. O bornal, um presente valioso, carrega não apenas itens práticos, mas também a promessa de descobertas extraordinárias e desafios mágicos.

Aos poucos, a aura de Mystrall, inicialmente desconcertante, transforma-se em um cenário mágico e fascinante aos olhos de Jack. As luzes roxas iluminam o caminho enquanto eles seguem em direção à escola de magia, e o pequeno ovo preto continua a emanar um toque especial de magia que permeia cada passo da jornada de Jack Aidan no mundo mágico.

Terceiro capítulo: Em Busca do Pingente Perdido.

Após uma longa caminhada pelos recantos peculiares de Mystrall, Tony e Jack finalmente avistaram, ao longe, a grandiosidade de Magith. Erguendo-se majestosamente no topo de uma imponente montanha, o castelo se destaca como um monumento aos mistérios e maravilhas do mundo mágico.

A estrutura colossal parecia esculpida por gigantes, suas torres imponentes perfurando os céus como as agulhas de um reino encantado. Mesmo a distância, a visão do castelo evocava uma sensação de reverência e temor, como se estivessem prestes a adentrar um domínio onde a magia pulsava em cada pedra e torre.

À medida que Tony e Jack se aproximavam de Magith, o castelo revelava seus detalhes intrincados. A montanha que abrigava o colossal castelo parecia pulsar com uma energia mística, como se estivesse viva com os resquícios de inúmeras eras de magia acumulada. O terreno ao redor do castelo, por sua vez, era adornado por uma variedade de flores encantadas que desabrocharam em cores vibrantes e exalam fragrâncias hipnotizantes.

A imensidão das muralhas de Magith, agora mais próximas, revelava inscrições rúnicas que resplandeciam com uma luz suave e cintilante. Cada runa contava uma história ancestral, preservando conhecimentos que transcendem o entendimento humano. Tony, um veterano nesse mundo mágico, ainda sentia um arrepio na espinha ao vislumbrar tamanha grandiosidade.

À medida que se aproximavam dos portões, Jack podia distinguir detalhes intrincados nas torres que se erguiam até os céus. Esculturas místicas adornavam as ameias, representando criaturas lendárias e seres arcanos. Cada detalhe arquitetônico parecia respirar com uma vida própria, como se o castelo fosse um organismo mágico.

Os sons distantes de feitiços sussurrados e risadas místicas dançavam pelo ar, criando uma sinfonia peculiar que preenchia os ouvidos de Tony e Jack. Era como se estivesse vivo, vibrando com uma energia que transcendia as fronteiras entre o ordinário e o extraordinário.

Enquanto adentrava os portões majestosos, uma sensação de expectativa e respeito envolvia a dupla. Magith, com sua aura mágica e segredos entrelaçados nas fundações do castelo, aguardava para revelar os desafios e maravilhas que estavam reservados para aqueles que ousaram explorar suas profundezas. A jornada de Tony e Jack, agora no limiar da cidade encantada, estava prestes a adentrar um capítulo inexplorado, onde magia e mistério aguardavam em cada esquina e recanto sombrio de Magith.

À medida que Tony e Jack adentravam o imponente castelo de Magith, a vastidão do primeiro dia letivo se desdobrava diante deles. A multidão fervilhante de seres mágicos, cada um mais peculiar do que o outro, criava uma sinfonia de murmúrios, risadas e sons mágicos no ar. Era um verdadeiro desfile de diversidade mágica, onde fantasmas flutuavam ao lado de lobisomens, duendes dançavam entre centauros e uma miríade de criaturas místicas preenchia os corredores.

A grandiosidade do castelo de Magith parecia se manifestar nas diferentes formas e tamanhos dos seres que ali habitavam. Jack, com olhos arregalados, absorvia a magnitude da reunião. A curiosidade sobre aquelas criaturas tão diversas era alimentada pela maravilha e o fascínio.

Cada passo revelava uma nova surpresa, e o ar vibrava com a excitação do desconhecido.

Fantasmas flutuavam etéreos, seus contornos indistintos pareciam capturar fragmentos de memórias perdidas. Lobisomens percorriam os corredores com uma elegância selvagem, seus olhos atentos transmitindo uma sabedoria ancestral. Duendes, com suas risadas travessas, costuravam entre os estudantes, enquanto centauros exibiam suas majestosas crinas, demonstrando uma beleza equina única.

Os corredores do castelo eram como veias pulsantes de magia, conectando o vasto mosaico de seres mágicos que frequentavam Magith. A atmosfera eletricamente carregada impregnava o ar, fazendo com que Jack se sentisse imerso em um mundo encantado além de sua imaginação mais selvagem.

Tony, mesmo acostumado com esse espetáculo mágico, não conseguia deixar de sentir um certo assombro diante da diversidade que Magith reunia. Cada rosto, cada forma, carregava uma história única, e o primeiro dia letivo prometia desvendar os mistérios e encantos que permeiam aquele castelo centenário. A jornada de Jack estava apenas começando, e Magith, com sua congregação de seres extraordinários, aguardava para guiá-lo pelos caminhos intrincados da magia e do aprendizado mágico.

O teto do castelo, surpreendentemente, não era coberto. Em vez disso, um céu negro salpicado de estrelas brilhantes estendia-se sobre o recinto. Apesar de ser pleno dia do lado de fora, dentro do salão, era como se uma noite estrelada permanecesse eternamente. As estrelas cintilantes iluminavam o local, criando uma atmosfera mágica e celestial. Era como se os próprios astros conspiraram para emprestar sua luz ao magnífico interior de Magith.

O murmúrio mágico de Magith foi interrompido pelo chamado de Tony, que cortou a fascinação de Jack por aquele espetáculo de seres mágicos. A realidade, no entanto, mostrou sua face prática quando Tony lembrou a necessidade de revisitar a mensagem no pingente antes de apresentá-la a Merlin.

A sugestão de Tony para encontrar um local mais isolado era sensata, e Jack concordou, ciente de que a mensagem única e crucial não deveria ser revelada diante de olhos curiosos. Caminharam para longe do tumulto do castelo, buscando uma área mais tranquila para sua investigação.

Ao se afastarem, Tony percebeu o peso que aquela mensagem tinha sobre Jack. Era mais do que apenas palavras; era um elo com sua prima Eliza, um toque do passado que agora se manifestava em meio à magia de Magith. Compreendendo a necessidade de Jack de processar essas emoções, Tony decidiu dar-lhe um momento de solidão.

Jack, então, apoiou-se contra uma árvore próxima, seus pensamentos mergulhando nas lembranças vívidas de Eliza. Flashbacks de momentos compartilhados e risadas ecoavam em sua mente, evocando um misto de saudade e ternura.

O tempo passou, e Jack, reunindo coragem, decidiu finalmente confrontar a mensagem guardada em seu colar. No entanto, antes que pudesse tocar no pingente, uma reviravolta inesperada ocorreu. O pingente, como se possuísse vontade própria, desprendeu-se do pescoço de Jack e moveu-se silenciosamente em direção a uma figura encapuzada, que observava discretamente a cena de uma distância segura.

O coração de Jack acelerou enquanto ele tentava processar o que acabara de acontecer. O encapuzado agora detinha a chave para desvendar o enigma que envolvia o pingente, e Jack, tomado por uma mistura de intriga e apreensão, preparava-se para seguir os rastros dessa figura encoberta pelos véus da magia.

Jack em fúria persegue o encapuzado. O encapuzado correu até uma vila próxima a Magith, ele usufruía de habilidade animalesca que usava para subir nos telhados das casas da vila, Jack faz o mesmo e o persegue por cima dos telhados. A perseguição pelas ruas e telhados, era como uma dança sombria, com Jack e o encapuzado se movendo como peças em um tabuleiro mágico. Os telhados rangiam sob seus passos rápidos, enquanto a vila se tornava o palco de um suspense sobrenatural.

Jack, impulsionado pela raiva, corria pelos telhados, seu olhar ardente fixado no encapuzado. A atmosfera estava carregada de tensão, e as sombras dançavam ao ritmo acelerado da perseguição. Tony, perdido na complexidade de Magith, percebeu o desaparecimento de Jack, preocupado ele o procurava.

O encapuzado, habilidoso como uma criatura da escuridão, saltava pelos telhados, usando a vila como seu labirinto pessoal. Por sorte o capuz do ladrão, por culpa do vento voou para trás, revelando um rosto juvenil e enigmático. Jack, com um vislumbre fugaz, conseguiu ver a pele azul e os cabelos ruivos do ladrão, mas o detalhe mais arrepiante foram os três olhos, cada um capturando uma intensidade única.

A vila parecia diminuir em importância naquele momento, enquanto o confronto entre dois jovens se desenrolava, marcado pela estranha simetria de suas idades. O capuz logo cobriu novamente o rosto do ladrão

A tensão atingiu seu ápice quando o encapuzado mergulhou na vila, correndo pelo chão estreito entre as casas. Determinado a não o perder de vista, Jack sacou uma flecha de sua aljava e a encaixou no arco. Seus olhos focaram no alvo, mas no último momento, algo inesperado aconteceu.

No ápice do confronto iminente, Jack viu algo que o paralisou. Uma visão distorcida de Eliza, deformada por uma expressão macabra, surgiu diante dele. Uma sensação de terror envolveu-o, desencadeando uma série de imagens perturbadoras. A sombra de Fumetsu emergiu como um espectro sinistro.

O pavor dominou Jack, fazendo-o cair nos telhados em um estado inconsciente. A flecha escapou de seu controle, perdendo-se nas sombras da vila. Enquanto isso, o encapuzado desapareceu como uma aparição fugaz.

O aroma aconchegante do café permeia o ambiente daquela misteriosa cafeteria, criando um contraste estranho com os eventos recentes. Jack, ainda desnorteado, encontrava-se em um banco, observando a mesa à sua frente, adornada com uma variedade de comidas tentadoras. Um cenário surreal que parecia estar fora de contexto.

Surpreendentemente, Tony apareceu no balcão, negociando um suco de couve. Ao retornar à mesa, percebeu que Jack recobrara a consciência. Sentando-se diante do jovem, Tony recebeu a revelação sobre a perda do colar.

— O colar? Como isso aconteceu? — indagou Tony, sua expressão mesclando preocupação e perplexidade, enquanto o enigma em torno de Magith parecia se aprofundar ainda mais.

Jack, exasperado, compartilha a história de sua perseguição infrutífera ao ladrão. A frustração paira no ar, enquanto Tony compreende a gravidade do momento. Poderia o desaparecimento do colar esconder segredos mais profundos e sinistros sobre o futuro?

Nesse momento de agonia, os olhos de Jack fixam-se no atendente da cafeteria, e uma revelação inquietante toma forma. O triclope que servia nas mesas era a imagem espelhada do ladrão que havia fugido com o colar. A coincidência era difícil de ignorar, e Jack sentia que essa conexão poderia desvendar mistérios ocultos.

— Tony, o ladrão e o atendente são idênticos — declara Jack, sua voz carregada de certeza. — A única diferença é a idade, esse é um pouco mais velho.

O funcionário triclope, além de seus três olhos, exibia orelhas pontudas e dois chifres posicionados ao lado de sua cabeça, um pouco acima das orelhas. Seus cabelos vermelhos eram curtos e bem arrumados, complementados por um óculos de grau redondo que cobria seus olhos. Vestia o uniforme do café, composto por uma camisa social bege, calça preta, sapatos e um avental que envolvia seu torso. Apesar das características únicas, ele mantinha uma feição amigável que contrastava com a hostilidade anterior.

Tony, inicialmente cético, tenta atribuir a semelhança a uma mera coincidência, mencionando a presença comum de triclope na região. No entanto, a convicção de Jack persiste.

— Não é coincidência, Tony. Ele é realmente muito parecido — afirma Jack.

Diante dessa descoberta, Jack propõe a Tony que siga o triclope após o término de seu expediente. Com um acordo mútuo, a dupla se prepara para seguir o misterioso atendente, na esperança de encontrar respostas no rastro do único fio de pista que possuíam.

O atendente da cafeteria, agora vestido para deixar seu turno de trabalho, despertou a atenção intensa de Jack.

À medida que o triclope se despediu dos colegas de trabalho e iniciou sua jornada para casa, Tony e Jack o seguiram, mantendo uma distância cautelosa para evitar despertar suspeitas. O dia na vila estava repleta de sombras e mistérios, e a dupla se aventurava nas ruas iluminadas por tons de roxo, perseguindo o elo perdido que os levaria de volta ao colar.

O dia se desenha sobre a vila, envolvendo a pequena casa do triclope em um manto de sombras. Tony e Jack, curiosos, aguardam pacientemente até que o triclope finalmente retorne ao seu lar. A residência, um testemunho da decadência, parecia mais um esconderijo negligenciado do que um lar habitável. Telhado desgastado, janelas quebradas, portas desalinhadas – a casa parecia implorar por uma restauração que nunca chegava.

Com a chegada do triclope, Tony e Jack se aproximam sorrateiramente, esgueirando-se até uma das janelas quebradas. Enquanto se preparam para espiar, vozes começam a ecoar de dentro da casa. Uma discussão acalorada entre duas vozes distintas preenche o ar noturno. Uma delas repreendeu veementemente o outro por seus atos de furto, enquanto a segunda voz se defende, alegando as circunstâncias precárias que enfrentam.

Curiosidade aguçada, Jack decide ir além da escuta furtiva. Com cautela, ele ergue a cabeça, espreitando através da janela quebrada. E ali, diante de seus olhos, encontraram o colar no pescoço do ladrão. Uma certeza inegável toma conta de Jack – o triclope diante dele é, sem sombra de dúvidas, o mesmo que havia se apossado do colar entregue por sua prima Eliza.

O triclope mais jovem, com sua aparência revelada sem o capuz, emanava uma aura mais sombria e hostil em comparação ao seu companheiro. Seus cabelos vermelhos, rebeldes e arrepiados, conferiam-lhe um ar selvagem. Uma pequena argola adornava sua orelha direita, destacando suas orelhas pontiagudas, enquanto sua vestimenta negra envolvia todo o seu corpo, desde o pescoço até as mãos. Uma capa da mesma cor, com um capuz, completava o visual, criando uma atmosfera enigmática ao seu redor.

O silêncio diurno se despedaça abruptamente quando Jack, impelido por uma determinação inabalável, despedaça a frágil porta da morada triclopsa. O estampido ecoou como um presságio no ar, e os olhos surpresos do ladrão testemunham a entrada súbita do intruso.

Sem hesitação, o ladrão reage, tentando escapar pela janela em um movimento desesperado. Contudo, a sua fuga planejada é abruptamente interrompida pela presença astuta de Tony, que estava estrategicamente agachado sob a janela, pronto para agir.

O ladrão, ainda atordoado pelo repentino tumulto, é capturado pela mão firme de Tony, que o ergue pela gola da vestimenta. A expressão de desespero no rosto triclope contrasta com a resoluta determinação visível nos olhos de Tony. Enquanto isso, Jack, instigador dessa sequência de eventos, observa a cena com olhos afiados.

O silêncio diurno novamente foi rompido por uma voz adocicada, mas permeada de ira, que ecoou dos confins da moradia triclopsa. Era o triclope mais velho, o funcionário do café, que questionava Jack sobre a violação de sua casa. O ar, antes calmo, tornou-se denso com uma tensão que prenunciava a chegada de tormentas.

Jack, enfrentando o triclope, não titubeou ao explicar o motivo de sua intrusão. A acusação direta contra o triclope mais jovem, o suposto ladrão do colar vital, ressoou pelo ambiente tenso. Tony, segurando o colar como prova, corrobora as palavras de Jack.

O triclope mais velho, com uma expressão de desdém, ordenou que saíssem imediatamente de sua casa. Uma atmosfera carregada pairava no ar, à medida que o dia assumia tons mais sombrios, ecoando a iminência de algo sinistro.

Entretanto, antes que Jack pudesse oferecer suas desculpas pela porta danificada, a casa foi invadida abruptamente. Os invasores, trajando trapos e ostentando cicatrizes que contavam histórias de batalhas passadas, pareciam figuras retiradas de pesadelos marítimos. Eram piratas, desalinhados e ameaçadores.

Ao perceber a presença macabra dos piratas, Tony soltou o triclope mais jovem, mas esse ato desencadeou uma reviravolta ainda mais aterradora. O triclope, temendo pela sua segurança, tentou fugir, mas foi impedido por um dos piratas, que, ao avistar o urso, ameaçou ferir o jovem triclope caso Tony tentasse intervir.

— Quem são esses? — Pergunta Jack para o triclope.

— São piratas, cobradores de impostos! — O triclope responde.

Um pirata, alto e gordo, com alguns dentes faltando, solta uma gargalhada e logo diz para o triclope: "Isso mesmo, e o dia do pagamento chegou. Se não pagarem, iremos queimar totalmente sua casa e seus bens."

Tony, do lado de fora, ouve a menção de impostos e questiona em voz alta: "Isso não é possível, em Magith e suas regiões não têm imposto de moradia."

O pirata que está com a faca no pescoço do triclope mais jovem gargalha. Após suas risadas ecoaram pela cena, ele disse: — Acha mesmo que ligamos para a lei? Nós temos poder, e por isso fazemos o que bem entendemos.

Os piratas começam a revirar a casa, jogando objetos e utensílios ao chão, criando um caos dentro do lar dos triclopes. O triclope mais velho tenta argumentar, explicando que não têm dinheiro para pagar impostos, mas os piratas ignoram suas palavras.

Tony, percebendo a urgência de interromper a ameaça dos piratas, desencadeia sua ação. O urso move-se com uma velocidade surpreendente, uma sombra ágil e musculosa. O refém, anteriormente nas mãos do pirata, é habilmente empurrado para longe do perigo iminente, enquanto Tony, ainda imobilizado, age com uma determinação impressionante.

O ladrão triclope observa, surpreso, o desenrolar da cena. O pirata, focado em sua presa original, avança com a faca em riste. Contudo, o que se desenrola em seguida desafia toda a lógica conhecida. O aço da lâmina, ao atingir o peito de Tony, parte-se como se enfrentasse uma barreira invisível. O urso permanece incólume, sua pelagem densa e seu corpo robusto desafiando a própria natureza da arma.

Os olhos do pirata se arregalaram em incredulidade, testemunhando o impossível. Tony, agora liberto, confronta o adversário com uma presença que transcende sua aparência de urso comum. A atmosfera torna-se densa, carregada com a eletricidade da incerteza e do sobrenatural.

O pirata que ousou esfaquear Tony, assustado, abandona a cena, deixando seus cúmplices isolados na escuridão. Aproveitando o momento, Tony se encaminha rapidamente para a entrada da residência, apenas para encontrar dois piratas obstinados tentando bloquear seu caminho. Com um esforço mínimo, Tony ergue os intrusos como se fossem plumas e os arremessa para longe da casa, onde desfalecem sob o impacto.

Tony, agora adentrando a morada, solta um rugido estrondoso e angustiante, cujo eco ressoa como um aviso para todos que ousam desafiar o poder que ele representa. O som reverbera pelo ambiente, uma expressão primordial de desafio e domínio, ecoando na noite como um trovão sobrenatural.

O pirata gordo, enfurecido com a interrupção de Tony, brande um machado e avança na direção do urso. Tony, porém, mais ágil do que sua aparência sugere, esquiva-se dos golpes com uma agilidade surpreendente. Cada movimento de Tony é como um borrão, uma dança entre força e agilidade, enquanto o machado do pirata corta apenas o ar.

Jack, ainda no interior da casa, observa a cena com admiração e temor. A capacidade de Tony de enfrentar os piratas com uma facilidade aparente deixa-o perplexo. Os triclopes, por sua vez, assistem com olhos arregalados, surpresos com a reviravolta na situação.

O pirata gordo, vendo que seus ataques são ineficazes contra o urso, recua momentaneamente. Tony, com um rugido que ecoa pela cena, desafia os piratas, instigando-os a fugirem.

Após a retirada dos piratas, uma ira intensa toma conta do triclope mais velho, que não poupa palavras para expressar sua frustração diante da intervenção de Jack e Tony.

— Por que raios vocês dois fizeram isso? Por que atacaram os piratas?!

— Como assim? Tony acabou de salvar suas vidas. — Responde Jack, perplexo diante da reação hostil.

— Vocês só pioraram nossa situação. Daqui a algum tempo, vocês vão embora, voltam para Magith, enquanto eu e meu irmão ficamos aqui, à mercê de piratas ainda mais furiosos. — O triclope mais novo, recém-chegado à conversa, desabafa sua indignação.

— Mas isso não é justo! Vocês não deveriam aceitar essa condição. — Insiste Tony, tentando argumentar em prol da razão.

— E o que pretendem fazer? Lutar contra dezenas de piratas armados? Parece uma ideia brilhante. — O triclope mais novo ironiza, lançando um olhar cético.

— Por que não consideram ir para Magith? Lá, vocês estariam livres dessas ameaças. — Sugere Jack, buscando oferecer uma solução.

— Magith? Com que dinheiro? Magith é uma instituição paga, e não é barata. — O triclope mais velho explica, desalentado. — Surpreende-me você não saber disso, considerando que, segundo meu irmão, você vai estudar lá.

Jack, diante da difícil situação dos irmãos triclopes, busca uma solução para amenizar o sofrimento deles. Entretanto, ao lembrar do colar e perceber que agora Tony o possui, sugere que o urso o devolva, na esperança de que isso possa trazer algum alívio. Tony, concordando com a ideia, busca o colar em seu paletó, mas para surpresa de ambos, ele desapareceu. O desânimo volta a pairar sobre eles, percebendo que estão de volta ao ponto inicial.

— Tony, você não se lembra? Não caiu em algum lugar? — Indaga Jack, expressando sua frustração.

Diante da falta de respostas, Tony e Jack decidem procurar o colar do lado de fora da casa. Contudo, após minutos de busca, a constatação dolorosa os atinge: o colar já não estava mais lá. A incerteza e a sensação de impotência permeiam o ambiente, deixando-os perplexos diante da reviravolta desfavorável.

O triclope mais velho, ao perceber a frustração de Jack, sente compaixão e se propõe a ajudar. Ele sugere que algum pirata pode ter pego o colar e levado para o baú deles, despertando um raio de esperança em Jack.

— Isso, como não pensamos nisso, provavelmente um daqueles piratas pegou o colar. — Exclama Jack, animado.

No entanto, a dificuldade reside em não saber o paradeiro exato do esconderijo dos piratas, deixando Tony desapontado com a situação. Jack, então, pede desculpas por não ter perguntado antes, dirigindo-se ao triclope mais velho.

— Espera, perdão, eu nem perguntei o seu nome. — Exclama Jack, educadamente.

— Não tem problema, me chamo Nittan Cruz, e o meu irmão mais novo é o Neitan. — Responde o triclope mais velho, revelando seu nome.

Ao ser questionado sobre a possibilidade de ajudar a encontrar o colar no esconderijo dos piratas, Nittan hesita, considerando o risco envolvido. Neitan, por sua vez, sugere a compra de outro colar, mas

Tony esclarece a importância sentimental do objeto para Jack. A menção da prima de Jack, que foi como uma mãe para ele antes de falecer, evoca uma memória dolorosa de Nittan.

Ele relembra o trágico dia em que sua própria mãe perdeu a vida para salvar os dois irmãos, sendo brutalmente atacada por um pirata com um machado. Nittan e Neitan, por sorte, conseguiram se esconder naquele momento, evitando o mesmo destino trágico de sua mãe.

Diante dessa dolorosa ressurgência do passado, Nittan decide guiar Jack e Tony até o esconderijo dos piratas, acompanhado por Neitan, que se une à jornada dos três.

Ao aproximarem-se do local, depararam-se com uma colossal fábrica abandonada, cujas paredes pareciam pulsar com suspiros enferrujados do passado. O ambiente era saturado por um fedor insuportável, um miasma nauseante que se equiparava ao cheiro pútrido de um matadouro em decomposição. O silêncio que pairava no ar era apenas interrompido por murmúrios invisíveis, como se as paredes retivessem segredos sombrios. Embora o lugar aparenta estar deserto, a sensação persistente de algo horrendo espreitando nas sombras os instiga a avançar. Jack e Tony, armados de uma coragem trêmula, agradeceram aos irmãos triclopes antes de mergulharem no abismo de horrores que se apresentava à frente. O ambiente, saturado de uma atmosfera de decomposição, parecia rejeitar sua presença intrusa, como se as entranhas da fábrica guardassem segredos tão repulsivos que o próprio edifício sofresse de uma malevolência palpável.

Ao cruzarem o limiar do espaço surreal, uma sensação gélida envolveu-os instantaneamente, como se tivessem penetrado uma dimensão congelada. A temperatura era tão implacavelmente baixa que Tony, apesar de sua pelagem densa, tremia involuntariamente de frio. Deslocando-se pelo local macabro, depararam-se com um alçapão que, à primeira vista, aparenta ser pesado. Surpreendentemente, Tony ergueu-o com facilidade, revelando uma escadaria que conduzia a uma sala subterrânea. Ao descerem, a temperatura retornou ao normal e o fedor pútrido desvaneceu, dando lugar a um silêncio quase sepulcral.

Enquanto exploravam o ambiente misterioso, começaram a ouvir uma melodia festiva que perfura o silêncio anterior. Seguindo o som, depararam-se com uma cena surreal: uma festa de piratas estava em pleno andamento. Os corsários, trajados com roupas exuberantes, cantavam e dançavam desenfreadamente. Baús repletos de ouro e artefatos mágicos adornavam o ambiente, emanando um brilho hipnotizante.

No centro da agitação, distinguia-se um pirata que se destacava dos demais. Diferentemente da turba desenfreada, ele permanecia sentado, meticulosamente anotando algo em um caderno. Sua vestimenta era impecável, possuía cabelos ondulados, escuros e longos, que fluíam graciosamente emoldurando seu rosto. Sua barba, de comprimento médio, estava bem aparada, adicionando uma pitada de charme e sofisticação à sua aparência. Cada fio de cabelo e barba parecia cuidadosamente arranjado, refletindo a atenção aos detalhes do indivíduo. Essa combinação de cabelos exuberantes e barba bem cuidada conferia-lhe uma presença distintamente marcante, contrastando com a exuberância caótica dos outros.

A atmosfera na sala ficou tensa e carregada quando os piratas perceberam a presença de Jack e Tony. Uma sincronia sinistra se estabeleceu quando todos os oito corsários, em um movimento coreografado, sacam suas pistolas, apontando-as diretamente para os intrusos. Enquanto isso, o pirata que registrava algo em seu caderno permanecia indiferente, como se o mundo ao seu redor não tivesse importância.

O suspense atingiu seu ápice quando os demais piratas, prontos para abrir fogo, mantinham suas armas direcionadas aos recém-chegados. O suposto líder da festa pirata parecia alheio à situação, concentrando-se apenas em seus escritos.

Entretanto, a narrativa tomou um rumo inesperado quando, para surpresa de Jack, os irmãos Neitan e Nittan ingressaram na cena, cada um armado com duas pistolas. Sua chegada abrupta e a postura firme, apontando as armas em direção aos piratas, criaram um momento efervescente de confronto iminente.

A sala agora estava envolta em uma atmosfera carregada de suspense e hostilidade. O silêncio era interrompido apenas pelo som distante da música festiva dos piratas, criando um contraste perturbador diante da iminência de um possível conflito armado. O destino de todos ali pendia no fio da decisão, esperando para ser selado pelo próximo movimento estratégico no tabuleiro mortal que se desenhava diante deles.

A música festiva dos piratas parecia ecoar como uma trilha sonora sombria para o iminente confronto. O suposto líder da festa, ainda absorto em seus registros, permanecia alheio à tensão que se desenrolava ao seu redor.

Neitan e Nittan, os irmãos triclopes, enfrentavam os piratas com olhares decididos, demonstrando uma coragem inabalável. O ambiente gelado, que antes parecia congelar os intrusos, agora contrastava com o calor palpável da ameaça iminente.

O líder pirata finalmente ergueu o olhar de seu caderno, revelando olhos frios e calculistas. Ele analisou brevemente a situação, como se estivesse ponderando as opções disponíveis. Um sorriso sutil se formou em seus lábios, denunciando uma astúcia que transcendia as aparências.

Enquanto os piratas mantinham suas armas prontas para disparar, Neitan e Nittan permaneciam firmes, seus olhos faiscando determinação. Jack e Tony, no meio desse embate tenso, buscavam uma saída estratégica, cientes de que a menor provocação poderia desencadear uma chuva de balas.

A tensão alcançou seu ápice quando o líder pirata finalmente quebrou o silêncio. Sua voz, grave e imponente, ecoou pela sala, desafiando as expectativas de todos ali.

"Vocês têm coragem de invadir nosso refúgio e interromper nossa celebração? Se desejam algo, é melhor falarem agora, pois o tempo está correndo contra vocês", proclamou o pirata líder, seus olhos penetrantes analisando cada rosto na sala.

Em um movimento coordenado, Jack acena para Tony enquanto se move cautelosamente para trás do urso. Sussurra instruções urgentes para Neitan e Nittan, pedindo-lhes que abaixem as armas e protejam seus ouvidos. Os irmãos, relutantes, seguem as instruções, e em breve, Jack e os triclopes estão preparados para enfrentar o que está por vir.

O rugido de Tony, uma sinfonia de terror, reverberou pelas entranhas do lugar, fazendo as estruturas parecerem tremer diante da força avassaladora. As rachaduras se espalharam pelas paredes, e a atmosfera antes festiva foi substituída por um caos ensurdecedor.

Os piratas, pegos de surpresa, foram arremessados contra a parede como bonecos de pano. Seus risos e zombarias foram silenciados pelo estrondo do rugido, que parecia ecoar por todos os cantos daquele lugar sombrio.

O líder pirata, ao perceber que estava fora do alcance direto do rugido, observava imperturbável, seus olhos calculistas avaliando a situação. Era como se ele já tivesse antecipado esse desfecho e estivesse preparado para enfrentar qualquer reviravolta.

Quando o rugido finalmente cessou, o silêncio tomou conta do ambiente, apenas os gemidos dos piratas feridos quebravam a quietude. Tony, ainda imponente, encarava o líder pirata com olhos penetrantes, enquanto Jack, Neitan e Nittan, agora livres dos ruídos ensurdecedores, observavam a cena com expectativa.

A tensão paira no ar quando Jack fixa seu olhar firme no líder dos piratas, cuja expressão fria parece inabalável. O silêncio domina o ambiente, e por um momento, todos permanecem imóveis, aguardando o desenrolar dos eventos.

Inexplicavelmente, o líder pirata, aparentemente indiferente à presença dos intrusos, retorna à sua mesa e continua a escrever em seu papel. Sua atitude desdenhosa adiciona uma camada de mistério à cena. Jack, Neitan e Nittan trocam olhares desconcertados, questionando a aparente falta de reação do líder diante do tumulto causado pelo rugido de Tony.

A sala, antes tomada pelo caos, agora se transforma em um cenário de expectativa silenciosa. Jack pondera sobre o que fazer a seguir, enquanto o líder dos piratas parece absorto em seus próprios pensamentos, ignorando a presença incômoda dos visitantes. O confronto iminente permanece suspenso no ar, aguardando o próximo movimento a ser revelado nesse jogo peculiar entre piratas e intrusos.

O líder dos piratas se ergue de sua mesa com uma expressão imperturbável e se dirige em direção aos intrusos, fazendo com que Jack, Tony e os irmãos Neitan e Nittan assumam posturas defensivas, preparados para um possível confronto. No entanto, para surpresa de todos, o pirata simplesmente se aproxima de Neitan, que estava próximo a um armário, e alcança uma caneca de tinta que estava guardada ali.

O armário se abre, revelando seu conteúdo inusitado, e o líder dos piratas pega a tinta sem dar qualquer atenção aos intrusos. Sem trocar uma palavra, ele retorna calmamente à sua mesa, como se a presença deles fosse completamente irrelevante. A atitude inesperada deixa Jack e os demais perplexos, sem compreender o propósito por trás desse comportamento aparentemente desconexo.

Enquanto o líder pirata retoma seus afazeres sem se importar com a tensão ao redor, os intrusos ficam intrigados, tentando decifrar o que está acontecendo naquela estranha dinâmica entre eles e os piratas que, por enquanto, parecem escapar de qualquer lógica convencional.

Jack, decidido a resolver a situação de uma forma diferente, se senta em uma cadeira próxima ao pirata, preparando-se para a conversa. Antes que Jack possa dizer qualquer coisa, o líder dos piratas questiona a razão de sua presença.

— Por que estão aqui? — Pergunta, mantendo seu olhar fixo em seus papéis.

Jack, mantendo a calma, responde diretamente:

— Vocês pegaram um colar precioso para mim, eu preciso dele.

O líder dos piratas, de maneira inesperada, se levanta e caminha até um baú próximo. Ele puxa duas espadas e joga uma na direção de Jack. A ação é realizada com uma eficiência fria, sem nenhum sinal de emoção em seu rosto.

— Se me derrotar em um duelo, poderá pegar todas as minhas riquezas. — Declara, retomando seu lugar na mesa como se nada de extraordinário estivesse acontecendo.

Tony, preocupado com a reviravolta, tenta intervir, mas Jack o impede, assegurando que está apto a aceitar o desafio proposto pelo líder pirata.

A atmosfera no local se torna tensa. Jack, agora de pé e empunhando a espada lançada, encara o líder dos piratas. O som metálico das lâminas se encontrando ecoa no ambiente silencioso, enquanto todos observam o desdobramento do inusitado duelo.

O líder dos piratas se levanta de sua mesa com uma expressão fria e calculada. Ele se posiciona de frente para Jack, sacando sua espada com uma destreza impressionante. O ambiente ao redor fica silencioso, apenas o som metálico das lâminas ecoa pela sala.

Jack, ciente da seriedade da situação, assume uma postura defensiva, concentrando-se completamente no duelo iminente. O líder pirata não demonstra emoção, mantendo-se imperturbável enquanto analisa cada movimento de Jack.

O duelo começa com um choque de espadas, faíscas voando a cada golpe. O líder dos piratas é ágil, seus movimentos são fluidos e precisos. Ele ataca com uma estratégia elaborada, testando as habilidades de Jack a cada investida. Mesmo com sua destreza, Jack se vê desafiado pela habilidade formidável do pirata.

A tensão aumenta à medida que o duelo prossegue. O líder dos piratas dá a Jack algumas oportunidades para contra-atacar, mas a discrepância de habilidade é evidente. Jack luta com determinação, mas parece estar constantemente um passo atrás.

Num momento inesperado, o líder dos piratas, que até então estava agressivo, para no meio de um golpe Seus olhos revelam uma súbita mudança de expressão, como se estivesse reavaliando a situação. Sem dizer uma palavra, ele abaixa sua espada, encerrando o combate de forma surpreendente

O silêncio se instala novamente na sala enquanto todos processam o desdobramento inexplicável. O líder dos piratas retorna à sua mesa, retomando suas anotações como se nada tivesse acontecido.

Jack, com uma expressão feroz, avança até a mesa do pirata, sua espada apontada ameaçadoramente. O líder dos piratas, antes focado em seus documentos, percebe a fúria nos olhos de Jack. Um estranho sentimento atravessa o coração endurecido do pirata quando ele encara Jack; algo familiar, uma sombra de lembrança.

Ao ter a espada pressionada contra seu pescoço, o pirata deixou de lado a papelada e encarou intensamente os olhos de Jack. Uma chama de reconhecimento e melancolia parece dançar em seus olhos. Aquele rosto, tão semelhante a alguém do passado, desencadeia emoções que estavam há muito tempo adormecidas.

Surpreendentemente, o pirata levanta a mão, desafiando a lâmina da espada. Sua mão fica em carne viva à medida que a lâmina se afunda em sua pele, mas ele não demonstra dor ou hesitação. O pirata quebra a espada com um movimento brusco, mas Jack mantém a postura agressiva.

Após esse ato impactante, o pirata se levanta e pergunta calmamente:

— Qual é o seu nome?

A pergunta ecoa no silêncio tenso da sala. Jack, ainda com a espada em mãos, responde:

— Meu nome é Jack Aidan. E eu quero meu colar de volta.

A troca de olhares entre Jack e o líder dos piratas é intensa, como se atravessasse os anos de uma história compartilhada.

O pirata retorna à sua cadeira, ignorando o sangramento em sua mão, e retoma sua postura fria e calculista.

— Jack Aidan, você é um garoto corajoso. Poucos teriam a ousadia de me desafiar. — Diz o líder dos piratas, sua voz calma contrastando com a situação tensa.

Tony e os irmãos triclopes observam atentamente, sem entender completamente a dinâmica peculiar entre Jack e o pirata. Jack, por sua vez, mantém a guarda alta, ainda desconfiado das intenções do líder pirata.

— Pegue seu colar, Jack Aidan. Ele está no baú à direita da minha mesa. — O pirata indica o local com um movimento sutil da cabeça.

Jack, cauteloso, se dirige ao baú indicado e encontra o colar cuidadosamente depositado. Ele o recupera com alívio evidente. O líder dos piratas, mesmo após o estranho episódio, volta a suas anotações como se nada tivesse acontecido.

— Seus amigos podem levar um baú como recompensa pelos problemas causados. Agora, se não se importam, tenho assuntos mais importantes a tratar. — Diz o pirata sem desviar o olhar de seus documentos.

Antes de ir embora, Jack decide abordar a questão dos impostos com o líder pirata. Com uma expressão séria, pergunta sobre a prática ilegal que estava causando sofrimento à vila. O pirata, agora em uma atitude mais tranquila, acende um charuto e o fuma antes de responder.

— Não se preocupe, Jack Aidan. Não cobraremos mais impostos. Eu e meus homens vamos parar com isso. — diz o pirata entre uma tragada e outra.

Ao ouvir as palavras sobre o fim dos impostos ilegais, Jack sente um alívio misturado com um estranho senso de conexão. Por alguma razão, ele não quer se afastar do pirata. Uma sensação inexplicável de familiaridade o envolve, como se o confronto tivesse desencadeado não apenas uma mudança no pirata, mas também revelado uma conexão oculta entre eles.

Mesmo sem saber o nome do pirata, Jack hesita em partir. Uma voz interior sussurra que há algo mais a descobrir, algo além do confronto e das aparências. Enquanto o observa a acalmar o charuto, Jack, sem conhecer o nome do pirata, parte do local, sentindo uma conexão estranha e inexplicável com aquele homem. Enquanto se afasta

Os irmãos e Tony carregando um grande baú com ouro, ainda surpresos com a reviravolta, seguem Jack para fora da estranha fábrica de piratas.

Depois de uma jornada que parecia interminável, os quatro finalmente alcançaram a casa dos irmãos. O alívio era palpável, misturado com a gratidão por terem superado os desafios que se apresentaram.

— Não posso acreditar que deu certo! — Nittan expressou sua surpresa e alegria, enquanto Neitan compartilhava do mesmo sentimento.

— Sim, estamos finalmente livres! — exclamou Neitan, sentindo o peso da ameaça se dissipar.

— Antes de partir, quero expressar minha sincera gratidão pela ajuda de vocês. — Jack dirigiu-se aos irmãos, demonstrando uma mistura de alívio e apreço.

— Não há o que agradecer. Afinal, foi culpa do meu irmão que vocês precisaram ir recuperar o colar. — Nittan assumiu a responsabilidade, reconhecendo o papel crucial de sua escolha.

— Mesmo assim, agradeço. E como sinal de apreço, Tony tem um presente para vocês dois. — Jack indicou o baú que trouxeram do esconderijo dos piratas, um tesouro reluzente que prometia mudar o destino dos irmãos.

Ao abrirem o baú, o brilho do ouro refletia nos olhos surpresos dos irmãos, uma fortuna em ouro, mais do que suficiente para viver confortavelmente por muitos anos. Neitan expressou sua incredulidade:

— Você realmente está nos dando isso?

— Não podemos aceitar algo tão valioso. — Nittan hesitou, ponderando sobre a generosidade inesperada.

— Claro que podem. Usem esse dinheiro para construir um futuro melhor. Agora, a decisão é de vocês: escolher ir para Magith ou seguir outro caminho. — Jack encorajou-os, oferecendo a liberdade de moldar seu próprio destino.

— Eu não sei como agradecer. — Nittan, emocionado, envolveu Jack e Tony em um abraço caloroso. Os sentimentos de gratidão e esperança permearam o momento.

Após se despedirem, Jack e Tony retomaram o caminho em direção a Magith, deixando a escolha dos irmãos em aberto. O futuro parecia mais promissor, e a promessa de um recomeço aguardava nos horizontes de cada um.

Quarto capítulo: A União de Destinos em Magith.

Jack, em um momento de expectativa e curiosidade, decide se afastar de Tony e invocar a mensagem oculta em seu pingente. O murmúrio suave de "Malkasi" ecoou na penumbra, provocando uma vibração desconcertante no ar.

Então, como se emergindo das sombras, o holograma de Eliza se manifestou diante de Jack. Entretanto, a visão era agora um pesadelo retorcido. O rosto de Eliza derretia como uma vela exposta ao calor intenso, revelando carne e ossos decompostos. Buracos negros ocupavam o lugar de seus olhos, emitindo uma escuridão arrepiante. Seu sorriso, distorcido e apavorante, parecia sussurrar segredos sinistros.

Jack, mesmo aterrorizado pela visão distorcida de Eliza, conseguiu reunir sua coragem para ouvir a mensagem até o final. A imagem medonha da figura derretida desapareceu, deixando-o de volta.

Ao analisar a mensagem, Jack percebeu que, apesar da forma horrível que Eliza assumiu, o conteúdo parecia consistente com o que ele já havia ouvido anteriormente. A parte crucial sobre Fumetsu e os vampiros permanecia inalterada, ecoando como um aviso sombrio em sua mente.

Jack voltou até seu companheiro urso, Tony. Seu coração ainda pulsava com a lembrança da imagem distorcida de Eliza, mas ele se esforçou para compartilhar a revelação com Tony.

"Tony, a mensagem ainda é a mesma. Fala sobre Fumetsu e os vampiros, alertando-nos sobre algo que está além da nossa compreensão", explicou Jack, mantendo um olhar cauteloso. "Mas a coisa mais estranha é a aparência de Eliza. Cada vez que vejo o holograma, ela parece mais distorcida, como se estivesse se desfazendo."

Tony, o urso, olhou para Jack com seus grandes olhos expressivos, captando a tensão no rosto do jovem. Ambos compartilhavam o peso do mistério que Fumetsu impunha, e a sensação de estar constantemente sob vigilância tornava-se mais palpável a cada instante.

Jack e Tony avançavam em direção ao grandioso castelo de Magith, mas algo parecia errado. A atmosfera, antes impregnada com a agitação de uma multidão movimentada, agora estava silenciosa e vazia. Magith, que costumava ser um centro pulsante de atividade, estava estranhamente deserta.

Os dois amigos trocaram olhares preocupados enquanto atravessavam os portões do castelo. O eco de seus passos ressoava pelos corredores antes movimentados, agora silenciosos como tumbas. Não havia estudantes indo e vindo, nem mesmo os sons usuais dos professores ministrando suas aulas.

— Isso é estranho, Tony. Onde está todo mundo? — Perguntou Jack, tentando o vazio

Tony, ao lembrar-se do horário da matrícula, verifica o relógio e percebe que as inscrições já se encerraram há horas. A cerimônia de recepção aos novos alunos provavelmente já estava acontecendo. Uma pontada de preocupação toma conta de Tony enquanto ele compartilha a notícia com Jack.

— Jack, perdemos a cerimônia de novos alunos. Não sei como isso aconteceu, estávamos tão envolvidos com tudo o que aconteceu que esquecemos da matrícula. — Explica Tony, com um tom de frustração em sua voz.

No meio da frustração, uma faísca de esperança surge quando Tony lembra que, apesar do prazo encerrado, Merlin poderia, de alguma forma, auxiliar na matrícula de Jack. Isso reacende a motivação da dupla para encontrá-lo o mais rápido possível.

— Jack, considerando que Merlin é o único que poderia te matricular depois do prazo, acho que seria sensato tentarmos falar com ele agora. Vamos resolver isso de uma vez. — Sugere Tony.

Jack concorda, compreendendo a lógica da proposta. "Você está certo, Tony. Vamos direto ao encontro de Merlin. Quanto mais rápido resolvermos isso, melhor."

Juntos, eles seguem pelo castelo em busca de Merlin, esperando que o mago possa oferecer uma solução para a situação peculiar em que se encontram.

Tony conduz Jack em direção à escadaria principal, uma imponente estrutura que se estendia majestosamente em direção aos andares superiores do grandioso castelo de Magith. A escadaria, apesar de sua imponência, emanava uma aura de mistério, com degraus largos e corrimões meticulosamente trabalhados.

À medida que subiam os degraus, a atmosfera tornava-se mais solene, e a grandiosidade do castelo revelava-se diante deles. Paredes adornadas com tapeçarias antigas e retratos de magos lendários testemunharam a longa história da instituição.

Tony, guiando Jack com determinação, finalmente alcança a entrada principal no topo da escadaria. Ali, eles podem sentir a energia mágica pulsante, indicando a presença de Merlin nas proximidades. O ambiente ao redor estava silencioso, como se o castelo estivesse aguardando a chegada deles.

Com um gesto significativo, Tony indica para Jack prosseguir em direção à porta principal, onde, além dela, encontrariam Merlin, o grande mestre de Magith.

Jack hesita por um momento diante da porta, sentindo uma certa tensão no ar. Ele levanta a mão, batendo com cuidado, e a resposta vem quase imediatamente, como se a própria sala estivesse ciente de sua presença. Uma voz, inicialmente fina, mas que rapidamente engrossa, autoritária, mandou-os entrar.

A porta se abre para revelar um interior envolto em rusticidade e uma semi-escuridão, apenas a luz suave de algumas velas que contornam uma mesa de madeira antiga. Uma figura está sentada em uma cadeira preta, de costas para a entrada. O silêncio preenche o ambiente enquanto Jack e Tony adentram a sala, e assim que Tony fecha a porta, uma quietude incomum toma conta do lugar.

Na sala, uma mesa de madeira ocupava o espaço, com um conjunto peculiar de itens. No canto direito, destacava-se um copo ao lado de diversas bebidas, como uísque e conhaque, enquanto, no lado oposto, um cinzeiro abriga dois pedaços de cigarros já apagados e um charuto pela metade, também extinto. Esses elementos sugeriam que, apesar da atmosfera mágica de Magith, Merlin apreciava alguns luxos terrenos enquanto conduzia seus assuntos misteriosos.

A sala de Merlin, ao contrário do restante de Magith, não exibia o céu estrelado ou qualquer indício de magia. Surpreendentemente moderna, era iluminada por lâmpadas convencionais, uma TV de tela plana fixada na parede, e até mesmo um tapete que poderia facilmente pertencer ao mundo comum. Essa singularidade contrastante acrescentava uma camada de mistério à sala, deixando Jack intrigado com a dualidade entre o cotidiano e o extraordinário no universo de Merlin.

Os segundos se esticam enquanto a cadeira começa a girar lentamente, revelando gradualmente a figura misteriosa. Uma tensão cresce no ar, e Jack sente o coração bater mais rápido. As sombras dançam pelas paredes enquanto a cadeira se move, criando uma atmosfera de antecipação.

Jack e Tony observam com fascínio enquanto a cadeira gira lentamente, revelando uma aparente ausência de ocupante. Uma sensação de mistério permeia o ambiente, e a tensão aumenta à medida que aguardam a manifestação de Merlin.

De repente, a voz familiar ressoa na sala, ecoando de algum lugar invisível. Uma figura verde se materializa, saindo das sombras atrás da mesa se revelando ser um Gnomo, com uma altura que não chegava na cintura de Jack

Jack, pela forma de Merlin, recupera-se rapidamente e pergunta se aquele é, de fato, o famoso Merlin. Tony confirma que poderia ser, explicando que Merlin tem a habilidade única de assumir diferentes formas físicas.

Então antes que Jack ou Tony tirassem alguma conclusão, um som de alguém bocejando e se espreguiçando vem de trás de uma porta na sala, o som chama atenção de todos e o gnomo, o suposto Merlin, fica aflito

A porta se abre e revela um homem vestindo apenas sua cueca, aparentemente pela reação do gnomo, poderia ser Merlin. Ele observa os visitantes com uma expressão sonolenta e curiosa. Enquanto segura sua caneca de café, ele percebe o gnomo, e a cadeira fora de lugar não passa despercebida pelo verdadeiro Merlin, que, com voz sonolenta, questiona o duende sobre a situação. O gnomo, visivelmente nervoso, tenta justificar suas ações, alegando que estava apenas "esquentando" a cadeira para Merlin.

A reação do verdadeiro Merlin é direta e incisiva. Ele ordena que o gnomo saia da sala, alegando ter assuntos importantes a tratar e considerando a presença do duende como uma distração indesejada.

O duende, ciente de sua inadequação, deixa a sala rapidamente, deixando Jack e Tony sozinhos com o aparente mago, que ainda está vestindo apenas sua cueca e segurando a caneca de café. Uma atmosfera peculiar de desconcerto paira no ar enquanto eles aguardam para saber como prosseguir diante desse inusitado encontro.

Merlin, mesmo vestindo apenas sua cueca, mantém uma presença imponente e uma aura de poder ao seu redor. Seus olhos, entreabertos pela sonolência recente, observam Jack e Tony com uma mistura de curiosidade e desdém, como se as formalidades e convenções não fossem uma preocupação para ele naquele momento.

Merlin, sem se importar com sua vestimenta incomum, dá um longo gole em sua caneca de café e boceja, exibindo uma expressão que sugere que a noite anterior foi longa e agitada. Seu cabelo desgrenhado e sua barba por fazer não diminuem em nada a sensação de que ele é alguém que pode lidar com situações extraordinárias.

O mago, após beber totalmente seu café, coloca a caneca em cima da mesa e mágicamente ela some, logo em seguida, com um simples estalar de dedos, transforma sua aparência cansada e relaxada para uma digna de um homem de negócios refinado. O terno de três peças, com a cor azul marinho ressaltando sua elegância, destaca-se em contraste com sua camisa branca imaculada e a gravata azul de tom escuro, conferindo-lhe uma presença imponente. Os sapatos marrons completam o conjunto, adicionando um toque de sofisticação ao estilo de Merlin.

Surpreendentemente jovem e cheio de vitalidade, Merlin parecia desafiar as expectativas tradicionais associadas a um mago de renome. Seus cabelos pretos, meticulosamente arrumados, adicionam um toque de modernidade à sua imagem. Uma barba por fazer, habilmente desenhada, ressalta sua masculinidade e confiança. Seu corpo esculpido transmitia uma aura de força e destemor.

Merlin, agora elegantemente vestido e rejuvenescido, encara Jack e Tony com olhos perspicazes, como se pudesse discernir cada pensamento que passava por suas mentes. A transformação revelava não apenas um domínio sobre a magia, mas também uma habilidade em manipular as aparências, uma característica intrigante para um mago tão renomado.

Merlin cumprimenta Tony com um aceno de cabeça, reconhecendo-o como seu antigo aprendiz. Seus olhos, agora cheios de sabedoria e experiência, analisam Tony com interesse. Após o cumprimento, ele vira sua atenção para Jack e pergunta, com uma voz profunda e autoritária:

— Qual seria o motivo da visita, Jack? Estou ciente de que vocês dois não vieram apenas para me fazer uma visita casual. O que os traz até mim?

Jack, surpreso pela familiaridade de Merlin com seu nome, pergunta com uma expressão intrigada:

— Como você sabe o meu nome, Merlin? Eu não me lembro de tê-lo mencionado antes.

Merlin, com seus olhos perspicazes, fita profundamente Jack e desvenda:

— Eu sei de quase tudo, garoto. Conheço suas origens, sua linhagem de meio elfo e humano. O que me surpreende é encontrar você aqui. Pensei que, após o ocorrido, Eliza manteria suas origens ocultas.

Jack, mantendo uma expressão determinada, responde com firmeza:

— Parece que você não sabe de tudo. Minha prima faleceu há três anos.

O semblante de Merlin permanece sério enquanto ele declara:

— Sei de quase tudo, e, aliás, lamento profundamente por sua perda.

Enquanto a conversa prossegue, Merlin realiza gestos habilidosos com as mãos, fazendo com que duas cadeiras surjam magicamente diante da mesa. Ele convida Jack e Tony a se sentarem, indicando que a discussão estava longe de terminar.

Jack e Tony se acomodam nas cadeiras recém-conjuradas, sentindo a magia sutil que as envolve. Merlin, com sua expressão séria e olhar perspicaz, aguarda até que ambos estejam confortáveis. Então, ele inclina levemente a cabeça e indaga:

— Agora que estamos todos à vontade, por que vocês vieram me procurar?

O ambiente na sala parece eletricamente carregado, e a curiosidade de Merlin paira no ar. Jack pondera por um momento antes de explicar:

— Eliza não morreu por culpa de um acidente ou causas naturais...

O silêncio se estende por um tempo, e a expressão de Merlin fica mais séria. Jack, após alguns segundos, volta a falar:

— Eliza foi assassinada. Morta por quatro mascarados encapuzados.

A revelação paira no ar, e Tony adiciona:

— Mestre Merlin, acredito que esses mascarados estavam trabalhando para Fumetsu, ou talvez diretamente sob as ordens dele.

Merlin, diante dessa informação, muda completamente sua expressão. O semblante sereno dá lugar a algo assustador. Seus olhos, que antes eram negros, transformam-se em um vermelho intenso. Pupilas desaparecem, tornando-se da mesma cor vibrante que o vermelho de suas íris. O mago fala, sua voz carregada de gravidade:

— Fumetsu... Isso é impossível. Tenho certeza que eu o eliminei há cem anos. — Merlin diz isso e seus olhos voltam ao normal, sua postura também volta para a normalidade.

— Mestre, infelizmente parece que ele não teve seu fim, Jack tem a prova. — Exclama Tony

Jack coloca o colar em suas mãos e diz para Merlin que nesse pingente tem uma mensagem de Eliza alertando sobre Fumetsu

Merlin cético, diz que Eliza poderia criar todas as teorias que quisesse, mas nem por isso elas seriam verdadeiras. Tony, então, diz a ele que em uma das mensagens a imagem de Fumetsu apareceu no holograma.

— Depois que eu ativei pela a segunda vez o holograma, a bela imagem de minha prima, havia se tornado em algo bizarro, algo que estava podre. — Explica Jack

Merlin pede para ver a mensagem

Jack, com determinação, fecha sua mão sobre o pingente do colar, ativando a magia Malkasi. O ambiente ao redor parece se contrair enquanto o holograma de Eliza surge, e novamente a figura outrora acolhedora de Eliza está deformada, sua pele derretendo como cera, revelando a carne e os ossos por baixo. O sorriso que um dia trouxe conforto agora se transformou em uma visão grotesca, um esgar macabro que assombra a mente.

Merlin, surpreso, levanta-se de sua mesa, fascinado e perturbado pela visão que se desenrola diante de seus olhos. Ele se aproxima de Jack, fitando a imagem decomposta de Eliza. O ambiente na sala parece mais sombrio, como se uma presença sinistra estivesse se manifestando através do holograma.

Enquanto Eliza emite suas palavras, a imagem de Fumetsu ressurge, uma sombra negra e cinzenta que paira ao lado dela. No entanto, desta vez, seus olhos não se concentram em Jack. Em um momento arrepiante, parecem fixar-se nos de Merlin, como se a entidade sombria estivesse ciente de que está sendo observada. Uma sensação de malícia permeia a sala, e Merlin sente um calafrio percorrer sua espinha enquanto a imagem de Fumetsu desvanece lentamente.

O holograma de Eliza, termina sua mensagem alertando sobre Fumetsu e vampiros. O silêncio paira por um momento, e a atmosfera na sala permanece tensa, impregnada pela aura sinistra que acabou de se manifestar.

Merlin, agitado, começa a percorrer a sala de um lado para o outro, como se estivesse tentando escapar das memórias que Fumetsu trazia à tona. Seus olhos, normalmente calmos e controlados, agora refletem uma mistura de temor e desconforto. Enquanto ele fala, sua voz carrega um peso sombrio, como se estivesse relembrando um pesadelo que preferiria esquecer.

— Aqueles olhos no holograma, aquela sombra com aqueles olhos, sem dúvidas, mesmo sem ver o rosto da sombra, eu tenho certeza de ser o verdadeiro Fumetsu. Fumetsu... foi a criatura mais horrenda que eu já tive o "prazer" de enfrentar. Sua pele pálida e acinzentada lembrava a de um demônio, seus cabelos brancos e olhos sem vida pareciam capazes de enxergar o fundo de sua alma. Fumetsu parecia conseguir ver apenas com os seus olhos, o passado, presente e futuro de suas vítimas, parecia sempre saber o próximo movimento e pensamento de seus oponentes. Seus olhos, em vez de brancos, eram negros, com íris vermelhas como sangue. Quando ele aparecia, até mesmo o dia mais belo se tornava sombrio, como se o próprio sol temesse sua presença.

Merlin continua sua descrição sombria, revelando que Fumetsu trazia a morte consigo. Onde quer que ele passasse, a vegetação murcharia, perdendo toda a vitalidade. Era como se Fumetsu sugasse a própria essência da vida ao seu redor, transformando tudo em cinzas e desolação. Merlin sugere que Fumetsu pode estar manipulando a imagem de Eliza, ocultando a última parte e criando aquela aparência perturbadora.

O silêncio na sala ecoa, a atmosfera impregnada pela narrativa assustadora de Merlin. Jack e Tony permanecem em silêncio, absorvendo as palavras do mago enquanto o mistério em torno de Fumetsu se intensifica.

— Mas o que isso tem a ver com os vampiros? — Perguntou Jack

Merlin então faz uma revelação que lança uma sombra sinistra sobre o passado, desenterrando segredos obscuros que permeiam a história dos vampiros e o massacre que assolou os elfos. Ele compartilha que, após os terríveis eventos, os vampiros pareciam ter sido envolvidos em uma névoa de esquecimento, como se suas mentes tivessem sido manipuladas a cometer o massacre.

Obviamente, precisávamos ter certeza que eles realmente não lembravam do ocorrido, então algumas equipes de fantasmas analisaram as memórias de cada vampiro ali e foi constatado que eles estavam totalmente em lucidez durante o ataque.

Merlin, que já enfrentou Fumetsu em um confronto mortal, destaca sua desconfiança na época. Ele sabia que não existia nenhum ser capaz de manipular mentes evoluídas além de Fumetsu. O demônio não apenas controlava as mentes de suas vítimas, como também as possuía, fazendo suas memórias parecerem lúcidas quando visualizadas por outra pessoa. Contudo, Merlin revela que havia destruído Fumetsu muitos anos antes do massacre, portando essa opção de possessão não era possível, Merlin sublinha a incredulidade que sentia diante da possibilidade de sua ressurreição. Como Fumetsu já não existia mais, o feiticeiro não apenas desconsiderou a honestidade dos vampiros que afirmavam serem inocentes, como também teve que tomar medidas drásticas ao bani-los.

A possibilidade de Fumetsu não ter sido completamente destruído lança uma nova luz sobre os eventos passados. A incerteza do destino dos vampiros e o papel potencial de Fumetsu na manipulação dos acontecimentos ressuscitam um senso de urgência e mistério. A trama se aprofunda, revelando que o passado, longe de estar enterrado, está prestes a ressurgir com força total.

Enquanto a verdade se desdobra, Jack absorve as informações com uma mistura de incredulidade e apreensão. O fato de que os vampiros podem ter sido manipulados por uma força além de sua compreensão eleva a trama para um novo nível de complexidade e intriga, onde cada revelação sugere mais perguntas do que respostas.

O tom sério de Merlin preenche a sala enquanto ele conclui suas revelações e emite uma ordem grave a Jack. O feiticeiro, preocupado com a segurança do jovem, pede a ele que mantenha segredo sobre as descobertas. A razão para isso é clara: Fumetsu, de alguma forma, deseja a extinção dos elfos, e Jack, como o último remanescente de sua linhagem, está em perigo iminente.

A necessidade de ocultar a verdadeira identidade de Jack é vital. Merlin decide mudar temporariamente o nome de Jack, deixando de ser Jack Aidan e se torna Jack Fields, uma mudança que vai além do simples nome. Essa alteração representa a proteção de Jack contra as forças sinistras que buscam eliminar os elfos. Merlin, com sua sabedoria e experiência, toma medidas para assegurar que Jack não seja um alvo fácil na iminência do perigo iminente.

A atmosfera se torna densa, carregada de suspense e perigo, enquanto Merlin delineia as ameaças que pairam sobre Jack.

Jack, surpreso e confuso, olha para Merlin tentando processar toda a informação. Tony, por sua vez, mantém-se em silêncio, absorvendo as revelações.

— Jack Fields? Por que essa mudança de nome? — pergunta Jack, buscando entender a lógica por trás da decisão.

Merlin olha nos olhos de Jack com seriedade, como se cada palavra que pronunciava fosse crucial.

— Fields é um sobrenome comum, não chama atenção. Além disso, Fumetsu provavelmente está ciente de que um elfo sobreviveu ao massacre. Ao adotar um nome comum, você se camufla entre os demais, dificultando a localização por parte dos mascarados.

— Mas e minha origem, meu passado? — insiste Jack.

— Seu passado agora é uma narrativa moldada por essa nova identidade. Quanto menos souberem sobre você, mais seguro estará. O passado dos Fields não está marcado pelo massacre dos elfos, e é assim que deve permanecer — explica Merlin com firmeza.

— Qual criatura devo fingir ser? — Questiona Jack.

— Você agora se passará por um simples bruxo humano. — Esclarece Merlin.

— Eu também preciso que você me entregue esse colar. — Diz Merlin em um tom autoritário.

Jack reluta um pouco, mas decide entregar o colar para Merlin, ele percebe que estará mais seguro com ele.

A expressão de Merlin permanece séria enquanto ele examina atentamente o colar recebido de Jack. A tensão no ar é palpável, pois Jack hesita antes de entregar a única ligação tangível com sua prima. Entretanto, ele compreende a necessidade de confiar em Merlin para sua própria segurança.

Merlin, com o colar em mãos, agradece pela valiosa informação compartilhada pela dupla. Enquanto examina o artefato, seus olhos demonstram uma profundidade de conhecimento e sabedoria. Jack e Tony são então instruídos a deixar a sala, mas antes de partirem, Tony lembra a Merlin sobre a questão urgente da matrícula de Jack em Magith.

A dualidade de preocupações - a ameaça iminente representada por Fumetsu e a necessidade de Jack ingressar seus estudos em Magith - cria uma atmosfera única. A sala do feiticeiro, impregnada de mistério e magia, é o palco onde o destino de Jack está sendo moldado de maneiras imprevisíveis. Enquanto aguardam a resposta de Merlin, a ansiedade permeia o ar.

— Sim, agradeço por me lembrar, Tony. Eu já ia sugerir isso, creio que Jack ficará mais seguro onde eu mesmo possa estar com os olhos nele. — Merlin responde, seus olhos sérios refletindo a seriedade do momento.

A preocupação de Tony se manifesta diante do desafio de ter perdido o prazo para matricular Jack, e ele expressa suas inquietações com um toque de ansiedade. — O problema é que perdemos o tempo de matriculá-lo, e a cerimônia de novos alunos deve estar chegando ao fim neste momento. — Tony compartilha sua apreensão, uma pitada de frustração na voz.

A resposta de Merlin, entretanto, traz alívio para os anseios de Jack e Tony. — Não se preocupe, meu caro amigo urso. Eu mesmo farei a matrícula de Jack e o apresentarei na cerimônia. — Merlin assegura, seus olhos ainda fixos no colar em suas mãos, transmitindo uma concentração profunda.

A notícia é bem recebida, e Tony expressa gratidão com um suspiro de alívio. Ele então questiona a Merlin se pode acompanhá-lo para levar Jack. Contudo, Merlin discorda, afirmando que, a partir desse momento, Jack estaria sob os cuidados de Magith. Ele sugere a Tony reconsiderar a proposta feita anos atrás para o urso se tornar professor em Magith, indicando uma possível colaboração futura.

A tensão do momento dá lugar a uma mistura de sentimentos. Jack, por um lado, sente um alívio ao saber que sua matrícula está sendo resolvida, mas também uma pontada de ansiedade ao perceber que seu destino está sendo moldado sem a participação do importante amigo urso. Tony, por sua vez, passa por um turbilhão de emoções, entre a preocupação por Jack e novamente a antiga oferta de se tornar parte do corpo docente de Magith.

O urso, Tony, se despede de Jack com um abraço afetuoso, transmitindo uma mistura de preocupação e carinho. Em seguida, ele se curva respeitosamente para Merlin, que ainda está fascinado pelo colar e parece absorto em seus próprios pensamentos. Mesmo assim, Tony não deixa de expressar seu respeito ao mestre antes de sair.

— Mestre Merlin, agradeço por cuidar de Jack. Espero que a situação se resolva da melhor maneira possível. — Tony diz com sinceridade, embora perceba que a atenção de Merlin está predominantemente no artefato que tem em mãos.

Merlin, ainda imerso na análise do colar, acena levemente com a cabeça em reconhecimento, mas suas palavras são escassas. O urso, então, volta sua atenção para Jack, oferece um último olhar de encorajamento e se retira da sala. A porta se fecha atrás dele, mergulhando a sala novamente em um silêncio pontuado apenas pelo leve tilintar mágico do colar nas mãos de Merlin.

Merlin, que estava absorto em seus pensamentos, desperta como se saísse de um transe, e o colar que segurava desaparece instantaneamente, como tivesse sido teletransportado.

— Venha, Jack Fields. — Diz Merlin, recobrando a atenção do garoto. — Conduzirei você para a sua apresentação na cerimônia.

— Mas e a minha matrícula? — Questiona Jack.

— Isso pode esperar, a sua apresentação, não. A matrícula é apenas uma formalidade. — Esclarece Merlin.

Ele guia Jack através de um corredor majestoso, ornamentado com tapeçarias azuis e douradas. O corredor majestoso conduziu Jack e Merlin até uma entrada espetacular. Uma gigantesca porta dupla, enfeitada em púrpura vibrante com detalhes dourados, se abriu com uma graciosidade mágica, não necessitando de toques. Ao adentrar, a deslumbrante beleza de Magith se revelou em todo o seu esplendor.

A sala era uma visão de tirar o fôlego, saturada em uma paleta de azuis e dourados que evocava uma sensação de encanto e mistério. No interior, seis enormes mesas na coloração azul ocupam o espaço, divididas com três ao lado esquerdo e três ao lado direito do salão, deixando um enorme espaço no meio, que era enfeitado por um longo e belo tapete azul com detalhes dourados. As mesas ricamente adornadas com runas amarelas, pontuaram a beleza do salão, emanando uma harmonia quase palpável. As paredes, mergulhadas em um azul profundo com detalhes em dourado reluzente, pareciam impregnadas de séculos de sabedoria mágica.

A melodia celestial, uma sinfonia composta por instrumentos invisíveis, permeia o ar. Violinos, flautas e trombetas entrelaçaram-se em uma harmonia perfeita, como se fossem dotados de vida própria. A música, doce e envolvente, preenchia cada recanto do salão.

No salão, a ausência de janelas conferia uma atmosfera única. Não havia qualquer fonte de luz artificial; a única luminosidade provinha do majestoso céu estrelado que adornava o teto do recinto. As estrelas, como pequenos faróis celestiais, lançavam uma luz suave, criando uma cena encantadora e mágica. Era como se os próprios astros conspiraram para guiar aqueles que ali estavam, envolvendo o ambiente em uma aura celestial.

No entanto, quando Merlin adentrou a sala, a beleza de Magith foi momentaneamente eclipsada por sua presença imponente. Um silêncio respeitoso varreu o salão, os estudantes, mesmo os instrumentos encantados, cederam à aura dominante do grande Merlin. A melodia, que antes dançava no ar, foi silenciada pela presença da majestade.

Ao final da sala, um palco monumental sobe diante deles. Sobre o palco, uma professora, cuja aparência etérea lembra a de um fantasma, monitora os alunos com seus olhos penetrantes. Contudo, ao notar a chegada de Merlin, seu foco se desvia para ele, criando um momento de expectativa no ambiente.

— Pessoal, não parem o barulho por mim. Voltem à conversa, e vocês, instrumentos, voltem a tocar. — Diz Merlin com um sorriso brincalhão, entretanto, antes que o som possa voltar, Merlin muda sua expressão brincalhona para uma séria. — Estava sendo sarcástico. Quero o silêncio de vocês, por favor.

A atmosfera, então, se torna mais solene quando Merlin, saindo da frente de Jack, anuncia a presença do jovem, um aluno que chegou atrasado na matrícula. O fantasma, a figura etérea no palco, surge como se por magia, manifestando preocupação.

— Mestre Merlin, a cerimônia acabou. Não podemos aceitar esse garoto aqui.

— Luci, não se preocupe. Eu cuido de tudo. Além disso, sei que um grupo de estudantes ficou com um aluno a menos. Podemos colocá-lo nele. — Explica Merlin com confiança, ignorando a frieza da fantasma.

Luci, sendo uma fantasma, exibia uma imagem etérea e transparente. Apesar de sua condição de fantasma, apresentava-se com a figura de uma jovem mulher. Seus cabelos curtos acrescentam um toque moderno à sua aparência, enquanto ela trajava um elegante terno preto, ostentando com orgulho o emblema de Magith em seu peito. O traje de Luci era completo, incluindo o colete e uma gravata preta impecavelmente amarrada em seu pescoço. Embora flutuasse constantemente, nunca precisando dar passos, Luci desafiava as convenções ao calçar saltos altos nos pés.

Os olhos de Luci reviram, e ela encara Jack com uma superioridade mal disfarçada. Em um piscar de olhos, a vestimenta de Jack transforma-se, revelando o uniforme padrão de Magith. Uma camisa branca, gravata azul e um terno de três peças, todos em azul marinho, com o símbolo distintivo de Magith: uma arara dourada em voo.

A arara, majestosa e resplandecente, com suas penas douradas capturando a luz de maneira espetacular, simbolizando a singularidade e a riqueza da magia em Magith. Seus olhos, detalhados com pequenas gemas mágicas, irradiam uma sutil aura de poder.

A aljava repleta de flechas de Jack e seu arco continuava em suas costas, entretanto, a capa de Eliza desapareceu, provocando a ira de Jack. Ele grita com Luci, exigindo sua capa de volta. A fantasma responde com uma frieza palpável, advertindo Jack sobre as regras rigorosas de vestimenta em Magith.

— Pode ter sua capa, mas não poderá usá-la. Aqui, todos têm que usar o uniforme. Também terá que parar de andar com esse arco e flechas, se continuar pode ferir você mesmo ou algum aluno. E da próxima vez que aumentar o seu tom de voz, eu mesmo cuidarei de sua punição. — Diz Luci, com uma frieza ameaçadora, impondo a severidade das regras da escola de magia.

Com um simples olhar, Luci, a figura fantasmagórica, faz com que a capa de Jack aparece magicamente em suas mãos. Jack, então a pega e a guarda em sua bolsa infinita.

Merlin, com uma despedida cordial, deixa o salão e retorna ao seu escritório, onde os mistérios e segredos parecem envolvê-lo. O silêncio momentâneo no salão persiste. Luci, com sua presença etérea, leva Jack até o palco no final do salão. Com um olhar penetrante, ela mergulha na mente do jovem para extrair seu nome e informações necessárias. O silêncio no salão permanece, como se os próprios elementos mágicos aguardassem a revelação da identidade do novo aluno.

Finalmente, Luci, com uma voz que ecoa como o próprio vento mágico, anuncia ao salão a designação de Jack. Os murmúrios e a curiosidade crescem entre os alunos, cada um ansioso para conhecer o recém-chegado. O símbolo da arara dourada reluz em seu uniforme, destacando-o como uma presença única na atmosfera mágica de Magith.

"Jack Fields," proclama Luci, sua voz envolta em um véu de mistério, "será parte da equipe oito, composta pelos alunos Ster Metagoff e Kenai Kiuwan." A revelação reverbera pelo salão, marcando o início de uma nova jornada para Jack.

Após o anúncio de Luci, a melodia do ambiente retornou e os alunos, que estavam em silêncio, voltaram a falar. Luci dirigiu um olhar penetrante para Jack, instruindo-o a sair do palco e sentar-se em alguma mesa. Jack, obediente, partiu em busca de seus novos colegas. No entanto, o salão, repleto de pelo menos quinhentas pessoas, tornou a tarefa desafiadora. Jack esperava algum sinal de sua nova equipe, mas o mar de rostos desconhecidos permanecia indiferente. Ele continuou sua busca entre as mesas, ouvindo alguns cochichos e risos zombeteiros, mas optando por ignorá-los.

Enquanto Jack percorria as mesas do lado direito do salão, algo desagradável aconteceu. Um aluno, movido por uma má intenção, ergueu a perna para derrubar Jack. O plano foi executado com sucesso, e Jack se viu no chão, com o rosto pressionado contra o piso frio. O som de risos cruéis ecoou por todo o ambiente, como um coro de escárnio.

Enquanto a humilhação se desenrolava, os olhos de Jack encontraram os do responsável pela queda. Um olhar penetrante e, por um breve momento, um brilho verde emanou de seu olho esquerdo. Luci, observando a cena, percebeu essa peculiaridade nos olhos de Jack. Nesse instante, a atmosfera no salão mudou. A risada cessou quando a fantasma, com uma voz firme, ordenou que os estudantes parassem imediatamente.

O estudante que cruzou o caminho de Jack permaneceu imóvel após o incidente, exibindo um rosto humano com cabelos loiros e arrepiados. No entanto, algo peculiar chamou a atenção de Jack: suas pupilas vermelhas e dentes que lembravam presas de vampiros. Apesar do encontro desafiador, o jovem de pele quase etérea não proferiu palavras ou risadas, apenas encarou Jack com um olhar sério.

O silêncio se estabeleceu, e Jack, mesmo diante da vergonha, ergueu-se com determinação. Seu olhar desafiador encarou o aluno responsável pela traiçoeira jogada, e, com um gesto decidido, Jack começou a caminhar em direção a uma mesa vaga, enquanto Luci o observava atentamente.

Enquanto Jack se acomodava à mesa, decidido a deixar para trás a humilhação recente, uma voz feminina rompeu o silêncio. Uma aluna sentada em frente a ele, com um sorriso gentil, iniciou uma conversa.

— Oi! Você é novo por aqui, certo? — A garota parecia radiante, como se a presença de Jack tivesse quebrado o gelo que pairava sobre o ambiente. Seus olhos expressavam curiosidade genuína.

Jack, ainda processando o acontecido, respondeu com um simples aceno de cabeça. — Sim, acabei de chegar. Meu nome é Jack. —

A aluna estendeu a mão em cumprimento. — Prazer, Jack! Sou Mirian Arys. Esse é meu segundo ano aqui em Magith. Se precisar de alguma coisa ou quiser saber como as coisas funcionam por aqui, é só me chamar, ok?

Enquanto a conversa fluía, Jack começou a sentir uma mudança de atmosfera ao seu redor. Outros estudantes, percebendo a interação, começaram a se interessar pelo novo colega. Gradualmente, o clima hostil que antes dominava o salão estava sendo substituído por uma atmosfera mais acolhedora.

Mia, percebendo a situação, sorriu para Jack. — Às vezes, as coisas podem ser um pouco intensas por aqui, mas a maioria dos alunos é legal. E ignore aqueles que não são. Você vai se acostumar.

Jack, intrigado e buscando entender melhor a dinâmica da escola, aproveitou a oportunidade para perguntar a Mia sobre o garoto que o derrubou. Ele olhou para ela e indagou:

— Quem é aquele garoto que me derrubou? Por que ele age assim?

Mia suspirou antes de responder, parecendo familiarizada com o aluno em questão. — Ele se chama Scott Owen, um mestiço de dragão. Este é o segundo ano dele aqui em Magith, contudo, por ter reprovado, ele continua no primeiro ano; desde seu primeiro dia aqui, ele tem esse hábito de implicar com as outras pessoas. Parece que a repetição de ano não o fez mudar de atitude.

Ela continuou explicando mais sobre Scott e sua reputação na escola. — Alguns dizem que ele não se dá bem com a maioria dos alunos e gosta de causar confusão. Talvez seja uma maneira dele lidar com alguma coisa, quem sabe. Mas a verdade é que muitos preferem evitá-lo.

Enquanto Jack e Mia discutiam sobre Scott e a dinâmica da escola, um garoto agitado, com um moicano branco e pele azul que estava ao lado de Jack, até então observando a conversa, decidiu se juntar à discussão. Com um sorriso animado, ele interrompeu a conversa.

— Ei, vocês estão falando do Scott, né? Esse cara é um caso perdido. — O garoto de pele azul estendeu a mão para cumprimentar Jack. — Sou Oliver Rani, um elemental da água.

Jack agradeceu o gesto, apertando a mão de Oliver. — Valeu, Oliver. Me chamo Jack Aid.. Fields. — Jack ao se apresentar, quase revela sua identidade real.

O entusiasmo de Oliver não podia ser contido, e ele dirigiu a Jack uma pergunta cheia de curiosidade. — O que você é?

Jack, decidindo manter sua verdadeira natureza oculta por enquanto, respondeu com calma: — Sou um bruxo, um humano que consegue fazer magia.

Enquanto Jack e Oliver discutiam, uma garota de cabelos ruivos que estava sentada ao lado de Mia, até então envolvida em uma conversa com outros alunos, ouviu a palavra "bruxo" e se voltou para o grupo com interesse.

— Um bruxo? — Ela perguntou, sua expressão curiosa. — Eu também sou uma bruxa. — Ela se apresentou, — Sou Amara Lins, especialista em magia de fogo. Você tem algum elemento mágico específico ou algo assim?

A agitação no ar era palpável enquanto Jack, cuidadoso em não revelar completamente sua identidade, explicava que ainda estava em busca de seu elemento mágico. Amara, a especialista em magia de fogo, expressava surpresa pela aparente demora de Jack em descobrir seus poderes, considerando que ela própria os manifestará desde os quatro anos de idade.

Antes que a tensão pudesse aumentar, a voz etérea de Luci ecoou pelo salão, orientando os alunos a se reunirem com seus grupos e a se dirigirem aos dormitórios antes da primeira aula. A fantasma desapareceu, deixando o salão momentaneamente em silêncio.

Os colegas de Jack se despediram e seguiram as instruções de Luci, deixando-o momentaneamente solitário à mesa. Sentindo-se perdido entre a multidão dispersa, Jack ficou apreensivo, consciente da dificuldade de encontrar seu grupo em meio àquele mar de rostos desconhecidos.

Quando a ansiedade ameaçava consumi-lo, Jack sentiu um toque amigável em seu ombro esquerdo. Ao virar sua cabeça, depara-se com um garoto peculiar de pele vermelha que se acomodava ao seu lado.

— Você deve ser Jack. Eu sou o seu colega de equipe. Prazer, Kenai Kiuwan — Disse o garoto, estendendo sua mão para cumprimentar Jack.

Jack observava Kenai com fascínio, intrigado pela peculiaridade de sua aparência. A tonalidade escura dos cabelos vermelhos e a pele avermelhada confeririam a Kenai uma singularidade que o destacava entre os demais estudantes de Magith. As orelhas grandes e pontiagudas adicionam um toque misterioso à sua figura.

Kenai ostentava brincos dourados na orelha direita, um detalhe que complementava sua estética única. No entanto, eram seus olhos que realmente capturavam a atenção de Jack. A íris amarela brilhante criava um contraste cativante, dando a Kenai um olhar enigmático e, ao mesmo tempo, acolhedor.

O sorriso amigável de Kenai revelava seus caninos afiados, um traço peculiar que lembrava a dentição de uma criatura selvagem. Jack percebia que, por trás da aparência incomum, havia uma essência amigável e acolhedora em Kenai.

Jack, aliviado por finalmente encontrar seu grupo, apertou a mão de Kenai com gratidão.

— Prazer, Kenai. Estava começando a me preocupar por não conseguir encontrar ninguém do meu time.

Curioso sobre o terceiro membro do grupo, Jack virou-se para Kenai e perguntou com interesse.

— E onde está o terceiro membro?

Kenai respondeu com um sorriso amigável. — Ela já foi para o dormitório. Eu achei que poderia ser uma boa ideia procurar por você, já que todos pareciam se dispersar rapidamente.

Jack assentiu, compreendendo a situação.

— Entendi. Agradeço por ter me encontrado, Kenai.

Kenai se levantou da mesa com uma graça natural, seus movimentos revelando uma confiança tranquila. Seus cabelos castanhos caíam em mechas leves e seus olhos brilhavam com uma mistura de entusiasmo e familiaridade com o ambiente de Magith. Com um gesto convidativo, ele indicou o caminho para Jack, pronto para guiá-lo pelo intrincado labirinto da escola.

Jack, por sua vez, se ergueu da cadeira com uma expressão determinada. Seus olhos refletiam uma mistura de curiosidade e resolução enquanto ele se preparava para seguir Kenai.

Enquanto caminhavam em direção ao dormitório, Jack alimentado pela curiosidade e querendo saber mais sobre o colega, escolheu suas palavras com cuidado antes de perguntar.

— Kenai, estou curioso, poderia me dizer qual criatura você é?

— Conhece sabem quem é a caipora?

Jack consiste que sim, afirma dizendo que estudou sobre ela no livro que sua prima havia deixado.

— Eu sou um de seus descendentes. Minha espécie é denominada de "caaporã." Nós não somos tão conhecidos porque minha espécie não habita o mundo mágico e sim o mundo humano, eles são guardiões da floresta, eu fui o primeiro e único que deixou a floresta para vir até Magith.

Enquanto caminham em direção ao dormitório, Kenai oferece a Jack a oportunidade de esclarecer qualquer dúvida que ele possa ter sobre Magith, demonstrando disposição para ajudar e compartilhar conhecimento sobre a escola e seu funcionamento.

Jack expressou sua curiosidade sobre a presença de mais criaturas em Magith, especialmente os centauros que ele havia avistado anteriormente. Kenai, compreendendo a dúvida do colega, ofereceu uma explicação paciente enquanto continuavam a caminhar pelos corredores movimentados de Magith.

— Ah, Jack, eu entendo a sua curiosidade. Aqui em Magith, temos cinco sedes distintas. Esta é a principal, onde acontecem as matrículas e muitos procedimentos. No entanto, esta área é mais voltada para criaturas bípedes, como você e eu. — Kenai fez um gesto abrangente para os diversos seres mágicos ao redor, destacando a diversidade.

Kenai continua a explicação. — Quanto aos centauros e outras criaturas, cada uma tem sua própria sede especializada. Há uma sede no fundo do mar dedicada às sereias e seres aquáticos, enquanto outras estão espalhadas pelo mundo, atendendo às necessidades específicas de cada tipo de criatura.

A explicação de Kenai destacava a organização complexa e adaptável de Magith, uma escola que se esforçava para acomodar a diversidade mágica. Enquanto seguiam em direção ao dormitório, Jack começava a apreciar a amplitude da escola, compreendendo que cada sede era como um mundo próprio, cuidadosamente projetado para atender às particularidades das diferentes criaturas mágicas

Enquanto caminhava ao lado de Kenai, Jack não conseguia deixar de se maravilhar com a grandiosidade de Magith, mesmo após algum tempo já passado na escola. Cada detalhe parecia uma expressão de pura magia, e a magnitude do ambiente ainda o impressionava.

Os corredores, com seus tetos que simulavam um céu estrelado, proporcionam uma experiência única. Jack, olhando para cima, sentia-se imerso em um firmamento noturno que se estendia até o infinito. As estrelas cintilavam com uma intensidade surpreendente, como se cada uma delas guardasse segredos mágicos.

Os quadros nas paredes pareciam ganhar vida, contando histórias e capturando momentos mágicos que transcenderam o tempo. Jack se pegava observando os movimentos sutis das imagens, perdendo-se nas narrativas mágicas que se desenrolava diante de seus olhos.

Ao passar por espelhos, Jack notava sua imagem sendo distorcida de maneiras interessantes, criando reflexos mágicos que desafiavam as leis da física. Cada espelho era um portal para um mundo de possibilidades visuais, adicionando uma camada extra de encanto ao ambiente.

Até mesmo o tapete sob seus pés contribuía para a atmosfera mágica, emitindo uma luz branca que piscava a cada passo. Cada pisada de Jack parecia desencadear um espetáculo de luzes, adicionando uma trilha mágica a cada passo que dava.

Os alunos que transitavam pelos corredores eram igualmente fascinantes. Jack observava ciclopes, metamorfos se transformando em animais ágeis para se locomover mais rapidamente, fantasmas flutuando graciosamente, uma espécie de saci todo uniformizado que transitava pulando com sua única perna e triclopes que lembravam Neitan e Nittan, cada um contribuindo para a riqueza da diversidade mágica em Magith.

A beleza e a peculiaridade de Magith continuavam a surpreender Jack, proporcionando-lhe um ambiente único e enriquecedor. Cada passo pelos corredores da escola era uma jornada mágica, repleta de maravilhas que despertavam a imaginação e alimentavam o encanto de estar em um lugar tão extraordinário.

Conforme Jack e Kenai continuavam a percorrer o espetacular corredor de Magith, a última porta na parede direita parecia ser o destino final. Kenai apontou para ela com um gesto amigável, indicando que ali estava o acesso ao corredor que levaria até o dormitório.

— Essa é a porta, Jack. — explicou Kenai. — Ao passarmos por ela, teremos acesso ao corredor que nos levará diretamente ao dormitório.

A porta tinha uma coloração branca pura, destacando-se da parede azul do corredor. Entretanto, o que mais capturava a atenção eram as runas douradas meticulosamente escritas na superfície da porta. Estas runas pareciam pulsar com uma luminosidade própria na presença de Jack e Kenai, como se reconhecesse a chegada dos dois.

À medida que se aproximavam da porta, o brilho dourado das runas se intensificava, respondendo à presença mágica dos estudantes de Magith. As inscrições pareciam ganhar vida, revelando uma energia pulsante e uma conexão intrínseca com o ambiente mágico da escola.

Kenai, com um sorriso, explicou a Jack:

— Essas runas são especiais. Elas reconhecem os estudantes de Magith e respondem à nossa presença. É como se a própria escola nos desse as boas-vindas.

Ao abrir a porta, Jack foi envolvido por uma atmosfera de mistério e encanto. O corredor à sua frente era vasto e escuro, uma escuridão que parecia se estender até o infinito. As únicas fontes de luz eram as vinte portas à direita, cada uma emitindo um brilho roxo intenso, tão vívido que parecia cortar a escuridão ao seu redor.

A disposição das portas, alinhadas de maneira impecável, adicionava uma simetria enigmática ao corredor. O brilho roxo das portas contrastava com a escuridão profunda, criando uma paisagem surreal e mágica.

Cada uma das portas tinha uma identidade própria, marcada por um número dourado que reluzia com um brilho misterioso. O dourado, além de destacar os números, lançava uma luz sutil sobre o corredor, revelando padrões intricados e detalhes que só aumentavam a aura mágica do lugar.

Do lado esquerdo, a ausência de uma parede desafiava a lógica, expondo uma escuridão infinita que parecia convidar à contemplação do desconhecido. O corredor não tinha limites aparentes, criando a ilusão de que poderia se estender para sempre, uma passagem para outros reinos e mistérios.

Cada passo que Jack dava ecoava no silêncio do corredor, enquanto as portas roxas pareciam pulsar com uma promessa silenciosa de aventuras e segredos. O ar estava impregnado de magia, e Jack, diante desse espetáculo, sentia a antecipação crescer.

Ao cruzarem a porta de número oito, Jack e Kenai foram saudados por um espetáculo de magia e grandiosidade. A porta se abriu como se estivesse ciente da presença dos donos do dormitório, revelando um espaço que desafiava as dimensões do corredor anterior.

O ambiente era verdadeiramente surpreendente, desafiando qualquer lógica convencional. Uma sala de proporções magníficas se desdobrava diante deles, como se a própria essência mágica de Magith permitisse que o dormitório existisse em uma escala além das limitações físicas.

A arquitetura da sala evocava uma elegância clássica, assemelhando-se a uma mansão encantada. No centro do dormitório, dois sofás brancos ladeavam um tapete refinado, enquanto uma lareira rústica emitia uma luz acolhedora, criando um ponto focal de conforto.

À esquerda dos sofás, uma majestosa escadaria branca conduzia aos quartos, conferindo uma sensação de privacidade e sofisticação. Do lado oposto, uma porta revelava uma cozinha espaçosa, equipada com utensílios e aparelhos modernos, criando um espaço funcional e encantador.

No lado direito da sala, outra porta se abria para um banheiro luxuoso e amplo, proporcionando uma experiência de comodidade e refinamento aos ocupantes do dormitório. A atmosfera geral da sala irradiava elegância e praticidade, onde a magia coexistia harmoniosamente com a funcionalidade.

Ao decidirem subir as escadas em direção ao quarto onde descansariam, Jack e Kenai se depararam com outra porta branca, semelhante àquela que dava acesso ao corredor. Com um gesto de Kenai, a porta se abriu, revelando um quarto encantador.

O dormitório apresentava três camas distribuídas estrategicamente: uma à esquerda, outra no centro e a terceira à direita. Ao lado de cada cama, havia um armário de madeira com duas portas, proporcionando espaço pessoal para os ocupantes. Na frente de cada cama, três baús adicionam um toque de praticidade ao ambiente.

Ao entrarem, encontraram Ster, a terceira integrante do grupo, concentrada em sua leitura sobre fadas, sem dar muita atenção a Jack e

Kenai. Enquanto Ster estava ao lado esquerdo, Kenai se encaminhou para a cama oposta, sobrando para Jack a cama do meio.

Ster, no canto do dormitório, era uma visão de beleza incomparável. Sua pele imaculada, de um branco celestial, realçava ainda mais as bochechas rosadas e os lábios de um tom rosa suave. Os cabelos dourados, que pareciam ter capturado a própria luz do sol, caíam graciosamente, irradiando uma beleza que desafiava a descrição. Seu penteado, muitas vezes composto por longas tranças meticulosamente entrelaçadas, ou uma harmoniosa combinação de diferentes estilos, realçava sua feminilidade e graça inconfundíveis. Cada fio de cabelo parecia uma cascata de ouro líquido, capturando a luz de maneira deslumbrante e adicionando um toque adicional à sua beleza já deslumbrante. Seus cabelos eram mais do que um mero adorno; eram uma manifestação da delicadeza e sofisticação que Ster emanava em cada movimento gracioso.

Seus olhos, intensamente azuis, eram como poços de sabedoria e mistério, lembrando a delicadeza das pétalas da flor aciano. O olhar sério transmitia uma força interior e uma compreensão profunda do mundo mágico que a cercava, adicionando um toque de fascínio à sua presença.

Ster, imersa em sua leitura sobre fadas, parecia uma sacerdotisa da beleza, capturando a atenção com cada gesto gracioso. Mesmo absorta no mundo encantado do livro, sua aura exalava uma tranquilidade que apenas realçava sua magnífica beleza.

O uniforme de Ster, com o emblema da arara, não era simplesmente um traje escolar; era uma expressão de elegância e distinção. Cada detalhe parecia meticulosamente projetado para realçar sua beleza, e o brilho do emblema destacava-se com uma luminosidade única, como se reconhecesse a extraordinária jovem que o vestia.

Ster não era apenas uma estudante de Magith; era a personificação da beleza celestial, uma musa que cativava com sua presença incomparável, fazendo com que o próprio universo se curva se diante de sua magnificência.

A decoração do dormitório seguia a estética dos corredores de Magith, com paredes azuis adornadas por detalhes dourados que emitem uma luminosidade sutil. A ausência de janelas e fontes de luz tradicionais destacava a peculiaridade do lugar, sendo iluminado apenas pelo céu estrelado de Magith que ocupava o lugar do teto.

A atmosfera no dormitório era serena e acolhedora, proporcionando um refúgio mágico para os estudantes. Cada canto exalava a magia única de Magith, criando um ambiente propício para descanso e reflexão após um dia repleto de descobertas na escola mágica.

Jack, seguindo as orientações de Luci, se aproxima do baú diante de sua cama e deposita seu arco e aljava com cuidado, lembrando-se da proibição de andar com a arma. Jack também guarda a bolsa que havia recebido de Tony.

Ao fechar o baú, Jack decide cumprimentar Ster, sua parceira de equipe. Um sorriso caloroso ilumina seu rosto enquanto ele se aproxima e estende a mão em um gesto amigável.

— Oi, me chamo Jack. Sou seu companheiro de equipe.

Entretanto, Ster permanece concentrada em sua leitura, ignorando o gesto estendido de Jack e mantendo os olhos firmes no livro. Apesar disso, ela responde a Jack de maneira direta, revelando uma certa frieza em suas palavras.

— Eu sei quem você é, o idiota que fez um escândalo por uma capa imunda.

O sorriso desaparece do rosto de Jack, substituído por uma expressão mais séria. Ele abaixa a mão, observando Ster com uma intensidade cautelosa. O dormitório fica imerso em um silêncio tenso, uma atmosfera que reflete a incerteza entre os dois. Jack, ansioso para compreender a dinâmica de sua nova equipe, e Ster, mergulhada nas páginas do livro, revelando pouco sobre seus sentimentos ou disposição para interagir.

Ster, ao perceber os olhos sérios de Jack a encarando, solta um suspiro e se recosta na cama, guardando o livro sob o travesseiro. Ela finalmente olha para Jack e, com um tom debochado, pergunta:

— Perdão, eu estou errada?

Jack responde com uma fala ainda amigável, buscando esclarecer a situação:

— Essa capa é importante pra mim, peço que não a despreze assim.

A expressão de Ster, porém, permanece imperturbável. Ela responde com uma clareza cortante:

— Olha, nós não somos amigos, não somos conhecidos, não somos nada, e nem seremos. Somos apenas estranhos que dividem um dormitório.

A resposta de Ster ecoa no dormitório, criando uma barreira nítida entre os dois. O silêncio que se segue é carregado de uma tensão palpável, indicando que a dinâmica entre Jack e Ster está longe de ser simples.

Antes que Jack pudesse responder, um som peculiar encheu o dormitório: o alegre canto de um pássaro ecoava pelo ambiente. Jack, confuso, observa Ster, que se levanta da cama e o encara.

— Esse som é o alarme, indica que a nossa aula já vai começar. Você não sabia disso, chegou atrasado na cerimônia. — Explica Ster, seu sorriso transmitindo uma certa superioridade.

Após suas palavras, Ster deixa o dormitório, deixando Jack e Kenai para trás. Jack, pronto para segui-la, percebe que Kenai continua deitado em sua cama. Curioso, Jack se aproxima e descobre que o caaporã estava adormecido.

A cena inusitada desperta um sorriso leve no rosto de Jack, que decide acordar delicadamente seu novo companheiro.

Jack toca gentilmente no ombro de Kenai, e o caapora acorda assustado, seus olhos azuis se abrindo com surpresa.

— Ah! O que está acontecendo? — Exclama Kenai, ainda meio sonolento.

Jack, com um sorriso, explica a situação:

— A aula já começou, o canto do pássaro é um alarme para nos lembrar.

Kenai pisca, ainda se acostumando com a ideia, e então percebe o que aconteceu.

— Ah, droga. Eu não percebi que havia dormido. — Ele se levanta da cama rapidamente, pegando suas coisas.

— Sem problemas, se sairmos agora, talvez conseguiremos chegar a tempo. Vamos juntos procurar a sala. — Sugere Jack.

Os dois saem do dormitório, seguindo pelo corredor de portas brilhantes e encantadas de Magith. O som do canto de pássaros continua ecoando pelos corredores e guiando-os na direção certa.

— Esse som não para? — Pergunta Jack, enquanto caminham com passos rápidos pelos belos corredores de Magith.

— Para apenas quando entrarmos na sala ou se sairmos do colégio. — Responde Kenai. — Esse som toca dentro de nossas cabeças. Quem já está na sala de aula ou não tem aula no momento não ouve.

— Você sabe muito de Magith, Kenai. — Comenta Jack.

— É que eles explicaram isso e mostraram na cerimônia de alunos. — Responde Kenai, demonstrando um conhecimento adquirido nas primeiras experiências em Magith. Enquanto continuam a seguir o som do canto de pássaros, os corredores encantados da escola parecem se desdobrar diante deles, revelando a complexidade e a magia que permeiam cada canto do colégio mágico.

Ao caminharem por um tempo, seguindo o som do pássaro, Jack e Kenai finalmente chegam a uma porta roxa, adornada com desenhos em dourado. O som do pássaro atinge um volume absurdamente alto, indicando que estão diante da sala de aula. A intensidade do canto parece pulsar no ar, criando uma atmosfera mágica e antecipada.

Jack e Kenai trocam olhares breves, compartilhando a expectativa e a curiosidade sobre o que os espera do outro lado daquela porta encantada.

Jack gira a maçaneta da porta com uma pitada de nervosismo e a empurra suavemente, revelando um vasto salão que pulsa com a energia de estudantes envolvidos em seus próprios mundos mágicos. Os alunos estão agrupados em trios, cada grupo focado em suas interações e discussões. A exceção notável é Ster, que se destaca ao estar sozinha sentando bem próxima a professora e mantendo sua concentração nela.

A tutora, uma mulher jacaré, domina o centro da sala com sua presença imponente. Seus longos cabelos ruivos caem graciosamente, contrastando com a escala natural de sua pele. Vestindo um jaleco branco que se estende até próximo dos joelhos, ela exala uma elegância surpreendente. Sua enorme cauda, enrolada com graça em torno de sua cintura, adiciona uma aura única à sua figura.

A mulher jacaré complementa seu traje com um suéter azul adornado com o brasão de Magith, destacando sua afiliação à escola. Uma calça de couro preto acentua sua postura decidida, enquanto seus pés, descalços, fazem contato direto com o chão mágico. Seus olhos de réptil, intensos e perceptivos, são parcialmente ocultos por um par de óculos de leitura, conferindo-lhe uma expressão de sabedoria.

A sala está envolta em uma atmosfera de aprendizado, e o olhar atento dos alunos se volta para Jack e Kenai ao entrarem. O som do canto de pássaros cessa à medida que a porta se fecha atrás deles, marcando o início de sua participação nesta fascinante aula em Magith.

A mulher jacaré, com sua expressão imperturbável, foca sua visão nos alunos atrasados, dando início a uma bronca que reverbera pela sala.

— Ótimo, primeiro dia de aula e já temos dois atrasados. Deixem-me adivinhar, Jack Fields e Kenai Kiuwan? — sua voz, serena, mas firme, preenche o ambiente.

— Peço perdão pelo atraso, professora. Garanto que não acontecerá novamente. — Jack tenta suavizar a situação com um pedido de desculpas sincero.

— Um ponto a menos para a equipe oito. — Anuncia a professora, retirando um caderno do bolso de seu jaleco com um movimento ágil e fazendo a anotação correspondente com uma caligrafia precisa.

Ster, desacreditada diante da decisão, intervém:

— Professora, isso não é justo. Eu cheguei no horário; você não pode tirar meus pontos.

A professora, mantendo sua postura inabalável, responde com firmeza:

— Sua equipe não chegou, senhorita Metagoff, e pelo seu escândalo, vou retirar mais um ponto. — Explica a professora, fazendo uma nova anotação no caderno. A sala é envolvida por uma tensão momentânea, enquanto os alunos processam as repercussões das decisões da professora em relação à pontuação das equipes. O silêncio paira por um instante, até que a mulher jacaré dirige a fala novamente para Jack e Kenai que estavam em pé, parados no mesmo lugar.

— Se vocês dois não se sentarem eu irei tirar mais um ponto.

Jack e Kenai rapidamente dirigem-se aos seus lugares, escolhendo assentos próximos de Ster. Jack senta ao lado dela, enquanto Kenai ocupa o lugar ao lado de Jack.

A sala mergulhou em silêncio enquanto a professora assumia a voz, compartilhando um pouco sobre sua história.

— Como alguns de vocês já devem saber e para outros que chegaram atrasados. — Diz a professora, lançando um olhar significativo para Jack e Kenai. — Eu me chamo Cuca, não a grandiosa feiticeira Cuca, mas a filha mais velha dela que recebeu o nome de minha mãe. Escolhi integrar o corpo docente de Magith para perpetuar os valiosos ensinamentos de magia que herdei de minha mãe, a quem admiro profundamente.

A atenção dos alunos é total, independentemente de sua origem sobrenatural. Sacis, lobisomens, triclopes, duendes, todos fixam seus olhos na professora Cuca, absorvendo cada palavra com interesse. O silêncio na sala é quase tangível, evidenciando o respeito e a curiosidade que permeiam a atmosfera.

Enquanto a professora continua compartilhando sua motivação para lecionar em Magith, Ster, mesmo mantendo a frustração, não consegue evitar murmurar para seus colegas, expressando suas emoções contidas em um tom baixo.

— Ótimo, por culpa de vocês, a professora acha que eu sou uma péssima aluna. — Reclama Ster, expressando sua frustração.

— Desta vez não fui eu quem fez escândalo. — Responde Jack com um deboche perceptível em sua voz.

Ster prepara-se para uma resposta afiada, mas sua atenção é capturada pela professora, que a questiona sobre os cochichos na sala.

— Nada, professora. Jack é quem não para de falar. — Responde Ster, acusando seu companheiro.

— Isso é verdade? senhor Fields. — Pergunta a professora, direcionando seu olhar inquisitivo a Jack.

— Sim professora, é que a minha companheira Ster, falou que é perita com magia, e se eu estivesse com dúvidas em algo, poderia perguntar a ela. — Responde sabiamente Jack

— De qual magia você estaria interessado Jack? — pergunta a professora

Jack, percebendo que no momento não lembrava nenhum nome de magia fora "Malkasi;" isso o faz ficar em silêncio por um momento. Kenai, sentado ao lado de Jack, percebendo que ele talvez não soubesse o nome de uma magia, disfarçadamente passa um bilhete de papel para ele. Ao abrir o bilhete, Jack descobre uma magia chamada: "Repulse". Jack se levanta, tua voz ecoando confiança.

— Repulse! A magia que Ster tentava me ensinar era essa.

Ao se sentar, Jack é recebido pelos olhares furiosos de Ster. A professora Cuca observa Jack com interesse enquanto ele menciona a magia repulse. Ster, ao notar a situação, franze a testa em desaprovação, mas Jack mantém sua expressão confiante.

— Ah, repulse, uma escolha intrigante, Jack! Essa magia envolve a manipulação para repelir objetos ou até mesmo seres vivos, certo? — indaga a professora Cuca, esboçando um sorriso, mostrando as presas asquerosas.

A professora decide transformar a explicação em uma aula prática. Ela usando magia, com apenas as suas mãos faz com que uma bola pesada apareça no centro da sala, um pouco distante dos alunos, ela incentiva Ster, a perita em magia, a demonstrar a magia "Repulse".

— Ster, já que você é especialista nessa magia, que tal nos dar uma demonstração prática? — sugere a professora, apontando para a bola pesada no centro da sala.

Ster ergue-se com uma postura firme, surpreendentemente confiante. Um sorriso ilumina seu rosto, substituindo qualquer sinal de nervosismo. Apontando sua mão direita em direção à pesada bola no centro da sala, Ster recita a magia com uma voz impregnada de confiança.

— Repulse.

Nesse instante, o anel em seu dedo médio, que antes passava despercebido, começa a irradiar um brilho dourado. A luz intensa emana do anel, transformando o ambiente da sala em uma tonalidade amarela vibrante. Em questão de segundos, a bola pesada, como se tivesse sido atingida por uma força invisível, é catapultada com extrema força contra a parede. O impacto é tão intenso que quase resulta na quebra da parede.

O feito de Ster deixa todos os presentes boquiabertos. A professora Cuca, mesmo estando no comando da sala e acostumada a lidar com magias diversas, não consegue conter sua surpresa. Os olhos da professora se arregalaram ao testemunhar o sucesso da magia "Repulse". A expectativa da professora era de que Ster não seria capaz de executar essa magia particularmente desafiadora, mas a demonstração surpreendente de Ster abala suas próprias previsões.

A professora Cuca, intrigada com o brilho dourado emanado do anel de Ster e pela habilidade com magia, decide explorar um pouco mais sobre a origem da jovem.

— Ster, esse seu sobrenome, Metagoff, vem de onde? — Pergunta Cuca.

— Vem de meu pai, professora. — Responde Ster, ainda de pé, revelando um semblante confiante.

— E seu pai seria? — Indaga a professora, curiosa.

— O rei das fadas. Harry Metagoff segundo, e eu sou sua terceira filha. — Ster revela com naturalidade, introduzindo um elemento de magia e realeza à conversa, deixando todos os presentes na sala ainda mais intrigados com a origem da garota.

A professora Cuca, visivelmente surpresa com o desdobramento inesperado, gentilmente pediu a Ster que tomasse assento. Ster, ao se sentar, voltou seu olhar penetrante para Jack, tentando subjugar o colega com uma expressão de superioridade. Contudo, Jack parecia perdido em seus próprios pensamentos, como se estivesse imerso em um mundo distante.

— Ah, Ster Metagoff, descendente real das fadas. Um toque de nobreza na nossa humilde sala de aula. — comentou a professora, tentando retomar o controle da situação. — Pode nos mostrar mais alguma habilidade mágica impressionante, ou essa surpresa foi o suficiente?

Ster, mantendo sua postura altiva, respondeu:

— Por enquanto, professora, acho que já causamos impacto o bastante para o primeiro dia.

Enquanto isso, Jack, mesmo sob o olhar atento de Ster, parecia ausente. O brilho do anel dela desencadeou uma sensação desconfortável em sua memória, evocando lembranças de sua prima. Um frio na espinha percorreu Jack, que involuntariamente fitou o anel com uma expressão sombria, como se algo do passado estivesse ressurgindo para atormentá-lo.

— Muito bem, Ster Metagoff, a nobreza das fadas está realmente presente entre nós. Espero que o seu talento também esteja à altura do seu prestígio. — Cuca diz, enquanto seus olhos de crocodilo analisam a classe.

A atmosfera na sala de aula de Magith muda drasticamente quando a professora Cuca, irritada pela falta de atenção de Jack, decide chamá-lo à realidade. No entanto, Jack parece perdido em suas memórias, transportado para um lugar onde treinava tiro ao alvo com sua falecida prima.

Kenai, percebendo a distração profunda de Jack, dá algumas cotoveladas no amigo para trazê-lo de volta ao presente. Jack, atordoado, olha ao redor, recobrando a consciência. A professora, notando a situação, questiona Jack e o manda ficar de pé para realizar o mesmo feitiço que Ster executou com maestria.

Ster, com um olhar debochado, observa enquanto Kenai encoraja Jack. A turma, que antes conversava, fica em silêncio, aguardando a tentativa de Jack. A professora faz a bola aparecer novamente no mesmo local, desafiando Jack a repetir o feitiço de repulsão.

Jack, sem um anel mágico, pronuncia as palavras do feitiço, mas nada acontece. A Cuca, percebendo a falta de um anel em Jack, não hesita em lançar críticas ao garoto, questionando sua presença em Magith.

— Jack, você nem anel tem! Me diga o que está fazendo em Magith. Você deveria dar espaço para seres que realmente queiram aprender. Parece que você não se importa com nada. Retorne ao seu assento, por favor. — Cuca repreende Jack, provocando uma chuva de risadas dos outros alunos em relação a Jack.

Jack, ao se sentar, recebe o consolo de Kenai, que oferece um anel reserva do armário. Ster, observando a situação, dá um sorriso sutil, satisfeita com a reviravolta na dinâmica da sala de aula.

O semblante de Jack permanece inabalável, não refletindo ódio nem vergonha diante das críticas de Cuca ou das risadas da turma. Indiferente ao consolo de Kenai e ao sorriso sutil de Ster, Jack parece mergulhado em pensamentos sobre sua prima e os misteriosos mascarados. Por alguma razão, essa lembrança antiga ressurgiu com uma intensidade avassaladora, obscurecendo momentaneamente o presente em Magith.

O canto do pássaro ressurge, indicando o fim daquela parte da aula e o início de outra. Os alunos se preparam para deixar a sala e seguir para a próxima atividade. Jack, ainda imerso em seus pensamentos, levanta-se silenciosamente, pronto para enfrentar o próximo desafio em Magith. Com o encerramento da aula a cuca faz um movimento sutil com sua mão, fazendo a bola pesada simplesmente desaparecer, como se nunca tivesse estado ali. Em seguida, ela direciona sua atenção para a parede quase danificada, e com um gesto preciso, restaura a pequena deformidade, devolvendo à parede sua condição original.

Ster interrompe Jack e Kenai antes que deixem a sala, declarando que ela se juntaria a eles para evitar qualquer atraso. Os três alunos, agora companheiros de equipe, seguem juntos para a próxima aula. Jack e Kenai mergulham em uma conversa animada enquanto caminham pelos corredores de Magith. Ster, por outro lado, permanece em silêncio, ouvindo atentamente as interações entre seus dois companheiros de equipe.

Ster, que até então permanecia em silêncio, decide abordar Jack e Kenai com um tom mais sério.

— Precisamos ser realistas. Eu não sou amiga de vocês, mas, infelizmente, estamos no mesmo grupo. O que um faz afeta a todos. Para manter uma boa imagem e desempenho aqui em Magith, sugiro que, pelo menos, finjamos uma amizade.

Jack olha para Ster, ponderando suas palavras antes de responder.

— Entendo o seu ponto, Ster. Eu concordo em mantermos as aparências, talvez isso melhore o nosso desempenho como equipe.

Kenai, com seu jeito descontraído, complementa a conversa.

— Eu preferiria que realmente fôssemos amigos, mas se é isso que precisamos fazer para sobreviver aqui, estou dentro. Afinal, quanto mais unidos formos ou parecermos, melhor para todos nós.

O trio, agora comprometido em manter uma fachada de amizade, finalmente chegou à porta que dava acesso ao ginásio, onde ocorreria sua próxima aula. Antes que pudessem entrar, um esqueleto trajando o uniforme de Magith e um espantalho, este último um tanto chamuscado, gritando em desespero, correram em disparada na direção deles, adentrando o ginásio abruptamente e abrindo a porta com ímpeto. A pressa e o estado peculiar dessas criaturas indicavam que estavam fugindo de algo.

De repente, surge Scott Owen, com seus cabelos bagunçados e o uniforme desalinhado, a camisa escapando por fora da calça. Seu sorriso diabólico exibe presas afiadas, adicionando uma aura misteriosa à sua figura. Sem dar a mínima atenção ao trio, Scott passa por eles e adentra o ginásio com determinação, deixando claro que sua intenção era capturar o esqueleto e o espantalho.

O trio observa a cena, intrigado e ao mesmo tempo cauteloso diante do comportamento peculiar de Scott, enquanto no ginásio a situação se desenrola com rapidez, criaturas e alunos movendo-se freneticamente.

Ao adentrarem o ginásio, o trio se depara com um ambiente completamente envolto em tons de roxo. As paredes exibem runas brilhantes em amarelo, emanando uma luminosidade mágica que preenche o espaço. Uma gigantesca arena no centro do local, na cor vermelha intensa, atrai a atenção.

A arena é adornada com algumas runas em branco, criando um contraste vívido com o vermelho predominante.

O ginásio ecoava com a expectativa silenciosa da plateia de estudantes, todos observando a tensa situação. Scott, envolto em faíscas de fogo, estava prestes a atacar suas presas. Os pedidos desesperados do esqueleto e do espantalho para que ele não os machucasse eram ignorados, enquanto o agressor ria cruelmente.

Jack, inflamado pela indignação diante da covardia e pela falta de intervenção dos demais, agiu impulsivamente. Sua aproximação foi rápida e furiosa, um soco preciso derrubando Scott ao chão, com o rosto virado para o solo.

— Isso é pela rasteira de antes. — Vociferou Jack, expressando sua frustração. Os dois alvos de Scott agradeceram e fugiram do ginásio em disparada. Scott, por sua vez, levantou-se com fúria nos olhos, limpando o sangue de sua boca com um gesto teatral.

Num ato bizarro, Scott lambeu o sangue de seu punho, desafiando Jack. Scott, então, prepara-se para retaliar com um soco, mas Ster intervém, lançando a magia "Repulse" e empurrando Scott para longe. Apesar da força do impacto, Scott se levanta como se nada tivesse acontecido, desafiadoramente provocando Jack sobre a intervenção de Ster.

— Essa é sua protetora? Precisa que sua namorada o defenda, Jack? Fracote! — Zombou Scott, lançando olhares desdenhosos em direção a Jack e Ster. O clima no ginásio tornou-se ainda mais tenso quando Scott fez suas duas mãos se incendiarem, indicando que iria atacar.

Em meio à crescente tensão, Kenai, que estava distante do grupo no momento, fixou seus olhos em Scott. Sem fazer nenhum gesto visível, Kenai consegue paralisar Scott apenas com olhar. O agressor, surpreendido, não conseguia se mover, enquanto a plateia observava perplexa, sem compreender como Scott estava repentinamente imobilizado.

— Que tumulto é esse no meu ginásio?

Uma voz alta e autoritária é emitida na porta do ginásio. O dono da voz era o professor que havia então chegado na aula. Kenai percebendo a presença do tutor, percebe que não há mais perigo e fecha seus olhos soltando Scott da paralisia. Scott ao ser liberto, cai de joelhos no chão e começa a tossir, mostrando que a paralisia estava o afetando.

O professor entra no ginásio com passos decididos, sua expressão séria denota autoridade. Ele avalia a cena diante de si, observando Jack, Ster e Scott e os demais alunos.

O professor que adentrou o ginásio era um centauro majestoso, com a metade superior do corpo humano e a metade inferior de um cavalo robusto de pelagem branca. Seus longos cabelos loiros estavam presos por um rabo de cavalo, conferindo-lhe uma aparência imponente. Vestindo uma jaqueta azul com o emblema de Magith no peito e nas costas, o centauro exibia uma postura ereta e uma expressão séria.

A jaqueta, cuidadosamente alinhada, realçava a figura imponente do professor, enquanto o emblema brilhava com o prestígio da renomada instituição. Suas patas traseiras, poderosas e musculosas, completavam a majestosidade do ser híbrido. Ao adentrar o ginásio, ele emanava uma aura de autoridade e sabedoria, deixando claro que estava ali para impor ordem.

Apesar de sua própria natureza de centauro, ele ensinava na sede de Magith destinada a seres bípedes. Essa escolha incomum de local ensinar gerava um ar de mistério sobre o professor.

— Expliquem-se imediatamente! — ordena o professor, com os olhos fixos em Ster.

Ster, mantendo a calma, adianta-se e inicia seu relato da situação. Com voz firme e clara, ela descreve como Scott estava atacando seres mais fracos e indefesos, enquanto Jack, motivado a intervir, agiu para proteger os alvos da agressão. Ster destaca a covardia de Scott e a necessidade de alguém intervir diante da ameaça iminente, expondo os eventos que levaram ao tumulto no ginásio.

O professor, com um olhar penetrante e avaliativo, analisa atentamente cada palavra dita por Ster. Após ouvir a explicação, ele se aproxima de Scott, que recém se levantou do chão. Com uma expressão séria, o professor examina o aluno minuciosamente, como se buscasse indícios ou confirmações das ações descritas.

— Scott Owen, novamente causando problemas. Esse é o seu segundo ano e não consegue se controlar. — O professor repreende Scott com firmeza. O olhar severo do docente denota desaprovação diante do comportamento recorrente do aluno.

Scott, por sua vez, não encara o professor, mas direciona seu olhar para Jack, mantendo um silêncio carregado de desafios. Após alguns segundos fitando intensamente os olhos de Jack, ele se afasta de todos, dirigindo-se a uma parede e permanecendo isolado.

Jack, apesar da tensão anterior, olha para Scott encostado na parede sozinho, e uma emoção inesperada surge em seu peito. Ao invés de raiva, Jack sente pena por Scott, uma compreensão sutil da solidão e da angústia que talvez o levassem a agir daquela maneira. Uma conexão efêmera, quase imperceptível, que transcende as hostilidades do momento.

O professor, após lidar com a situação envolvendo Scott, sobe na plataforma da arena com uma postura majestosa. Seus olhos varrem a plateia, capturando a atenção de todos os alunos.

— Bom dia, jovens estudantes de Magith! Eu sou o Professor Equinoir, e hoje teremos uma aula especial no ginásio. Espero que todos estejam prontos para desafios e aprendizado — anuncia ele, sua voz ressoando pelo ginásio.

Equinoir e sua postura centaura exala uma mistura de autoridade e sabedoria. Ele continua a explicar os detalhes da aula, enquanto os alunos aguardam, ansiosos para saber o que os espera.

O Professor, com sua figura imponente sobre a plataforma, dirige-se à turma com uma expressão séria:

— Bem-vindos à minha aula, onde a arte da magia se encontra com a habilidade de defesa. Hoje, nosso foco será no combate. Acredito que a melhor maneira de aprender é na prática, e é por isso que teremos um duelo aqui, no coração deste ginásio. — O professor começa a explicar sobre sua aula. — Eu mesmo irei escolher dois de vocês para o duelo. Estejam cientes de que não estaremos apenas avaliando suas habilidades mágicas, mas também a estratégia, a astúcia e a rapidez de raciocínio.

A expectativa toma conta dos alunos, que começam a murmurar entre si, especulando quem serão os escolhidos para o duelo. O Professor Equinoir, com sua postura imponente, varre o olhar pela plateia, prolongando o suspense. O sutil murmúrio entre os alunos preenche o ginásio, todos ansiosos para saber quem terá a chance de protagonizar o duelo.

O olhar de Jack, Ster e Kenai se encontra por um breve momento, uma troca de pensamentos silenciosa entre eles. Será que algum deles será o escolhido para enfrentar o desafio proposto pelo Professor Equinoir? O suspense paira no ar, aguardando a decisão.

Naquele momento, a expectativa pairava no ar enquanto o Professor Equinoir delineava os objetivos do duelo. Os olhares dos alunos se cruzavam, curiosos e ansiosos para saber quem seria escolhido para o embate.

— Sem mais delongas, para o centro da arena, por favor — anunciou o professor, indicando o local de combate.

Os olhares da turma se voltam para o centro da arena, onde o chão vermelho destaca as runas brancas inscritas. A sensação de eletricidade no ar indicava a iminência de um confronto mágico.

— Jack Fields e Scott Owen, vocês serão os participantes do nosso duelo de hoje — revelou o professor, apontando para os dois.

Jack, ainda carregando a energia do confronto anterior, trocou um olhar intenso com Scott, que se afastou da parede e se aproximou, exibindo uma expressão desafiadora. O ginásio estava prestes a testemunhar uma disputa intensa, e o restante dos alunos aguardava ansiosamente pelo embate.

Jack avançou decidido em direção à arena, onde enfrentaria Scott. A atmosfera do ginásio estava carregada com a tensão do duelo iminente. Antes de entrar na arena, no entanto, ele foi interrompido por Kenai.

— Jack, você quer o meu anel emprestado. Sem ele, você não vai conseguir usar magia. Não vejo como você conseguirá enfrentar Scott nesse estado — sugeriu Kenai, expressando sua preocupação.

Jack, tendo ciência que o anel seria inútil para ele, agradeceu a oferta de Kenai, mas educadamente recusou.

— Agradeço, Kenai, mas eu recuso. Eu vou dar um jeito de enfrentá-lo — respondeu Jack com confiança.

Kenai, ainda preocupado, observou o semblante confiante de Jack, percebendo que o colega estava determinado a enfrentar o desafio de frente, mesmo que isso significasse não contar com a magia convencional.

Jack e Scott subiram na arena do ginásio, encarando-se de frente. A plateia de estudantes observava com expectativa, aguardando o início do duelo entre os dois. O professor, no alto da plataforma, preparava-se para explicar as regras do combate. A atmosfera estava tensa, com a rivalidade entre Jack e Scott palpável no ar.

A voz autoritária do professor ecoava pelo ginásio enquanto ele explicava as particularidades da arena de combate. Dentro daquele espaço encantado, os combatentes ainda sentiriam os impactos dos golpes, experimentando ferimentos temporários que, apesar de intensos, seriam limitados. O professor assegurou aos estudantes que, mesmo diante de sinais vitais baixos ou ferimentos graves, a magia da arena agiria de forma rápida e eficaz para curá-los.

Os estudantes podiam atacar com força total e, se desejassem, até mesmo usar armas durante o combate. O professor enfatizou que, ao final do duelo, qualquer ferimento seria curado automaticamente pela magia da arena. Essas informações trouxeram uma sensação de segurança, tornando o duelo mais emocionante e desafiador.

A possibilidade de atacar com força total e o uso de armas durante o duelo aumentavam a intensidade do confronto. A garantia de que, ao final, todos os ferimentos seriam prontamente curados pela magia da arena proporciona uma sensação de segurança aos combatentes, tornando o duelo não apenas emocionante, mas também desafiador e repleto de estratégias a serem exploradas. Ele explica também que a arena possuía um escudo que impediria que qualquer ataque ou objeto passasse por ela enquanto o duelo estivesse acontecendo, garantindo que nada afetasse o lado externo, portanto os dois poderiam usar qualquer ataque sem se preocupar em acertar os outros alunos que estavam assistindo.

O professor observou atentamente Jack e Scott, questionando se tinham interesse em utilizar alguma arma no combate. Scott, confiante em seu estilo mágico, recusou qualquer arma adicional. Jack, por outro lado, surpreendeu a todos ao pedir um arco e flecha. O professor, curioso com a escolha, aceitou o pedido.

Assim, como se fosse magia, uma aljava se materializou nas costas de Jack, acompanhada por um arco em suas mãos. A decisão inusitada provocou risadas de Scott, que parecia menosprezar a escolha de Jack por uma arma considerada antiquada em comparação com a magia moderna. O ginásio estava repleto de expectativa enquanto os combatentes se preparavam para o duelo peculiar que se desenrolava.

A atmosfera no ginásio era carregada de expectativa, enquanto os estudantes aguardavam ansiosos para ver como Jack, munido de um arco e flecha, enfrentaria o poder mágico de Scott. O professor, ao deixar a arena, anunciou o início do duelo, dando início a um confronto que combinava o antigo e o moderno em um espetáculo mágico.

Os dois oponentes permaneciam fixos, cada um calculando a estratégia do outro. A tensão no ginásio era palpável, as vozes dos espectadores ecoavam, dividindo-se entre torcidas para Jack e Scott. Kenai e Ster, do lado de fora da arena, acompanhavam o duelo com expressões concentradas, curiosas ao observar seu companheiro.

Jack, segurando o arco com firmeza, mantinha um olhar focado em Scott. Por outro lado, Scott, confiante em seu poder mágico, parecia menosprezar a escolha de Jack por um método mais tradicional de combate.

O professor observava atentamente, curioso para ver como o embate entre essas duas abordagens distintas se desenrolava. O ginásio ficou em um silêncio momentâneo enquanto Jack armava o arco com uma flecha, preparando-se para a ação iminente. Seus movimentos eram precisos, denotando uma habilidade desenvolvida com o arco e flecha. O olhar focado de Jack permanecia fixo em Scott, antecipando cada movimento do adversário.

A tensão no ar aumentou à medida que Jack ajustava a mira em Scott, calculando o momento certo para soltar a flecha. Os espectadores mantinham os olhos fixos no duelo, aguardando o desenlace da estratégia de Jack e a reação de Scott diante desse inusitado desafio.

Jack soltou a corda do arco, lançando uma flecha em direção a Scott com uma velocidade surpreendente.

O ataque foi rápido, e a flecha se aproximava de Scott com precisão. O que parecia ser uma escolha antiquada de arma mostrava-se como uma estratégia astuta por parte de Jack, surpreendendo a todos no ginásio.

Scott, com uma agilidade impressionante, desvia habilmente da flecha, exibindo um sorriso confiante. Contudo, Jack, demonstrando uma velocidade surpreendente, surge diante de Scott em um piscar de olhos. Um soco poderoso é desferido com precisão, atingindo em cheio o rosto de Scott. O impacto é tão intenso que Scott é derrubado, encontrando-se novamente no chão da arena.

Enquanto isso, a flecha lançada por Jack é dissolvida ao tocar o escudo mágico da arena, evidenciando a eficácia do encantamento de proteção. A plateia, antes dividida em torcidas, permanece em silêncio, absorvendo a reviravolta surpreendente no duelo.

A plateia ficou boquiaberta com a velocidade e agilidade surpreendentes de Jack. O sorriso confiante no rosto de Scott desvaneceu-se instantaneamente quando, ao tentar se levantar do chão, foi impedido por um chute preciso de Jack em seu rosto. O impacto do golpe foi significativo, fazendo com que Scott caísse novamente, visivelmente abalado pela rápida sequência de ataques de Jack. A reviravolta no duelo não apenas impressiona, mas também desperta o entusiasmo do público, que agora testemunha um confronto muito mais imprevisível do que inicialmente imaginava. O silêncio é quebrado por murmúrios de surpresa e admiração, criando uma atmosfera eletricamente carregada na arena.

Scott, erguendo-se do chão, permanece ajoelhado, antecipando-se a um novo ataque de Jack. No entanto, para sua surpresa, Jack recua, afastando-se e fazendo um gesto convidativo para que Scott se levante. O cenário tenso da arena de combate é permeado por uma estranha reviravolta na dinâmica do duelo.

O corpo de Scott se ergueu com uma raiva intensa, e sua fúria manifestou-se em um sopro ardente, assemelhando-se ao rugido de um dragão enfurecido. As chamas dançavam em espirais furiosas, criando uma cena impressionante e ameaçadora, enquanto eram lançadas em direção a Jack, buscando consumir tudo em seu caminho.

Jack, diante do sopro ardente de Scott, age instintivamente e se joga no chão, buscando escapar das chamas que avançavam em sua direção. O calor intenso passa sobre ele enquanto ele se protege no chão, tentando minimizar os danos causados pelo fogo.

As chamas, ferozes e ameaçadores, desvanecem-se gradualmente, deixando Jack ileso no chão. Por sorte as chamas quase não o atingiram, queimaram apenas um pouco de sua roupa.

Jack, embora não se esforce para se levantar, é recebido por um soco ardente de Scott, cujas chamas envolvem o punho, adicionando uma intensidade temível ao golpe. O impacto faz Jack recuar, sentindo a energia calorosa mesmo através da proteção da arena. As chamas deixam uma trilha no ar enquanto dissipam, revelando a determinação feroz de Scott em virar o rumo do duelo. O impacto e o calor residual das chamas são sentidos, mas Jack, resiliente, permanece de pé.

O professor observa atentamente, avaliando como os dois competidores lidam com os desafios apresentados.

Jack, ciente da dificuldade em enfrentar Scott de perto, recua, mantendo uma distância segura. Determinado, ele prepara uma nova flecha e a lança na direção de Scott, buscando uma estratégia que pudesse superar as habilidades flamejantes de seu oponente.

Scott, com um simples movimento de sua mão, conjura uma chama que intercepta a flecha de Jack, evaporando-a no ar. O gesto preciso e a habilidade de Scott mostram a sua destreza no controle do fogo. A plateia observa atentamente, dividida entre admirar a perícia de Scott e torcer pela resistência de Jack. O calor do confronto tornou-se palpável no ginásio encantado.

Scott, com suas habilidades explosivas, começou a criar pequenas explosões nas mãos, usando-as para ganhar impulso e movimentação ágil. A energia flamejante ao seu redor indicava a ferocidade do ataque que estava prestes a desferir. Com um impulso veloz, ele se lançou em direção a Jack.

Em um movimento surpreendente, Scott desferiu uma explosão concentrada no abdômen de Jack, uma explosão tão precisa que fez Jack tossir sangue instantaneamente. A expressão de dor e surpresa estampada no rosto de Jack era evidente. Scott não deu trégua, aproveitando a brecha para realizar outro golpe.

Antes que Jack pudesse se recuperar do primeiro impacto, Scott, com agilidade impressionante, desferiu um chute flamejante diretamente no crânio de Jack. O som da colisão era ensurdecedor, e Jack foi lançado pelo ar, incapaz de se defender. O movimento foi tão forte que Jack foi arremessado com toda a força em direção ao escudo mágico da arena.

O corpo de Jack colidiu com o escudo, deixando uma imagem impactante para os espectadores. O choque fez com que Jack caísse desacordado, sua figura inerte marcando o possível fim do duelo. A plateia observava em silêncio, absorvendo a intensidade da batalha que se desenrolou naquela arena encantada.

Uma onda de murmúrios percorreu a plateia enquanto alguns alunos questionavam o professor se o duelo havia chegado ao fim. O centauro instrutor, com uma expressão séria, respondeu que não. Ele explicou que, após um oponente perder a consciência, uma contagem de dez segundos seria iniciada.

A contagem começou, uma voz ecoando diretamente da própria arena, marcando os segundos que se passavam. A tensão no ginásio era palpável, enquanto todos aguardavam ansiosamente para ver se Jack conseguiria se recuperar a tempo ou se Scott seria declarado o vencedor.

Ster permanecia com um semblante sério, seus olhos atentos à arena, enquanto Kenai gritava o nome de seu companheiro, torcendo para que ele acordasse. A voz de Kenai ecoava no ginásio, carregada de preocupação e desejo pela recuperação de Jack. Ao notar a preocupação de Kenai, Scott, tomado por um surto de raiva, avançou em alta velocidade em direção ao corpo desacordado de Jack, como se estivesse voando. A atmosfera no ginásio tornou-se ainda mais tensa, com todos os olhos voltados para a cena intensa que se desenrolava na arena.

O comportamento cruel de Scott atingiu níveis repugnantes. Sem qualquer remorso, ele começou a pisotear o corpo desacordado de Jack, zombando e gargalhando de sua aparente derrota. Scott não hesitava em proferir insultos, xingando Jack com palavras ofensivas enquanto pisava em sua cabeça. A atmosfera na arena tornou-se pesada, com a raiva de Scott contrastando com a preocupação dos outros alunos.

Ster, incapaz de suportar a zombaria cruel de Scott, deixou de lado sua habitual serenidade. Seu rosto sério transformou-se em uma expressão feroz enquanto ela gritava por Jack. Ignorando Scott, ela ameaçou intervir se ele não parasse, deixando claro que não hesitaria em enfrentá-lo. A tensão no ginásio atingiu um novo patamar enquanto a contagem prosseguia implacável.

Scott, insensível aos apelos de Ster, continuava com sua atitude cruel, desferindo chutes impiedosos no corpo desacordado de Jack. Os alunos, indignados com a brutalidade de Scott, começaram a expressar sua desaprovação em alto e bom som. Gritos de repúdio ecoavam pelo ginásio, formando um coro coletivo contra a atitude desrespeitosa do agressor. A pressão do julgamento coletivo pairava sobre Scott, mas ele parecia imune às reações ao seu redor.

Dentro da mente de Jack, a escuridão predomina, mas aos poucos, uma figura emergiu das sombras. O mascarado vermelho, cujos olhos ocultos transmitiam uma aura sinistra, estava lá, presente na psique de Jack. Uma presença carregada de emoções negativas e lembranças dolorosas. O mascarado encarava Jack com um olhar penetrante, como se a presença dele estivesse ligada diretamente às aflições do jovem.

No interior da mente de Jack, uma escuridão densa o envolvia. No centro desse cenário sombrio, surge o mascarado vermelho, revelando-se como Hades, o mesmo que Jack associava à morte de sua prima. A tensão permeia o diálogo entre os dois.

— O que você está fazendo aqui? Você é o mascarado que matou minha prima. — Exclamou Jack, seus sentimentos de dor e raiva transparecendo na voz.

Hades, com sua voz enigmática, responde calmamente: — Eu me chamo Hades, garoto. Estou aqui apenas para ajudar você a evoluir.

Jack, repleto de desconfiança, rebate:

— Eu não quero sua ajuda!

Num piscar de olhos, Hades desaparece da frente de Jack, apenas para surgir silenciosamente em suas costas, sussurrando ao seu ouvido:

— Independentemente de sua vontade, seu modo elfo despertará involuntariamente daqui a alguns segundos. Isso acontecerá para te proteger do seu oponente.

Ao sentir a presença atrás de si, Jack se vira instintivamente para enfrentar Hades, mas a imagem do mascarado simplesmente se dissipa no ar, deixando apenas uma mensagem flutuando na escuridão: "Verdaj Flamoj."

A atmosfera no ginásio estava eletricamente carregada quando a contagem da arena se aproximava do fim, restando apenas quatro segundos. Scott, a uma certa distância de Jack, já se considerava o vencedor, rindo triunfante e virando de costas para o corpo de seu oponente caído. Sua vitória parecia certa, e a plateia estava entregue à agitação.

Contudo, um evento inesperado agitou o cenário. À medida que a contagem se aproximava do zero, o corpo de Jack começou a se levantar lentamente, interrompendo a contagem da arena. O silêncio se abateu sobre a multidão enquanto Jack permanecia de pé, cabeça baixa e olhos fechados. A plateia, surpresa e encantada, começou a clamar, gritando o nome de Jack e celebrando sua reviravolta.

Scott, ao perceber a reação da plateia, virou-se novamente para encarar Jack. Inicialmente, uma risada maléfica escapou de seus lábios, carregada de ódio. Seus olhos se estreitaram com desdém enquanto observava Jack de pé, seu corpo visivelmente desgastado.

No entanto, a expressão de Scott mudou para seriedade quando ele murmurou uma palavra ameaçadora para Jack: "Morra!" Preparando um sopro flamejante ainda mais poderoso, Scott encheu seus pulmões até o fundo. A plateia gritava por Jack, Kenai tentava intervir com o professor, pedindo para parar a luta, mas suas súplicas foram em vão.

Ster, observando com extrema preocupação, mudou seu semblante para refletir a tensão crescente.

As chamas rugiam como um dragão enfurecido, lançando-se vorazmente na direção de Jack. A multidão assistia com horror, testemunhando a magnitude das chamas que Scott desencadeou sobre seu oponente indefeso. O calor intenso irradiava da espetacular exibição de fogo, criando uma atmosfera de tensão.

Jack permanecia imóvel, aceitando seu destino iminente. As chamas consumiam seu corpo, criando uma cena impressionante e aterradora. A plateia estava em silêncio, incapaz de desviar o olhar da cena dramática que se desenrolava na arena.

Ster, Kenai e até mesmo o professor ficaram atônitos diante da magnitude do ataque de Scott. O espectro de um dragão flamejante engolindo Jack preenchia a arena, criando uma visão surreal e brutal.

Ster, num misto de preocupação, grita pelo nome de Jack, seu companheiro que, até pouco tempo atrás, ela desdenhava.

No ápice da expectativa, quando todos temiam pelo destino de Jack, um fenômeno extraordinário ocorreu no meio das chamas que o envolviam. Uma luz verde, carregada de uma energia mágica intensa, começou a pulsar, como se uma força sobrenatural estivesse sendo desencadeada. Quando as chamas se dissiparam, a figura de Jack emergiu, suas vestes queimadas reduzidas a uma simples calça que milagrosamente permaneceu ilesa. Tanto o arco quanto a aljava que ele portava haviam sido consumidos pelas chamas ardentes.

A surpresa tomou conta de todos quando perceberam que o corpo de Jack estava completamente ileso. Até mesmo as feridas de momentos antes haviam desaparecido, como se nunca tivessem existido. Jack, que mantivera seu olho esquerdo fechado durante todo o processo, abriu-o revelando uma íris verde brilhante, semelhante à de um felino. Uma marca começou a se formar ao redor desse olho, irradiando um tom vívido de verde claro tão intenso que poderia ofuscar quem o encarasse por muito tempo. A marca cresceu desde o olho esquerdo, descendo pelo pescoço e terminando em seu punho esquerdo.

A plateia, inicialmente atônita, agora estava imersa em murmúrios e sussurros, incapaz de acreditar nos eventos mágicos que acabara de presenciar. O olhar de Jack, agora adornado pela marca mágica, emitia uma aura inexplicável, deixando todos intrigados com o que aconteceria em seguida.

O professor, testemunhando a metamorfose de Jack, sentiu uma aragem gélida percorrendo sua espinha. Uma aura indescritível pairava no ar, algo que há muito não se manifestava. As certezas que o conhecimento arcano lhe oferecia desvaneceram diante do fenômeno que se desdobrava. Seus olhos, outrora imperturbáveis e autoritários, agora refletiam perplexidade e temor perante o desconhecido.

A aura imponente de Jack não passou despercebida por Scott, que, cegado por sua fúria, ignorou completamente a transformação ocorrida. A aproximação de Scott foi rápida, quase instantânea, e ele se encontrou frente a frente com Jack, pronto para desferir seus ataques incendiários.

Jack, contudo, permanecia imperturbável. Seus olhos, frios e emanando um poder desconhecido, encaravam Scott com calma. O primeiro soco incendiário de Scott atingiu o rosto de Jack, mas para sua surpresa, Jack permaneceu inabalável. O ataque de Scott, diante do estado atual de Jack, era insignificante.

A raiva crescente em Scott o impulsionou a desferir uma série de golpes explosivos e incendiários. No entanto, Jack permanecia imóvel, recebendo cada ataque sem esboçar a menor reação. Em um momento surpreendente, Jack segurou um dos socos de Scott com sua mão, demonstrando uma força que Scott não imaginava existir.

Com um movimento calculado, Jack estendeu a palma de sua mão em direção ao rosto de Scott. As palavras mágicas, "Verdaj Flamog", ecoaram na mente de Jack, e instantaneamente, o corpo de Scott foi envolvido por chamas verdes. A combustão começou de dentro para fora, e o grito desesperador de dor de Scott ecoou pelo ginásio, assustando até mesmo o professor.

A cena era surreal, as chamas verdes dançando ao redor do corpo de Scott enquanto ele se contorcia em agonia. A plateia, antes silenciosa, agora estava em estado de choque diante da reviravolta impressionante. Jack, com sua expressão imperturbável, encarava o resultado de seu poder recém-descoberto.

O ginásio mergulhou em um silêncio tangível, apenas rompido pelos gemidos angustiantes de Scott, cujo corpo era devorado incessantemente pelas chamas verdes.

Jack, com suas costas voltadas para Scott, iniciou um passo decidido à frente, mas em meros instantes, desabou no solo, inconsciente. Coincidentemente, as chamas que outrora consumiam o corpo de Scott se extinguiram. No entanto, em vez de alívio, uma agonia palpável envolveu o garoto, cujo corpo agora repousava no chão, marcado por queimaduras severas.

A suposta proteção da arena revelou-se ineficaz diante das feridas de Scott, que gemia em tormento. Com o desaparecimento da barreira mágica, o professor, testemunha perplexa, avançou rapidamente para a cena, confrontado por um desfecho inesperado. O palco estava montado para um desdobramento ainda mais sombrio.

Ao mesmo tempo, Luci, que estava monitorando as instalações do colégio, percebeu a comoção e, com sua voz autoritária, demandou uma explicação. Ao obter conhecimento dos eventos, em um piscar de olhos, ela materializou-se na arena, onde eventos sobrenaturais se desenrolaram.

— Professor Equinoir, me conte o que houve aqui. — Exigiu Luci, aguardando uma resposta.

O professor explicou, de forma atônita, os eventos que transcorreram durante o duelo entre Jack e Scott. Luci, ao ouvir sobre as marcas verdes e chamas mágicas, sentiu um arrepio espectral percorrer suas "entranhas". Seus pensamentos divagam entre a possibilidade do modo elfo, mas algo parecia tão fora de lugar quanto um gato preto numa tempestade de neve. A mente de Jack, a qual ela já tinha vasculhado, parecia ser a de um humano comum.

"Uma marca ao redor dos olhos? Pode ser o modo elfo, mas não faz sentido..." Pensava Luci. "Tem a possibilidade de alguém ter camuflado sua mente..., mas quem faria isso?"

A estranheza intensificou-se quando Luci percebeu que Jack, aparentemente, havia conjurado magia sem a dependência de um anel. Intrigada, mas preocupada com a condição de Scott, Luci estendeu sua mão em direção a ele. Ao concentrar sua energia espectral na cura das queimaduras, as feridas do rapaz dissiparam-se como fumaça em um cemitério de almas penadas. Em seguida, ela repetiu o processo com Jack, mas algo deu terrivelmente errado.

Enquanto tentava curar Jack, uma dor agonizante dilacerou Luci, algo inédito para um fantasma. A intensidade da dor espectral não diminuía; ao contrário, ela se intensificava, envolvendo Luci em uma escuridão desesperadora. As sombras cinzentas pareciam se contorcer ao redor dela, como se tivessem vida própria. Luci, a fantasma que por tanto tempo flutuava entre os mundos, agora se encontrava presa em uma tormenta além de sua compreensão.

Enquanto a agonia se aprofundava, fragmentos de memórias fragmentadas surgiam na mente de Luci. Imagens de um passado distante, antes de sua existência espectral, misturavam-se com os gritos ecoantes da sombra faminta. Tentando compreender o que estava acontecendo, Luci percebeu que algo mais sinistro e profundo estava em jogo.

A sombra cinza, alimentando-se vorazmente de sua essência, não era apenas um espectro casual. Era uma manifestação de algo maior, uma presença desconhecida que parecia tecer os fios do destino de forma sombria. Luci se viu envolvida em uma trama que ultrapassa as fronteiras do mundo dos vivos e dos mortos.

Com a coragem que só os seres etéreos poderiam reunir, Luci decidiu enfrentar a sombra devoradora. Concentrando-se em sua própria energia espectral, ela tentou criar uma barreira protetora. No entanto, a sombra parecia indiferente aos seus esforços, continuando a consumi-la implacavelmente. Desistindo da tentativa de curar Jack, Luci devolveu seu corpo à frieza do chão.

O ato de Luci, teleportando os corpos de Jack e Scott para a unidade médica de Magith, adicionou uma reviravolta inesperada à trama. Enquanto os dois corpos surgiam no centro de cuidados mágicos, o ambiente repleto de energia curativa começava a trabalhar em Jack e Scott.

Ao notar os corpos que apareceram no local, a equipe médica de Magith, familiarizada com casos mágicos incomuns, agiu rapidamente para avaliar a condição dos dois. A magia permeia o ar enquanto feitiços de diagnóstico eram lançados para entender a natureza das feridas e a necessidade de tratamento específico.

Enquanto Jack estava imerso na magia da cura, Scott, embora já curado, passava por exames detalhados para garantir que nenhum resquício do que o afligira permanecesse em seu corpo. A unidade médica de Magith, com seus recursos avançados, permitia uma análise precisa de questões mágicas e físicas.

A despedida entre Luci e o Professor Equinoir foi marcada por uma gravidade sutil. Os olhos espectralmente intensos do fantasma encontraram os olhos serenos do professor, transmitindo uma compreensão silenciosa e uma determinação compartilhada. Luci, comprometida em relatar os eventos recentes a Merlin, sentiu a responsabilidade pesar em seus gestos etéreos.

— Professor Equinoir — Disse ela, sua voz flutuando suavemente no ar. — Preciso informar Merlin sobre o que aconteceu.

O centauro se inclinou levemente, uma expressão séria cruzando seu rosto.

— Luci, vá e faça o que deve ser feito. Estarei aqui, prontos para ajudar. Cuide-se.

Com um aceno, Luci se afastou, desvanecendo-se lentamente enquanto se teleportava para cumprir sua missão. Enquanto isso, o Professor Equinoir, líder e mentor, virou-se para encontrar seus alunos reunidos fora do ginásio.

— Estudantes. — Ele começou, com sua voz carregando seriedade e clareza. — Algo incomum ocorreu hoje. A professora Luci acredita que é crucial relatar a Merlin o ocorrido. Por enquanto, peço que sigam para seus dormitórios. As aulas estão encerradas hoje.

Os alunos, curiosos e apreensivos, trocaram olhares, mas obedeceram às instruções do professor. Os corredores do colégio ecoaram com passos apressados enquanto os jovens se dirigiam aos seus destinos noturnos.

Equinoir, observando o movimento dos alunos, suspirou profundamente, e em sua mente a imagem de Jack com seus olhos verdes penetrantes ecoava. Uma sensação de inquietação se instalava, e o centauro ponderava sobre os eventos que começavam a se desdobrar.

Ster e Kenai, obedecendo o professor, vão em direção ao dormitório. O silêncio pesado pairava entre eles, mas logo Kenai quebrou o silêncio.

— Ster. — Começou Kenai, sua voz carregando a preocupação. — Você viu os olhos de Jack? Aquilo não era normal. Parecia como se algo dentro dele estivesse lutando para se libertar.

Ster assentiu, seu olhar refletindo a incerteza que todos sentiam.

— Sim, Kenai, eu também senti isso. Algo sombrio estava acontecendo dentro de Jack.

Kenai franziu a testa, contemplando as palavras de Ster. Ster suspirou, olhando para o horizonte incerto à frente. A conversa entre

Ster e Kenai continuou enquanto caminhavam pelo corredor iluminado por runas mágicas.

Um dia se passou desde os eventos misteriosos que abalaram Magith. Enquanto a noite caía sobre o colégio, Jack acordou em uma cama no centro médico, rodeado pela luz suave de runas mágicas. Ao abrir os olhos, ele sentiu uma pontada de dor, mas a sensação não era mais intensa como antes.

O quarto estava silencioso, exceto pelo sussurro suave de feitiços de cura. Jack ergueu-se lentamente, avaliando seu entorno. As lembranças de Hades e da agonia que a acompanhava ainda ecoavam em sua mente, mas a dor física parecia ter diminuído.

No peculiar quarto de Jack, as paredes cor-de-rosa eram adornadas com intrincadas runas brancas, uma visão que contrastava com o ambiente mágico de Magith. A sala, decorada com uma simplicidade singular, o teto exibia o céu estrelado de Magith, mesmo que não houvesse janelas para o exterior. O continha várias camas, mas apenas a de Jack parecia estar ocupada.

Ao se sentar na beira de sua cama, Jack percebeu a presença reconfortante de Ster e Kenai que estavam sentados na cama ao lado. Os dois amigos, preocupados, trocaram olhares aliviados ao verem-no despertar.

— Jack, como você está se sentindo? — Perguntou Ster, sua expressão carregada de empatia.

Jack esfregou a testa, tentando reunir suas memórias.

— A última coisa que me lembro é do chute de Scott... e da dor intensa. O que aconteceu?

Kenai se aproximou, seu semblante sério. — Luci teleportou você para o centro médico. Parece que por algum motivo ela mesma não conseguiu te curar.

Ster assentiu. — Ela foi relatar os acontecimentos a Merlin. Estamos todos tentando entender o que está acontecendo.

Jack balançou a cabeça, ainda confuso, mas grato por estar rodeado de companheiros.

— Precisamos descobrir o que está acontecendo com você. — Exclamou Kenai.

Enquanto os amigos mergulhavam em um mar de preocupações compartilhadas e teorias conspiratórias, Jack optou por manter para si as informações sobre o enigmático mascarado vermelho. O destino parecia tê-lo capturado em uma teia intrincada de magia proibida, sombras sussurrantes e revelações que espreitavam nos cantos mais obscuros do seu caminho.

A conversa entre Jack, Ster e Kenai toma um rumo intrigante quando seus companheiros começam a abordar a misteriosa marca verde que surgiu no rosto de Jack. No entanto, Jack está confuso e afirma não se lembrar de nada além de receber um chute muito forte. Ster, então, oferece-se para pesquisar sobre a marca na biblioteca de Magith.

Intrigado, Jack olha para Ster e expressa suas dúvidas:

— Ster, por que está tão preocupada comigo? O trato não era apenas fingir companheirismo?

Ster franze as sobrancelhas e vira sua cabeça para o lado, evitando o contato visual com Jack. Ela responde sem encará-lo:

— É tudo parte da encenação. O que acontece contigo não me importa. Meu único interesse é manter minha reputação imaculada em Magith. — Afirmou ela, como se cada palavra fosse uma armadura para proteger-se de qualquer vínculo emocional.

Entretanto, Kenai, observador e perspicaz, decidiu intervir, um sorriso intrigante dançando em seus lábios.

— Não foi isso que pareceu. Ontem, no meio do duelo, você ficou desesperada quando Jack foi engolido pelo sopro de Scott.

Ster responde com soberba:

— Eu estava atuando. Sou uma atriz habilidosa, se ainda não perceberam. — Proclamou, como se o palco da vida fosse apenas um lugar para exibir suas habilidades teatrais, sem espaço para a vulnerabilidade real.

A conversa do trio é abruptamente interrompida quando, de maneira surpreendente, o reflexo de Merlin materializa-se em um espelho no quarto. O trio, perplexo, viu-se incapaz de desviar o olhar, cativos pela visão incomum que se desenrolava diante deles.

Merlin, começou a emergir do espelho como se este fosse uma janela ordinária. Seu corpo, envolto em uma névoa mágica, materializou-se gradualmente, desafiando as leis convencionais da realidade. Era como se o próprio tecido do espaço-tempo estivesse se contorcendo para acomodar a presença majestosa de Merlin. Os olhares perplexos do trio se fixaram em Merlin, cuja figura se solidificou.

— O velho truque do espelho sempre causa um impacto, não é mesmo? — Brincou Merlin, agora de pé diante deles no quarto.

A expressão de surpresa continuava estampada nos rostos de Ster e Kenai diante da aparição de Merlin. No entanto, Jack, que já estava familiarizado, manteve um semblante calmo, como se a presença de Merlin não o surpreendesse. Ele observou o desdobramento com uma compostura que indicava que estava acostumado com os modos não convencionais do diretor.

Merlin se aproximou da cama de Jack pelo lado oposto de seus companheiros, dirigindo suas palavras especificamente ao jovem:

— Como se sente, Jack? Melhor?

— Um pouco, não me lembro muito do dia anterior, mas estou me recuperando. — Respondeu o garoto, enquanto Merlin avaliava a expressão de Jack.

Após ouvir a resposta de Jack, Merlin voltou seu olhar para Ster e Kenai, e solicitou com seriedade:

— Crianças, poderiam deixar-me falar a sós com Jack? Há assuntos que precisamos discutir.

Ster e Kenai trocaram olhares, percebendo a seriedade na expressão de Merlin. Sem questionar, concordaram silenciosamente e se dirigiram para fora do quarto, respeitando o pedido do diretor.

A porta se fechou atrás de Ster e Kenai, deixando Merlin e Jack a sós no quarto. A atmosfera tornou-se mais íntima, carregada com a expectativa do que o diretor tinha a dizer.

Merlin se sentou nos pés da cama de Jack, analisando-o com um olhar atento. O garoto, confuso com a seriedade repentina do diretor, perguntou:

— Algum problema? Sobre o que o senhor gostaria de conversar?

Merlin olhou para Jack e suspirou, um suspiro longo que denota uma preocupação palpável. Após esse momento, quebrou o contato visual com o garoto e dirigiu seu olhar para o teto estrelado. Sem encarar Jack, Merlin começou a falar:

— Jack, após o relato de Luci, eu mesmo me encarreguei de revisar as cenas do duelo por uma bola de cristal. O que eu vi me deixou intrigado. Você tem conhecimento do que era aquela marca verde em seu rosto?

— Para falar a verdade, Merlin, eu não lembro de nada do que aconteceu ontem, a única coisa que me lembro foi eu levar um chute no rosto. — respondeu Jack, expressando sua confusão.

— Jack, por favor, se você se lembra de algo, me conte. Eu não sou seu inimigo, eu só quero te ajudar.

Jack, embora não se recordasse da marca verde, tinha flashes da conversa com Hades, o mascarado vermelho. Inicialmente relutante em compartilhar essa informação com Merlin, o garoto pensou sobre seu amigo Tony, o urso confiava e respeitava o diretor. Então, Jack decidiu revelar a conversa:

— Depois que apaguei, parece que em minha mente, conversei com um dos mascarados que matou minha prima, especificamente o que tinha a cor vermelha. Ele me contou seu nome e falou algo sobre meu modo elfo.

Merlin permaneceu em silêncio por um momento, absorvendo as palavras de Jack. Seu olhar se dirigiu ao garoto, e havia uma intensidade em seus olhos que indicava uma mistura de preocupação e curiosidade. Finalmente, ele quebrou o silêncio:

— Qual o nome desse mascarado?

— Ele se denomina Hades. — respondeu Jack, seu olhar fixo em um ponto distante, como se revivesse a experiência recente em sua mente.

— Hades... — sussurrou Merlin, quase como um eco sombrio no corredor deserto.

Então, direcionou sua atenção novamente para Jack, agora com uma expressão mais séria:

— Jack, o que mais ele disse sobre seu "modo elfo"? Essa é uma informação crucial, algo que pode explicar muitos dos eventos que têm ocorrido.

Jack, sentindo a seriedade na voz de Merlin, hesitou por um momento antes de responder:

— Ele mencionou que quando eu estivesse em perigo, esse modo seria ativado contra a minha vontade, ele mencionou um feitiço, "Verdaj Flamoj." A verdade é que não compreendo completamente o que ele quis dizer.

As palavras de Jack ecoaram no quarto, criando uma pausa significativa na conversa. Merlin, ouvindo atentamente, franziu a testa ao processar a informação.

Merlin absorveu as palavras de Jack com uma sobrancelha arqueada, expressando uma mistura de surpresa e preocupação. Ele refletiu em voz alta:

— "Verdaj Flamoj" — Chamas Verdes. Uma expressão em Esperanto, a língua mágica dos elfos. Hades está lidando com forças antigas e poderosas. Esta magia élfica, criada há eras, ressoa com um poder único, acessível apenas ao entrar no modo élfico. O que a torna notável é a hermeticidade com que os elfos a mantinham.

O diretor continuou, sua expressão adquirindo uma seriedade ainda maior:

— O conhecimento sobre essa magia foi meticulosamente banido e erradicado de todos os registros conhecidos. Tornou-se um segredo oculto nas sombras da história, inatingível a qualquer esforço de busca. A exclusividade dessa magia élfica estava nas mãos da realeza élfica, que guardou seus segredos tão profundamente que até mesmo a passagem do tempo não conseguiu apagar essas marcas.

Merlin olhou para Jack, reconhecendo a gravidade da situação:

— O fato de Hades ter conhecimento sobre essa magia é extremamente preocupante. Isso vai além das fronteiras de Magith e ressuscita segredos que deveriam ter permanecido enterrados. Jack, é crucial que você compreenda que Hades parece ser alguém que dedicou tempo e estudo aos elfos. A conexão dele com o massacre é evidente, e é plausível que ele tenha orquestrado tudo isso, possivelmente contando com a ajuda de Fumetsu.

Jack absorvendo todas as palavras de Merlin, uma dúvida assolava sua mente, o garoto sem hesitar pergunta com seriedade:

— Merlin, se você disse que ninguém teria conhecimento dessa magia, como o senhor conhece?

As palavras de Jack reverberaram na penumbra do quarto, um eco que se misturou à atmosfera tensa, enquanto Merlin encarava o jovem elfo com uma intensidade gélida. O diretor respondeu à pergunta direta sobre a magia élfica proibida com uma confissão que ecoou com uma sombra macabra do passado.

— Eu fui o responsável por banir essa magia, Jack. Posso parecer jovem, mas já vi eras se desenrolarem. — Começou Merlin, sua voz cortante como uma lâmina cortante em uma noite de vento frio. "Há tempos atrás, antes de Magith emergir, o mundo era um campo selvagem, onde a magia fluía desenfreada e a crueldade era a norma.

A Merlin continuou sua história, envolvendo o quarto em um silêncio carregado de tensão:

— Naquela época, eu era um errante, entre o mundo ordinário e o mágico, desfrutando de minha liberdade e usando meus poderes sem restrições. Contudo, a selvageria atingiu seu ápice quando um jovem elfo, alçando voo nos céus em cima de um dragão negro de perturbadores olhos roxos, cortava as nuvens como uma sombra veloz. As asas do dragão, imponentes e destruidoras, desafiavam o próprio vento, criando um rastro de escuridão tingida de violeta. O elfo movido por uma malícia incompreensível, devorou civilizações humanas com chamas verdes, nada podia deter essas chamas. Nem mesmo a água mais pura era capaz de apagá-las. Era um fogo que queimava de dentro para fora, consumindo não apenas o corpo, mas também a alma de suas vítimas. Cada chama era como uma sentença de destruição lenta, um castigo que não conhecia misericórdia. Ele desdenhava daqueles desprovidos de magia, e sua destruição era implacável, seu plano envolvia o extermínio da raça humana.

Ele tentou convencer os outros elfos a unirem forças com ele, contudo, todos foram contra suas ideias insanas. Após ser rejeitado pelos outros elfos por suas terríveis ações, ele foi exilado, banido por sua própria espécie, porém isso não o impediu de prosseguir com sua visão.

A expressão de Merlin endureceu, relembrando momentos sombrios com uma intensidade perturbadora:

— Houve muitos destemidos que desafiaram o elfo, mas cada um deles se viu desintegrado em cinzas perante sua voracidade impiedosa. Os demais elfos ousaram confrontá-lo, mas nenhum deles possuía força suficiente para resistir. O elfo estava em um patamar obscenamente elevado de magia, uma entidade cujo poder transcendia as fronteiras do compreensível. Cada tentativa de deter o elfo renegado provava-se fútil diante da magnitude aterradora de seus feitiços. Surgiram sociedades mágicas e humanas, como muralhas desesperadas, tentando conter a maré imparável. O demônio élfico, um verdadeiro arauto do mal, era mais que uma força sinistra; ele personificava a própria essência do maligno, ultrapassando as barreiras do conhecido mal. A cruel tirania transcendia eras e eu, diante daquela devastação, não podia mais permanecer passivo. Transformei-me, desdobrando asas negras, e voei até o elfo. Inicialmente, pedi que ele se rendesse à justiça, mas ele recusou. Uma batalha encharcada de sangue e morte se desenrolou entre nós, e, enquanto lutamos, o mundo foi envolto por trevas que persistiram por quase um século. De alguma forma, durante aquela batalha, arranquei os poderes daquele elfo cruel e o bani para um reino além.

Merlin baixou o olhar, um silêncio pesado acompanhando a lembrança trágica:

— Esse elfo era Fumetsu. Ele retornou anos depois, e nossa última batalha resultou em sua destruição aparente. No entanto, parece que subestimei sua capacidade de ressurgir.

Os olhos antigos de Merlin, fixos em Jack, não apenas narram uma história, mas carregavam consigo o peso obscuro de escolhas que moldaram o destino de Magith. A verdade sobre a magia élfica proibida e a ligação de Merlin com Fumetsu lançavam uma sombra assustadora sobre os eventos que se desenrolaram, como se o passado, antes sepultado, emergisse para assombrar o presente com uma fria e arrepiante sensação de horror.

Merlin continuou revelando os eventos que moldaram a criação de Mystrall e Magith, assim como as medidas drásticas tomadas para manter a separação entre o mundo mágico e o humano:

— Após aquela batalha com Fumetsu, percebi que era necessário tomar medidas mais severas para evitar que a magia causasse estragos irreparáveis no mundo humano. Tornei-me, de certa forma, um herói para ambos os mundos, mas logo compreendi que a coexistência entre eles seria um desafio constante. O mundo humano e o mágico, quando entrelaçados, sempre estiveram propensos a conflitos e desequilíbrios.

Merlin expôs a fundação de Mystrall e Magith como uma solução para essa delicada situação:

— O acordo que propus aos seres mágicos foi a criação de cidades e instituições onde todos pudessem viver em paz e aprender a utilizar a magia de maneira responsável. Assim nasceram Mystrall e Magith, locais dedicados à educação e harmonia, abertos a todas as espécies, sem discriminação. Contudo, percebi que manter a paz exigiria uma separação mais rigorosa.

O diretor revelou as medidas tomadas para impedir a exposição mágica no mundo humano:

— Fundei Mystrall e Magith e, em seguida, promulgou um decreto que proibia a exposição de seres mágicos no mundo humano. Se quisessem viver ou transitar lá, teriam que abster-se do uso da magia e usar uma poção de transmutação para ocultar suas formas místicas. Isso gerou resistência, mas com o tempo a maioria compreendeu que era a escolha certa para evitar repetições de eventos como Fumetsu.

Merlin detalhou as medidas de fiscalização implementadas:

— Estabeleci agentes encarregados de garantir o cumprimento dessas regras. Qualquer suspeita de exposição mágica no mundo humano era intervinda, e os responsáveis eram levados a julgamento. Os humanos expostos tinham suas memórias apagadas, e seres primitivos sem consciência, como ciclopes, eram removidos do mundo humano e transferidos para o mágico.

O diretor concluiu, revelando a consequência gradual da implementação dessas medidas:

— Ao longo do tempo, o mundo humano foi esquecendo de nós. Nossos nomes e histórias tornaram-se lendas urbanas, e os seres mágicos encontraram uma nova harmonia em Mystrall e Magith. Foi uma decisão difícil, mas necessária para proteger ambos os mundos da destruição que a falta de controle mágico poderia causar.

Merlin continuou a falar, adentrando os eventos que se seguiram à criação de Mystrall e Magith, focando agora na decisão crucial relacionada à perigosa magia élfica:

— Com a sociedade estabelecida e a paz conquistada, surgiu a necessidade de lidar com a magia élfica, cujo poder destrutivo era uma ameaça constante. Convocando a realeza élfica, propus uma reunião para discutir medidas para controlar essa magia.

O diretor compartilhou as decisões tomadas nesse momento crítico:

— A realeza élfica concordou prontamente com o banimento dessa magia. Sua prática foi proibida, e até mesmo pronunciar seu nome tornou-se um ato proibido. Todos os livros que continham conhecimento sobre essa magia foram queimados, e qualquer tentativa de falar sobre ela resultava em prisão perpétua. O rei, visando a proteção de seu reino, sugeriu que seus descendentes, se fossem dignos, seriam treinados para usá-la. No entanto, seu uso só seria permitido se estivessem à beira da morte. Ao longo dos anos, a paz persistiu, com apenas os reis mantendo o conhecimento sobre a magia élfica. Essa informação foi passada cuidadosamente de geração em geração, com a responsabilidade de usá-la sendo reservada para momentos de extrema necessidade. — Merlin então revelou um episódio marcante relacionado a essa decisão. — Jack, quando seu pai, Arthur Aidan, estava à beira da morte, ele usou essa magia contra os vampiros. Em um momento de desespero, ele canalizou todo o poder desta magia, eliminando centenas de vampiros com um único ataque. Infelizmente, após esse ato ele perdeu sua vida.

Jack absorveu as palavras de Merlin, refletindo sobre a natureza das chamas verdes de Fumetsu e a conexão com o uso anterior da magia élfica por seu pai. O diretor, consciente das reflexões de Jack, dirigiu-se ao jovem elfo com seriedade:

— Você entende, Jack, o peso desse feitiço. Compreende as consequências devastadoras que podem surgir ao manipular essa magia proibida. O fato de seu pai ter recorrido a ela em um momento extremo, enfrentando vampiros para proteger os outros, revela a gravidade da situação.

Merlin fixou seu olhar nos olhos de Jack, buscando uma resposta clara:

— Você compreende que o uso dessa magia não deve ser levado levemente. A tentação de usá-la pode ser grande, especialmente diante de ameaças como Fumetsu, mas é crucial que você reconheça o risco e escolha seu caminho com sabedoria.

Jack, consciente do impacto de sua magia no duelo, manifestou sua preocupação, questionando Merlin sobre o estado de Scott Owen, a vítima de suas chamas. Merlin, adotando um tom ponderado, respondeu:

— Scott Owen está recuperado. Por alguma razão, as chamas se extinguiram. Pode ser que, quando você ficou inconsciente, a magia perdeu sua fonte de energia, ou talvez seja porque você ainda não domina completamente seu modo élfico e não consegue usar a magia com precisão.

Jack fitou Merlin, compartilhando o momento crucial em que usou a magia:

— Merlin, eu não escolhi fazer isso. Não tenho lembrança de ter acessado o modo élfico e muito menos de ter utilizado Verdaj Flamoj.

Merlin, ao ouvir o relato de Jack sobre o uso involuntário da magia élfica, compreendeu a complexidade da situação. Percebendo a necessidade de esclarecimento, o diretor propôs uma ação decisiva:

— Jack, para entender completamente o que aconteceu, vou ler sua mente. Vou explorar todas as memórias, tudo o que você viveu. Você concorda com isso?

Ao receber a confirmação de Jack, Merlin colocou sua mão na testa do jovem elfo e pronunciou a palavra mágica:

— Klarigi!

Num instante, os olhos de Jack começaram a brilhar intensamente, e uma torrente de memórias começou a se desdobrar diante de ambos. Cada detalhe da vida de Jack, desde suas primeiras lembranças até os eventos mais recentes, foi exposto em um flash impressionante. O passado de Jack, antes envolto em mistério, agora estava completamente à vista.

Quando o feitiço se dissipou, Jack não pôde conter as lágrimas que começaram a fluir. Uma torrente de emoções emergiu, e, estranhamente, os olhos de Merlin lacrimejaram um pouco. A profundidade das experiências de Jack tocou não apenas seu próprio coração, mas também o coração do diretor, revelando a conexão emocional entre mentor e pupilo diante dos desafios que se apresentavam.

Agora, Jack tinha conhecimento de cada detalhe de sua vida, desde a primeira visão de sua mãe até o uso da magia no duelo. As lembranças da fúria contra os mascarados ecoavam em sua mente.

Após um tempo, Jack seca suas lágrimas e se recupera do ocorrido.

Merlin fixou seu olhar penetrante nos olhos de Jack, compartilhando um entendimento profundo que ultrapassa as palavras ditas:

— Fumetsu e Hades mostraram um interesse evidente em você. É crucial que você não apenas compreenda, mas também aprenda a utilizar seu modo élfico e a magia Verdaj Flamoj — continuou Merlin, suas palavras carregadas de seriedade. — O treinamento aqui em Magith desempenha um papel vital no aprimoramento de suas habilidades, permitindo que você compreenda o verdadeiro alcance e potencial de seu poder.

A confusão estampada no rosto de Jack não passou despercebida. Ele questionou Merlin sobre como poderia treinar uma magia que não estava autorizado a utilizar e admitiu não ter ideia de como acessar seu modo élfico. Merlin encarou novamente os olhos perplexos de Jack e respondeu com firmeza:

— Os herdeiros dos reis, após atingirem a maturidade se fossem dignos seriam levados para um lugar isolado, uma dimensão sem vida, lá eles tinham total liberdade para treinar e aprender a usar a magia Verdaj Flamoj. Seu pai foi meu pupilo e meu melhor amigo. Mesmo eu não sendo um elfo, sabia exatamente como treiná-lo. Ensinei a ele desde o básico até o avançado. Ele aprendeu a magia não apenas como uma habilidade, mas como uma extensão de si mesmo. Este é o caminho que você também deve trilhar, Jack, eu mesmo serei o encarregado de treiná-lo, irei ensinar tudo que você deve saber para um possível confronto contra Fumetsu.

O coração de Jack palpitava descompassadamente, ecoando uma mistura de incerteza e determinação. Ele não proferiu palavra em resposta a Merlin, optando por encará-lo com um olhar decidido, indicando sua aceitação ao treinamento proposto.

— Continue frequentando suas aulas normalmente. Quando o dia de estudos se encerrar, dirija-se à minha sala. Contudo, é imperativo manter absoluto sigilo sobre esse assunto. Caso alguém questione sua visita, responda que eu o convoquei para discutir seu desempenho acadêmico — orientou Merlin, destacando a importância do segredo em torno desse treinamento peculiar.

Merlin ergue-se da beira da cama de Jack com uma fluidez sobrenatural, sua figura desvanecendo-se na sala como um vulto etéreo. A presença do diretor desapareceu como se ele fosse parte de uma ilusão, deixando Jack com a intensidade do compromisso assumido pairando no ar.

Ao longo do dia, Jack se viu imerso em reflexões profundas sobre os eventos recentes. Cada momento era um mergulho nos questionamentos e nas possibilidades que se revelaram diante dele. A sombra do desconhecido, entrelaçada com a promessa de treinamento e a revelação de sua própria história, ecoava em sua mente como uma melodia intrigante.

Scott Owen, agora recuperado, encontrava-se em seu dormitório, imerso na escuridão do banheiro. As runas que normalmente iluminavam o espaço estavam apagadas, deliberadamente apagadas por Scott. Um silêncio denso pairava no ar enquanto ele, no meio dessa penumbra, encarava seu próprio reflexo no espelho.

Num acesso repentino de emoções contidas, Scott lançou um soco contra o espelho, desencadeando uma explosão de estilhaços. Contudo, a perplexidade se insinuou quando sua mão, que deveria estar dilacerada pelos cacos afiados, revelou-se inexplicavelmente íntegra. Uma voz trêmula sussurrou o nome de Jack, e no instante seguinte, o quebrantado espelho começou a se recompor diante de seus olhos. Os fragmentos levitam, formando uma dança milagrosa que restaurou o espelho à sua integridade original.

Movido por uma mistura de frustração e angústia, Scott fechou os olhos e, num grito de desespero, socou novamente o espelho. O ciclo de destruição e reconstrução repetiu-se, enquanto o eco dos seus sentimentos tumultuados reverberam nas paredes do banheiro. O espelho, testemunha silenciosa da manifestação visceral dos sentimentos de Scott, continuava a ser modelado e remodelado, como se refletisse não apenas a imagem física, mas a complexidade de sua própria psique conturbada.

No dia seguinte, quando Jack despertou, seus olhos encontraram um objeto místico ao lado de seu travesseiro - um anel, semelhante ao que planejava adquirir de Dungo, mas este exalava uma aura de antiguidade. Movido pela curiosidade, Jack pegou o anel e o examinou, observando seus detalhes intricados e a sensação mágica que emanava.

Decidido a desvendar os segredos desse artefato, Jack deslizou o anel em seu dedo, e para seu espanto, o objeto reagiu plenamente. Adquiriu uma nova forma, moldando-se à anatomia do dedo médio de sua mão direita. O que antes era um anel grosso transformou-se diante de seus olhos atônitos, tornando-se agora um aro fino, com uma tonalidade prateada que reluzia elegantemente.

No centro desse adorno, uma pedra preciosa parecia ter ganhado vida - uma esmeralda que brilhava com um verde profundo, preenchendo o coração do anel com um resplendor místico. O encanto do anel agora era palpável, uma conexão entre Jack e o artefato havia sido criado. Curioso sobre o artefato, Jack deduz que Merlin havia o colocado em sua cama enquanto dormia.

Jack, agora com seu novo acessório. Dirigiu-se para suas aulas em Magith, acompanhado de Ster, Kenai e outros colegas. Contudo, algo parecia fora do lugar. Em algumas aulas em que Jack esperava ter a companhia de seu recente rival, Scott, o mestiço de dragão estava notavelmente ausente.

Jack, ao término de suas aulas, seguiu as instruções de Merlin. Distanciando-se discretamente com seus colegas, ele dirigiu-se ao encontro do seu novo mestre. O corredor silencioso parecia estender-se diante dele, e cada passo carregava a expectativa e a incerteza do treinamento que o aguardava. O colégio mágico, com seus corredores entrelaçados por runas brilhantes, observava o jovem enquanto ele seguia em direção a seu destino.

Subir a gigantesca escadaria que levava ao topo do castelo era como atravessar um portal entre os mundos, com cada degrau ecoando os batimentos acelerados de seu coração. As paredes adornadas por runas mágicas guiavam-no, imprimindo uma sensação de misticismo à sua subida.

Ao atingir o cume da escadaria, Jack deparou-se com a porta maciça do escritório de Merlin, um portal para o desconhecido. Com uma respiração profunda, ele bateu levemente na porta. Ao entrar, o ambiente revelou-se novamente moderno, contrastando com o resto de Magith.

Merlin, sentado em sua cadeira majestosa, acolheu Jack com um sorriso sábio.

— Ah, Jack, ótimo ver você.

Jack, após entrar no escritório, fechou a porta atrás de si. Quando se virou novamente, surpreendeu-se ao encontrar Merlin de pé diante dele, como se tivesse se transformado em um vulto na sua frente. A mudança súbita na posição de Merlin adicionou uma camada extra de mistério ao ambiente, intensificando a atmosfera carregada de magia que permeia o escritório. A expressão de Jack revelava uma mistura de surpresa e fascínio diante do poder e da habilidade do seu mestre.

Jack, curioso sobre o local de treino, indaga Merlin sobre onde seria. Contudo, ao invés de uma resposta direta, Merlin permanece em silêncio. Em vez disso, ele se encaminha em direção a uma porta dentro do escritório. Com uma mão hábil, Merlin a abre e adentra o espaço além, deixando a porta entreaberta como um convite para Jack segui-lo rumo ao desconhecido. A curiosidade e a expectativa dançam nos olhos de Jack, enquanto ele se prepara para atravessar o limiar que separa o cotidiano do extraordinário.

Ao se aproximar da porta entreaberta, Jack, com uma mistura de coragem e curiosidade, estende a mão, agarra a maçaneta e, com um movimento firme, abre a porta.

Ao abrir, Jack se depara com um vazio impenetrável, onde a escuridão domina cada centímetro. Não há uma passagem visível, apenas um inexplicável abismo. Contudo, a voz de Merlin ressoa, rompendo o silêncio do vácuo. Merlin, chamando por Jack, incentiva-o a prosseguir. A despeito da falta de visão, a orientação auditiva do mestre serve como guia para o aprendiz.

Com determinação, Jack fecha os olhos e avança pela escuridão da passagem. O vazio o envolve, e no instante em que ele atravessa o limiar, a porta se fechou silenciosamente atrás dele, isolando-o do escritório de Merlin. O aprendiz agora está imerso na escuridão, guiado apenas pela voz do seu mestre que o chama para um treinamento que promete desvendar os segredos do seu modo élfico e da proibida magia Verdaj Flamoj.

Ao seguir as orientações de Merlin, Jack mantém os olhos fechados, focando-se na voz do seu mestre. As palavras de Merlin ecoam ao seu redor como se estivesse a poucos passos de distância. Em um comando, Merlin instrui Jack a abrir os olhos, e ao fazê-lo, a paisagem diante dele se revela.

Os olhos revelam uma paisagem que desafia todas as expectativas. Uma vastidão branca, um deserto de neve que se estende até onde a vista alcança. Surpreendentemente, o frio que se esperaria cortante e penetrante é apenas uma promessa não cumprida.

A suavidade dos flocos de neve que caem ao seu redor confunde os sentidos de Jack, como se estivesse imerso em um sonho lúcido. Este lugar inusitado, com sua beleza gélida e atmosfera carregada de magia, apresenta a Jack uma jornada que transcende o entendimento convencional. Uma sensação arrepiante percorre a espinha de Jack, sinalizando que essa paisagem deslumbrante esconde mais do que seus olhos podem captar.

Merlin, posicionando-se ao lado de Jack, observa atentamente a reação do aprendiz ao novo ambiente. A vastidão branca estende-se até onde os olhos podem alcançar, e o silêncio da neve caindo cria uma atmosfera tranquila e ao mesmo tempo enigmática.

— Bem-vindo, Jack, ao Ártico Mágico. Este é um espaço fora do tempo e do espaço, onde treinaremos e aprimoraremos suas habilidades. Não se preocupe com o frio; aqui, a magia molda o clima. — Explica Merlin com um sorriso sutil.

O vento suave carrega a promessa de aprendizado e descoberta. Merlin, com sua experiência milenar, inicia os ensinamentos, conduzindo Jack por meio de exercícios para explorar e compreender seu modo élfico.

Merlin começa o treinamento de Jack no Ártico Mágico, orientando-o a se conectar com sua essência élfica. A neve ao redor reage à presença mágica de Jack, formando padrões intrincados e belos à medida que ele se move. Sob a orientação de Merlin, Jack explora os primeiros passos do seu modo élfico, sentindo a energia fluir através de cada parte do seu ser.

O mestre conduz Jack por exercícios de controle e concentração, ensinando-o a manipular a magia que flui em seu interior. Jack percebe a neve respondendo aos seus comandos, dançando ao redor dele conforme ele se sintoniza com a sua natureza élfica. A cada avanço, Merlin oferece insights sobre a história dos elfos, as tradições e a responsabilidade que vem com o poder que Jack agora está começando a desvendar.

No Ártico Mágico, o tempo parece ter uma cadência própria, permitindo que Jack mergulhe mais profundamente em seu treinamento. À medida que a neve se acumula em padrões complexos ao redor deles, Jack se esforça para compreender as nuances do modo élfico, abraçando o potencial oculto que repousa dentro de si.

Merlin instrui Jack a entrar em meditação profunda, buscando conectar-se com as energias mágicas do ambiente. Enquanto Jack se concentra, a neve ao seu redor começa a brilhar suavemente, respondendo à sintonia de Jack com sua essência élfica. O mestre guia Jack através de exercícios respiratórios e visualizações, ajudando-o a mergulhar mais fundo em sua própria magia interior.

Em um momento de profunda meditação, uma aura verde começa a se formar ao redor de Jack, revelando a presença da magia élfica em pleno fluxo. A luz verde ondula suavemente, refletindo a harmonia que Jack está começando a alcançar com sua verdadeira natureza. Merlin observa com atenção, satisfeito com os progressos de seu pupilo.

Merlin explica detalhadamente a Jack sobre o modo élfico, descrevendo seus três níveis de força. A primeira camada, a mais fraca, é representada por uma coloração verde intensa. A segunda camada, mais poderosa, apresenta uma tonalidade amarela ou laranja. Entretanto, é a terceira e última camada que é envolta em mistério, sendo marcada por uma intensa cor vermelha. Merlin revela a Jack que, até então, apenas uma pessoa conseguiu atingir esse nível extremamente avançado, essa pessoa se chama Henry Aidan, o avô de Jack. O mestre prossegue explicando que essa conquista excepcional é um feito notável, visto que nenhum outro elfo foi capaz de desbloquear todo o potencial do modo élfico, e a façanha do avô de Jack ressoa como uma prova impressionante de habilidade e destreza.

Ao longo do treinamento, Jack explora os limites de sua magia, experimentando com diferentes formas de manifestação. A neve responde aos seus comandos, esculpindo-se em padrões intrincados e criando ilusões que refletem a imaginação de Jack. Merlin, com sabedoria acumulada ao longo dos séculos, oferece orientação constante, ajustando o treinamento de acordo com as respostas de Jack à magia élfica.

Enquanto Jack medita, Merlin finalmente percebe o misterioso anel no dedo do jovem elfo. Um lampejo de reconhecimento e curiosidade brilha nos olhos antigos do mestre. Ele interrompe Jack e pergunta a ele sobre seu novo artefato. Jack, confuso, explica que pensou que o anel havia sido dado por ele próprio.

Merlin responde que não e pede para que o garoto o remova. Jack, obediente, tenta retirar o anel, mas, de forma inusitada, não importa a força que ele aplica, o anel permanece imóvel, como se tivesse se fundido misticamente com seu dedo.

Intrigado, Merlin se aproxima e tenta remover o anel. No instante em que seus dedos tocam a joia, um choque verde irradia do artefato, repelindo o mestre para trás com uma força sobrenatural. Merlin é lançado a vários metros de distância, enquanto Jack permanece imóvel, testemunhando a cena com olhos arregalados. O enigma em torno do anel revela-se ainda mais complexo, lançando uma sombra de incerteza sobre o que aguarda ambos, mestre e aprendiz.

Merlin cai de costas na neve, mas sua reação é imediata. Como uma sombra ágil e determinada, ele se levanta rapidamente, desafiando a gravidade. Seus olhos antigos brilham com uma mistura de perplexidade e determinação, e, num piscar de olhos, ele se lança em direção ao jovem elfo como um vulto ágil, cortando a neve silenciosa com sua presença mágica.

Merlin pega a mão de Jack e a aproxima para perto de seu rosto, seus olhos profundos analisam o anel com atenção. Após alguns segundos, ele solta a mão do jovem elfo e diz com um tom sério:

— Esse anel escolheu você como mestre. Basicamente, ele se uniu a você, como se fizesse parte de seu corpo. É raro um anel se conectar assim; a maioria apenas é colocado no dedo, mas não se liga ao hospedeiro, sendo apenas um adorno que qualquer um pode remover e usar. Mas este, em sua mão, ligou-se a você. Vocês agora são um só.

Jack, com um semblante de surpresa e assustado, pergunta se o anel nunca sairá de sua mão. Merlin responde com seriedade que apenas se ele morresse ou cortasse o próprio dedo, o anel se desligaria. O jovem elfo absorve a informação, ainda tentando compreender o significado dessa conexão sobrenatural.

— O estranho mesmo é como esse anel chegou até você? — Questiona Merlin, seus olhos ainda fixos no artefato.

Merlin então diz a Jack que por hoje o treinamento havia acabado, pedindo para o garoto retornar no dia seguinte. Estalando os dedos, Merlin conjura um portal roxo e preto diante deles. Jack se despede, mas o mestre, mergulhado em seus próprios pensamentos, não responde. O jovem elfo passa pelo portal e percebe que foi deixado na frente da porta de seu dormitório. O portal se fecha atrás de Jack, deixando-o sozinho com a intensidade dos acontecimentos recentes ecoando em sua mente.

A porta do dormitório de Jack range suavemente ao ser aberta, revelando a familiar atmosfera de seu quarto. O jovem elfo, ainda atordoado com os eventos mágicos do dia, observa o misterioso anel em sua mão, agora não apenas como um adorno, mas como uma parte intrínseca de sua própria essência.

Jack fecha a porta de seu dormitório, e em seguida sobe as escadas para então entrar em seu quarto. Ao adentrar o aposento, deparou-se com Kenai estendido na cama, um retrato do relaxamento descompromissado. Seus cabelos bagunçados e uma coberta deslizando para o chão indicavam uma soneca tranquila. Vestindo um simples calção e uma regata branca, o caaporã parecia completamente alheio ao mundo ao seu redor, com uma pequena poça de baba ao lado da boca entreaberta.

Ster, por outro lado, estava imersa em um livro. Seu semblante sério e concentrado revelava a profundidade de sua leitura. Ao perceber a presença de Jack, ela fechou o livro, deslizando-o cuidadosamente para debaixo do travesseiro.

Com um suspiro, Jack se acomodou em sua cama, recebendo os olhares curiosos de Ster. Em meio ao silêncio do quarto, Ster finalmente quebrou o silêncio:

— Jack, onde você estava?

— Merlin queria conversar sobre o incidente que aconteceu no duelo. Ele disse que de agora em diante, devo ir falar com ele e relatar sobre o meu dia. — Jack responde, ocultando a verdade.

Ster, não totalmente convencida, assente levemente. Ainda há uma sombra de desconfiança em seu olhar, mas ela decide não pressionar mais por enquanto.

— E você está bem? Percebi que conseguiu um anel. — Indaga, desviando a atenção para o misterioso artefato.

Jack, respirando aliviado por mudar o foco da conversa, sorri e responde:

— Sim, agradeço por perguntar, estou bem. E sim, foi um presente de Merlin. Ele o encontrou perdido em uma de suas gavetas.

Ster, examinando o anel com interesse, comenta: — Muito lindo ele, essa esmeralda parece brilhar...

A conversa é abruptamente interrompida pelo som de um rosnado vindo de dentro do baú de Jack, capturando a atenção dos dois amigos. O ambiente tranquilo do dormitório é quebrado pelo inesperado ruído, e os olhares se voltam curiosos para o objeto que guarda segredos desconhecidos.

— O que foi isso? — perguntou Ster, curiosa.

Jack e Ster, movidos pela curiosidade, aproximam-se do baú, intrigados pelos sons misteriosos que emanam dele. Com cuidado, Jack levanta a tampa, revelando mais uma vez o som falhado de um rugido vindo da bolsa. O jovem pega a bolsa, senta-se em sua cama, e Ster junta-se a ele, criando uma expectativa palpável no ar.

Jack abre a bolsa e mergulha seu braço, vasculhando o interior dela. Enquanto move o braço, ele tenta reconstruir mentalmente o som que ouviu, e, como se atendendo a um chamado mágico, em um instante, algo se materializa na bolsa, permitindo que Jack o agarre. Com uma expressão de surpresa e fascínio, Jack retira a mão da bolsa e descobre que a fonte dos rugidos é o ovo negro que ganhou de Tony. Ele coloca a bolsa ao seu lado, e os dois amigos observam, curiosos, enquanto Jack examina o ovo atentamente.

Com cautela, Jack analisa o ovo negro em suas mãos. Outro rugido antecede a rachadura do ovo, revelando uma criatura pequena e curiosa. Antes que Jack e Ster possam admirar completamente o recém-nascido, ele salta para fora da casca, suas patinhas pretas visíveis enquanto a outra metade do ovo permanece em sua cabeça, escondendo sua verdadeira forma. Uma energia efervescente preenche o dormitório, transformando o ambiente em um palco para o nascimento de uma surpresa mágica. Kenai, ainda absorto em seu sono, permaneceu indiferente à agitação ao seu redor.

Ster, ao presenciar a cena encantadora da pequena criatura saltitante, deixa escapar uma risada suave.

— Parece que você adquiriu um companheiro inusitado, Jack. O que é isso, um mascote? — comenta ela, observando a alegre dança da criatura sobre a cama, embora ainda oculta pela casca do ovo.

A pequena criatura, oculta pela casca, continua a saltitar em círculos, demonstrando uma energia contagiante. Jack, sorrindo diante da surpresa, acaricia a casca com cuidado. Com gestos delicados, ele remove a casca, revelando um pequeno dragão preto. O animal é tão diminuto, não ultrapassando os cinco centímetros de comprimento. Apesar de sua natureza draconiana, seus olhos inocentes lembram o olhar adorável de um pequeno coelho.

Ster, com um semblante claramente assustado, pergunta a Jack onde ele conseguiu aquela criatura. Jack responde que foi um presente e que ele também estava surpreso de ser um dragão.

— Jack, você tem ciência do quão raro é essa criatura? Existem apenas vinte dragões pretos ao redor do mundo. Esse pequeno dragãozinho pode valer bilhões de dracmas. — Ster, com espanto em sua voz.

Jack não dá atenção à garota; ele parece hipnotizado pelo pequeno ser. Estendendo o dedo para o dragão, Jack observa enquanto a criatura, após pegar impulso, se agarra a ele e, em seguida, se deita e adormece sobre o dedo de Jack. O dormitório fica preenchido com uma aura de encanto e mistério.

O pequeno dragão, agora adormecido, emite um suave ronronar que ressoa pelo dormitório. Jack, ainda fascinado pela presença da criatura, admira cada detalhe da escama reluzente do pequeno dragão preto. Ster, apesar da expressão inicial de espanto, começa a se render ao encanto da cena.

— Isso é simplesmente incrível, Jack, parece que o dragão acredita que você seja a mãe dele. Ele o vê como uma figura materna. — Comenta Ster, aproximando-se com curiosidade

Kenai, finalmente despertando com o alvoroço, levantou-se esfregando os olhos.

— O que está acontecendo? Por que estamos todos acordados? — Perguntou Kenai, bocejando.

Ster apontou para a pequena criatura, que agora ronronava no dedo de Jack.

— Parece que Jack ganhou um novo amigo.

Kenai, ao avistar a pequena criatura, se levanta abruptamente, derrubando seu travesseiro e quase tropeçando no processo. Ele se junta a Jack, sentando-se ao lado dele com os olhos curiosos fixados na criatura. Com entusiasmo, Kenai pergunta a Jack:

Jack, ainda tentando assimilar a inusitada situação, responde:

— Foi um presente. Estou meio perplexo ainda, especialmente por ele ser um dragão.

Kenai, encantado, comenta:

— Que sorte a sua! Eu adoraria ter uma criatura tão magnífica.

Enquanto o trio observa o pequeno dragão, surgem dúvidas sobre o cuidado com a criatura.

— O que ele come? — pergunta Jack.

Ster explica que os dragões negros, ou dragões noturnos, não precisam se alimentar de comida física até atingirem a fase adulta. Apenas a luz das estrelas os nutre o suficiente. O trio olha para o teto do dormitório, percebendo que o dragão estaria sempre alimentado, já que o teto é um céu estrelado que permanece inalterado, mesmo durante o dia.

Ster, intrigada, pergunta a Jack qual nome ele escolheria para a pequena criatura. Kenai, entusiasmado, sugere alguns nomes como Fenrir, Ares e Hyperion. Jack, após um breve silêncio, de repente visualiza a imagem de um coelho preto de olhos vermelhos em sua mente. Ao abrir os olhos, ele responde à pergunta:

— Ives.

A escolha surpreende Kenai, que esperava algo mais majestoso para a criatura notável. Ster, no entanto, sorri e solta uma risada curta.

— Por que esse nome? — questiona Ster.

Jack explica:

— Ives era o nome do coelho que minha prima e eu tínhamos adotado. Era mais do que um animal de estimação; ele era meu companheiro constante, sempre ao meu lado em todas as minhas jornadas. Infelizmente, em um dia chuvoso, um raio o atingiu e ele se foi. A morte foi instantânea, e naquela época, fiquei profundamente abalado. Minha prima sugeriu a ideia de comprar outro animal de estimação, mas eu recusei. Ninguém poderia substituir Ives.

O trio observa Ives, o pequeno dragão, enquanto ele continua dormindo confortavelmente no dedo de Jack, suas pequenas patinhas fazendo suaves movimentos enquanto ronrona. A escolha do nome ganha um significado especial, e Jack parece encontrar conforto na presença do novo companheiro, cuja vivacidade lembra o espírito de Ives, o coelho que deixou uma marca duradoura em seu coração. O dormitório fica envolto em uma atmosfera de ternura.

Enquanto o trio conversa longamente, Jack, começando a sentir o peso do sono, pega cuidadosamente o pequeno dragão e o acomoda gentilmente ao lado de seu travesseiro. Em seguida, ele guarda sua bolsa no baú e se deita em sua cama, preparando-se para dormir. Kenai e Ster seguem o exemplo, cada um voltando para sua cama. O trio finalmente se entrega ao sono, e o dormitório, que antes estava iluminado pelas estrelas e suas runas, mergulha na escuridão. Apesar da escuridão, as estrelas permanecem lá, criando uma atmosfera tranquila enquanto o quarto inteiro se entrega ao silêncio noturno.

Quinto capítulo: O lobo oculto de Magith.

No dia seguinte, o trio é despertado pelo som alegre do canto de uma arara, sinalizando que era hora de começar o dia. Levantam-se um de cada vez, seguindo para realizar sua higiene pessoal. Após todos estarem limpos e vestidos, dirigem-se ao salão principal, o local designado para o café da manhã. O pequeno dragão permanece em um sono profundo, enrolando-se algumas vezes entre os lençóis.

O trio segue pelos corredores de Magith em direção ao salão principal. As paredes do castelo parecem ecoar com os murmúrios dos estudantes, e no alto teto revela-se um céu estrelado, mesmo que seja dia. O ambiente mágico da escola permeia cada corredor.

O trio desce as escadas que levam ao salão principal, sendo recebidos por uma visão magnífica. O salão está repleto de mesas longas e fartas de alimentos mágicos e deliciosos. A decoração do ambiente mantém o padrão de Magith, com tons de azul e dourado que emanam uma sensação de tranquilidade.

Os estudantes de Magith estão espalhados pelas mesas, desfrutando de seus cafés da manhã. O som de vozes animadas e risadas preenche o espaço. Alunos de diferentes raças e origens mágicas compartilham o mesmo ambiente de forma pacífica.

Ster, Jack e Kenai escolhem uma mesa vaga e se sentam. Logo, um simpático macaco de pelagem ruiva, com uma altura equivalente à de Jack, trajando o uniforme de Magith, aproxima-se com um sorriso caloroso.

— Bom dia, novatos! Espero que tenham tido uma boa noite de sono. Sou Lorian, um estudante do terceiro ano. Se precisarem de alguma coisa ou tiverem dúvidas, estou à disposição.

Lorian deixa um cardápio mágico sobre a mesa, no qual os alunos podem simplesmente pensar no que desejam comer e a comida aparecerá diante deles. O trio olha curioso para o cardápio, experimentando a praticidade da magia presente em Magith. O salão está cheio de murmúrios e risadas, criando uma atmosfera acolhedora e vibrante.

Enquanto exploram o cardápio mágico, Ster, Jack e Kenai ficam fascinados com as opções disponíveis. Desde poções energéticas até bolos de sabores exóticos, o cardápio parece não ter limites para os desejos dos estudantes.

— Isso é incrível! — exclama Jack, pensando em um café da manhã substancial.

Logo, os pratos solicitados aparecem magicamente diante deles. Ster escolhe uma porção de morangos e um suco natural, Jack opta por uma seleção de frutas e pães, enquanto Kenai decide experimentar um prato típico de sua região.

Enquanto desfrutam de suas escolhas gastronômicas mágicas, a conversa flui entre o trio. As risadas e trocas de histórias preenchem o ambiente, criando uma atmosfera de camaradagem e amizade.

Após desfrutarem da excelente refeição, o trio é despertado mais uma vez pelo som marcante da arara, cujo canto ecoa pelos corredores da escola. O timbre característico indica que a primeira aula do dia estava apenas começando, levando os estudantes até a próxima etapa de suas jornadas em Magith.

O dia se desenrola como uma repetição do anterior, com Scott mais uma vez ausente em suas aulas. Ao final do dia, quando suas aulas finalizam, Jack se afasta silenciosamente de seus amigos. A rotina familiar da escola mágica cria um cenário onde cada detalhe parece ecoar com a mesma cadência do dia anterior. Sob a luz crepuscular, Jack parte em direção ao encontro com Merlin, como se as sombras ao redor sussurrassem segredos conhecidos apenas por eles dois.

Ao longo das semanas, Jack mergulha cada vez mais nos treinamentos intensivos com Merlin. O local coberto de neve torna-se sua segunda casa, e as magias que os outros alunos estão apenas começando a aprender já são dominadas por Jack. Seus colegas e até mesmo os professores ficam impressionados com o rápido avanço do jovem.

Cuca, que inicialmente criticava Jack, agora não apenas elogia seu progresso, mas também pede para que ele demonstre os feitiços durante as aulas. Kenai, sempre um amigo próximo, compartilha da alegria de ver a evolução extraordinária de Jack. Ster, por outro lado, torna-se mais desconfiada, observando seu companheiro de equipe de perto. Ela não consegue entender como Jack adquire habilidades tão avançadas em um curto período de tempo.

Scott, que retorna aos ensinamentos com uma atitude fria e distante, não presta atenção em Jack e mantém uma postura silenciosa e fechada. Sua mudança de comportamento intriga tanto os professores quanto os alunos.

Após quase dois meses de treinamento intenso, Jack não era mais o mesmo. Sua aparência exibia os sinais de maturidade, e uma aura de seriedade pairava sobre ele. A dimensão de neve, aliada aos rigorosos treinos com Merlin, deixava sua marca não apenas na habilidade mágica de Jack, mas também em sua fisionomia. O jovem elfo estava um pouco mais alto, sua musculatura levemente aprimorada, uma transformação sutil, mas perceptível. Seus cabelos, agora um pouco mais longos, refletiam não apenas o passar do tempo, mas também a evolução do próprio Jack. Ele continua indo para a sala de seu mestre após as aulas, mantendo o segredo de seus treinamentos das demais pessoas. O ciclo se repete, Jack, mais uma vez, sobe a escadaria que leva ao refúgio de Merlin. O som ecoa de seus passos enquanto se aproxima da porta. Após bater, a voz profunda de Merlin o convida a entrar. Jack adentra o cômodo, fechando a porta atrás de si. Dessa vez, Merlin permanece na sua cadeira, mas, com um gesto magistral, cria uma cadeira diante de sua mesa. O convite silencioso para que Jack se sente ali é claro, como se a própria magia estivesse conspirando para uma conversa séria e reveladora.

Jack, sentado com uma expressão atenta, dirige-se a Merlin, preocupado. Merlin, com seu olhar penetrante, assegura que está tudo bem, mas indica que há algo específico que deseja discutir com Jack.

— Jack, seu treinamento progrediu com uma eficiência notável, sua evolução superou minhas expectativas. — Comenta Merlin, elogiando o rapaz. — Como recompensa por sua evolução, quero lhe dar um presente que pertencia a seu pai.

A empolgação toma conta de Jack. Ele não sabe qual é o presente, mas a ideia de ser algo que pertenceu a seu pai o enche de entusiasmo.

— Qual é o presente? — Pergunta Jack, com os olhos brilhando de curiosidade.

Merlin estala os dedos e um pequeno objeto prateado, com cerca de dez centímetros de comprimento, aparece levitando na frente deles. O objeto tem um formato cilíndrico e está adornado com runas e inscrições em preto. Jack, curioso, pega o objeto em suas mãos, examinando-o com cuidado.

— Esse era o arco de seu pai. — Revela Merlin, enquanto Jack observa o objeto.

O garoto olha para o cilindro prateado, sem compreender completamente como aquilo poderia ser um arco.

— Este é um arco retrátil, e as inscrições nele são um encantamento que permite apenas a seu pai ou alguém de sua linhagem ativá-lo. Seu pai sabia como fazê-lo, ele dizia que era algo involuntário, quase como se fosse uma extensão de seu próprio corpo.

Intrigado, Jack pergunta a Merlin como ativar o arco. Com uma expressão confiante, ele segura o arco nas mãos e fecha os olhos, visualizando mentalmente o objeto se abrindo. Ao abrir os olhos, Jack nota que nada aconteceu. Frustrado, ele coloca o arco de volta na mesa de Merlin, mas, para sua surpresa, as runas e inscrições começam a brilhar intensamente. O arco se abre, revelando sua forma imponente, adornada com runas verdes que brilham intensamente.

Jack, surpreso, estende a mão para pegar o arco, mas é detido por Merlin. Este explica que o arco possui um encantamento próprio, reconhecendo quem é digno. Ao levantar a mão e visualizá-lo, o arco responde ao comando de Jack, voando até sua mão. Uma mistura de emoções toma conta de Jack, pois ele percebe a verdadeira herança que carrega consigo.

Merlin, ao observar o arco em mãos de Jack, compartilha uma observação intrigante:

— Quando seu pai utilizava o arco, ele brilhava em um tom amarelo intenso e apresentava um tamanho consideravelmente maior. Parece que o arco se adaptou a você, Jack. — Comentou Merlin.

Com o arco agora firmemente em suas mãos, Jack sente a energia mágica pulsante que emana do objeto, como se estivesse conectado a algo ancestral. A luz verde das runas no arco se estabiliza, revelando um brilho constante que parece ecoar a presença de seu pai.

Merlin observa com satisfação enquanto Jack experimenta a sensação de empunhar o arco de seu pai. O garoto, inspirado e grato, olha para seu mestre com um sorriso.

— Este arco foi um presente de seu pai, e agora ele reconhece você como seu legítimo herdeiro. Use-o com sabedoria, Jack. Ele não é apenas uma arma, mas um elo entre você e sua linhagem. — Aconselha Merlin, com uma expressão séria.

Jack, respeitando a importância do momento, concorda com um aceno de cabeça. Ele se sente honrado por carregar esse legado e por ter recebido a confiança de seu pai, mesmo que indiretamente.

— Obrigado, mestre Merlin. Eu farei o meu melhor para honrar essa herança. — Declara Jack com determinação.

Merlin assente, sabendo que o arco está em mãos dignas. O mestre e aprendiz compartilham um momento de conexão, reconhecendo a responsabilidade que vem com a magia e os laços de família.

O arco, agora sob o comando de Jack, permanece em suas mãos, pronto para ser uma extensão de sua vontade e uma ferramenta em suas jornadas mágicas.

Merlin, então, explica mais sobre o arco retrátil. Ele revela que, além de sua natureza mágica, o arco possui algumas habilidades especiais. As flechas disparadas por esse arco têm propriedades mágicas únicas, podendo variar de efeitos paralisantes a rastreamento de alvos.

O elfo jovem, ainda tentando absorver a magnitude do presente, faz o arco se retrair e o coloca cuidadosamente em seu bolso. Seus olhos se encontraram com os de Merlin, e uma sensação de que algo ainda não tinha sido dito pairou no ar. Jack, curioso e intrépido, desafiou o silêncio ao questionar o que mais o misterioso mestre tinha a revelar.

Merlin desvela a Jack informações sobre um iminente torneio que se desenrolaria nos confins de Magith. O torneio, engenhosamente situado em um labirinto, prometia ser um teste exaustivo, explorando os limites dos poderes e habilidades dos participantes. Cada passagem, cada desafio, seria uma oportunidade de revelar e aprimorar as habilidades mágicas e físicas dos competidores.

Com uma chama de interesse genuíno em seus olhos, Merlin revela a Jack sua esperança de que seu pupilo se inscreva. O mentor anseia por ver Jack em ação, aplicando tudo o que aprendeu durante seu treinamento. A expectativa de Merlin transparece, acreditando que o torneio seria o palco perfeito para Jack demonstrar não apenas sua força, mas também sua astúcia e habilidade em enfrentar os desafios do labirinto.

Contudo, Merlin enfatiza uma condição crucial, Jack não poderá usar seu modo élfico em nenhuma circunstância. É uma limitação deliberada. Merlin desvenda os detalhes intrigantes do desafio. Ele pinta uma imagem vívida do labirinto, um cenário onde os participantes seriam confrontados por uma série de desafios, armadilhas e oponentes habilidosos. O labirinto, projetado para testar as habilidades mágicas e físicas dos competidores, era renomado por ser um campo de provas que separava os mágicos novatos dos mestres experientes.

A descrição do mentor pintava uma imagem nítida na mente de Jack, um desafio de magia e habilidades físicas, uma oportunidade única de aplicar tudo o que aprendera durante seu treinamento. Merlin, com entusiasmo perceptível, destaca a diversidade de habilidades que seriam exigidas, incentivando Jack a explorar todo o espectro de suas capacidades mágicas e físicas. O mentor enfatiza que essa experiência seria fundamental para que Jack compreendesse verdadeiramente o alcance de seu poder e descobrisse maneiras de aprimorá-lo ainda mais.

A energia do mentor alimentava a motivação de Jack, que via no torneio uma chance de transcender seus próprios limites. Era mais do que uma competição; era uma jornada para compreender o verdadeiro alcance de seu poder. Merlin, com expectativas elevadas, enxergava nesse desafio a oportunidade de Jack não apenas se destacar, mas de se superar. A relação entre mestre e pupilo se aprofundava, e o torneio se tornava um capítulo crucial na saga de Jack em direção à maestria de suas habilidades.

A tensão no ar aumenta à medida que Merlin aguarda a resposta de Jack, consciente de que esse torneio não seria apenas uma competição, mas uma oportunidade crucial para o desenvolvimento de seu pupilo.

— Eu entendo, mestre. Vou me inscrever e mostrar a todos do que sou capaz, sem depender apenas de minha magia élfica. — Jack responde, comprometido.

Merlin sorri, satisfeito com a resposta de seu aprendiz.

— Essa é a atitude certa, Jack. Lembre-se de que a verdadeira força está em dominar diversas formas de magia e não depender exclusivamente de uma. Este torneio será uma excelente oportunidade para você desenvolver suas habilidades de maneira mais ampla. Confio que irá representar bem o legado que carrega. — Afirma Merlin, encorajando Jack. — Não se preocupe com a inscrição, eu mesmo a farei, só preocupe com seu treinamento, agora você irá fazê-lo sem minha presença e ajuda.

Sob a penumbra do escritório de Merlin, as palavras do mentor ressoam no ar quando ele expressa a necessidade de Jack treinar sozinho dali em diante. É uma revelação que inicialmente causa uma resistência no jovem elfo, que se apegou à orientação direta e à presença constante de seu mestre.

A sugestão de Merlin de que Jack desenvolva seu próprio método de combate, sem a supervisão constante, inicialmente provoca inquietação. No entanto, à medida que as palavras se assentam e a realidade se impõe, Jack começa a compreender que a autonomia no treinamento é uma parte crucial de seu crescimento. É o próximo passo em seu caminho para se tornar um guerreiro habilidoso e independente.

Relutante, mas aceitando a inevitabilidade desse novo capítulo em seu treinamento, Jack se despede de seu mestre. As sombras do escritório o envolvem enquanto ele se afasta, pronto para enfrentar os desafios do treinamento solitário. Essa jornada, Jack percebe, será uma oportunidade para explorar suas próprias capacidades e forjar um caminho único em seu desenvolvimento como um hábil usuário de magia.

Com a decisão tomada, Jack começa a se preparar mental e fisicamente para o torneio. Ele sente a responsabilidade de mostrar seu crescimento como mago e provar que pode enfrentar desafios variados.

Jack, ao retornar ao dormitório, compartilha com seus companheiros a notícia sobre o torneio, omitindo a fonte de sua informação, mencionando que um aluno mais avançado o havia informado. A ideia de participar desse desafio captura a atenção de Ster e Kenai, que, ao saberem da inscrição de Jack, prontamente oferecem sua ajuda no treinamento.

Ao discutirem sobre o local para realizar o treinamento, Jack sugere o ginásio, mas Kenai observa que o espaço é limitado e carece de obstáculos desafiadores. Ster, por sua vez, propõe um bosque próximo a Magith, um lugar repleto de árvores e obstáculos naturais que oferecem um terreno mais variado e desafiador para o treinamento. A ideia de explorar esse ambiente natural ressoa entre os três, e juntos começam a planejar seu treinamento no bosque, preparando-se para os desafios que estão por vir.

Depois de uma longa noite repleta de conversas animadas e risadas, o trio decide recolher-se para uma boa noite de sono. Ives, o pequeno dragão, parece ter crescido um pouco desde que saiu do ovo. Agora, ele desfruta de sua própria cama improvisada, aconchegada dentro da gaveta do armário de Jack. A gaveta espaçosa é forrada com um pequeno travesseiro e alguns tecidos que simulam cobertas, proporcionando ao adorável dragão um local confortável para rolar de um lado para o outro enquanto se prepara para descansar.

Com o nascer de um novo dia, sem aulas programadas, o trio se reúne após a refeição matinal e parte em direção ao bosque mencionado por Ster. O ambiente na escola e no bosque está impregnado de uma expectativa palpável, enquanto Jack, Ster e Kenai caminham com determinação, prontos para enfrentar os desafios que aguardam no local escolhido para o treinamento. A luz do sol atravessa as folhas das árvores, criando padrões de sombra no chão do bosque, proporcionando uma atmosfera mágica e repleta de potencial.

Jack, agora equipado com sua confiável aljava e com o arco de seu pai, já ativado em suas mãos, está pronto para iniciar o treinamento. Ster, observando o arco, não consegue conter sua curiosidade e pergunta:

— Que arco incrível, Jack, onde você o conseguiu?

— Ele é realmente incrível, eu o ganhei de um amigo. — Responde Jack, optando por não revelar que esse "amigo" é Merlin, o misterioso mago que se tornou seu mentor recentemente.

O treinamento começou com Ster e Kenai lançando uma variedade de objetos em sequência em direção a Jack. A princípio, eram maçãs, morangos e outros itens leves. Jack, com uma destreza impressionante, conseguia acertar cada um dos objetos lançados em sua direção. À medida que o treinamento avançava, a velocidade dos lançamentos aumentava, desafiando ainda mais as habilidades do jovem elfo.

Os amigos continuaram a aprimorar as habilidades de Jack, introduzindo objetos mais complexos e pesados. O treinamento tornou-se um desafio crescente, com Ster e Kenai testando os limites da capacidade de Jack de reagir e atingir alvos em movimento rápido. Cada vez mais, Jack se via aprimorando sua concentração e precisão.

À medida que os objetos voavam em sua direção, Jack desenvolvia uma incrível habilidade de antecipar os movimentos, ajustando-se rapidamente para interceptar cada lançamento. O som dos objetos sendo atingidos ecoava na área de treinamento, criando uma sinfonia de magia e destreza.

O treinamento progrediu para uma nova fase, agora com Jack utilizando uma espada em vez do arco. Ster e Kenai continuaram a aumentar a dificuldade, desafiando Jack a cortar objetos lançados em sua direção. A espada tinha sido pega do armazém de itens de magith, mesmo sendo uma péssima espada ela reluzia, refletindo a concentração e a determinação do jovem elfo.

O tempo passava, e a habilidade de Jack com a espada se tornava cada vez mais refinada. Os objetos eram lançados com velocidade crescente, exigindo do jovem elfo não apenas precisão, mas também agilidade e reflexos rápidos.

Um novo desafio surgiu quando Kenai sugeriu que Jack fosse vendado durante o treinamento. Ster hesitou, preocupada com a extrema dificuldade que isso representaria. No entanto, Jack, confiante em suas habilidades recém-desenvolvidas, concordou com a ideia. Ele se vendou, mergulhando na escuridão enquanto se preparava para enfrentar o desafio.

Ster e Kenai, observando atentamente, começaram a lançar objetos em direção a Jack. Agora, além de confiar em seus reflexos e coordenação, Jack precisava aprimorar seu sentido auditivo e instinto para reagir aos lançamentos.

O som cortante da espada de Jack cortando o ar preenchia o espaço, misturando-se ao som dos objetos atingidos. A venda tornou o desafio ainda mais intenso, mas Jack, com a frágil espada contudo com suas habilidades aprimoradas, enfrentou cada lançamento com notável destreza. O treinamento, agora em um nível extremamente desafiador, continuou enquanto Jack se adaptava à escuridão, confiando em seus sentidos para enfrentar cada novo desafio.

Jack, vendado, mergulhou ainda mais fundo na escuridão. Ster e Kenai, observando atentamente, decidiram adicionar uma nova dimensão ao treinamento. Eles introduziram elementos mágicos, lançando pequenos feitiços que distorciam os sons ao redor de Jack, aumentando a dificuldade do desafio.

Agora, além dos objetos físicos lançados em sua direção, Jack precisava discernir entre os feitiços e os sons reais. Cada magia criava ilusões sonoras, desafiando sua capacidade de distinguir a realidade na escuridão. As palavras de Ster e Kenai, antes nítidas, tornavam-se distorcidas, ecoando em diferentes direções.

O treinamento se tornou uma dança frenética de cortes e desvios, enquanto Jack respondia não apenas aos objetos tangíveis, mas também às ilusões mágicas. A espada se movia com fluidez, guiada por seus instintos e habilidades aprimoradas. A venda, ao invés de limitar, tornou-se uma ferramenta que amplificou os sentidos de Jack.

Os amigos também experimentaram variando a velocidade dos lançamentos e a intensidade dos feitiços, criando uma atmosfera imprevisível. Ster e Kenai, por vezes, trabalhavam em conjunto para criar uma sinfonia caótica de sons e magia, desafiando Jack a permanecer focado e preciso.

Jack voltou a utilizar o arco e flecha, o treinamento então havia evoluído para uma experiência multissensorial, testando não apenas a habilidade física de Jack, mas também sua capacidade de concentração, adaptação e discernimento. Cada novo desafio fortalecia a conexão entre Jack e o arco de seu pai, tornando-o mais hábil e versátil a cada movimento.

No final de cada sessão, Jack removia a venda, seu rosto exibindo uma mistura de cansaço e realização. Ster e Kenai, satisfeitos com os progressos do amigo, trocavam olhares de aprovação. O treinamento, longe de ser uma rotina monótona, tornou-se uma jornada dinâmica de auto descoberta e aprimoramento para o jovem.

Jack, Ster e Kenai, após suas aulas em magith, eles continuaram a aprimorar suas habilidades dia após dia. O treinamento tornou-se uma parte intrínseca de suas vidas, uma jornada constante em busca de superação. Jack, em particular, não treinou seu uso de magia, ele focou em refinar suas habilidades com o arco e a espada.

Além dos desafios diários propostos por seus amigos, Jack também explorou diferentes aspectos do arco. Ele aprendeu a modular a velocidade de suas flechas, percebendo que, ao se concentrar em aumentar sua própria rapidez antes de soltar a flecha, ela ganhava uma velocidade surpreendente. Isso se traduzia em ataques mais rápidos e imprevisíveis, confundindo seus oponentes.

Outro aspecto que Jack explorou foi a aplicação de efeitos mágicos nas flechas. Concentrando-se em diferentes intenções, ele descobriu que suas flechas podiam adquirir propriedades distintas. Ao pensar em efeitos venenosos, as flechas tornavam-se envenenadas, aumentando ainda mais a letalidade de seus ataques.

Os treinamentos se desdobravam em um processo contínuo de descoberta, onde Jack experimentava diferentes abordagens para otimizar suas habilidades. Ster e Kenai, por sua vez, continuavam a desafiá-lo com situações cada vez mais complexas e adversárias mais difíceis.

O clima em Magith estava eletricamente carregado com a proximidade do tão aguardado torneio. Jack, agora uma figura conhecida, sentia a expectativa crescente em torno de sua participação. As semanas de treinamento árduo começavam a revelar seus frutos, e a comunidade de Magith vibrava com antecipação.

A notícia da participação de Jack no torneio se espalhou rapidamente, transformando-o em um foco de atenção. As pessoas expressavam seus desejos de boa sorte ao jovem elfo, admirando sua notável coragem. No entanto, em meio a essa onda de apoio, Scott, ao contrário, nutria um crescente ódio silencioso.

O motivo desse ódio era um mistério para muitos. Enquanto a maioria desejava sucesso a Jack, Scott parece ressentir-se de sua crescente popularidade. A raiva de Scott, apesar de silenciosa, era palpável. A tensão entre os dois tornava-se mais evidente à medida que o torneio se aproximava, criando um elemento adicional de rivalidade nos bastidores de Magith.

Faltando apenas dois dias para o aguardado torneio, Jack sentiu a necessidade de se aprofundar em sua essência mágica. Em uma decisão solitária, ele comunicou aos seus leais companheiros, Ster e Kenai, que precisava de um tempo para treinar sozinho, aprimorando aspectos vitais de sua magia. Ambos compreenderam e respeitaram a escolha de Jack, permitindo-lhe a solidão necessária para esse importante foco interior.

Com o coração determinado, Jack partiu para o bosque onde tantas vezes treina ao lado de seus amigos. Desprovido da frágil espada, agora carregava apenas o arco de seu pai no bolso e a aljava com flechas nas costas. Ao alcançar o local familiar, Jack escolheu um ponto no meio do bosque e se assentou em posição meditativa.

As folhas ao redor começaram a se agitar, dançando em espirais ao redor de Jack, enquanto sua aura tornava-se mais intensa e iluminada. Em um instante de profunda concentração, quando seus olhos se abriram, a marca élfica ressurgiu. Com sua cor verde começando no olho esquerdo, ela traçou um caminho pelo pescoço, terminando de maneira imponente em seu pulso.

Esse momento de comunhão com sua essência élfica era crucial para Jack, uma oportunidade de se conectar mais profundamente com sua herança mágica antes do desafio iminente. Cada movimento era uma dança de magia, uma preparação intensiva que ecoava nos corredores do labirinto durante o torneio em breve.

Com seu modo ativado, Jack retirou o arco do bolso, abrindo-o com uma destreza aprimorada pelo treinamento. Uma flecha foi cuidadosamente inserida, e ele direcionou sua atenção para uma árvore marcada por um alvo. Uma sensação de expectativa pairava no ar.

Jack fechou os olhos, respirou profundamente e, ao soltar o ar, liberou a flecha em direção à árvore. O momento foi interrompido quando, de repente, tudo ao redor dele mergulhou em uma escala de cinzas. As folhas que flutuavam estavam congeladas, o vento cessou, e o mundo ao redor dele foi despojado de cor, exceto Jack, mantendo sua tonalidade natural, livre para se mover no meio da quietude.

Em meio ao silêncio sepulcral, uma voz familiar ecoou. Hades, o mascarado vermelho, observando-o ao lado da flecha suspensa no ar, respondeu à pergunta de Jack. A atmosfera tornou-se sinistra e enigmática.

A voz do mascarado sussurrou como um vento gelado:
"Gostou do anel que eu te dei? Ele é muito útil, não concorda?"

A revelação de que o anel era um presente do mascarado atordoou Jack. Ele tentou, em vão, remover o artefato enquanto o mascarado zombava de sua tentativa. A surpresa se transformou em horror quando o mascarado revelou que o anel pertencia ao pai de Jack, desencadeando uma mistura de emoções intensas e raiva.

Ao contemplar o anel de seu pai e refletir sobre a estranha revelação feita pelo mascarado vermelho, Jack sente as sombras do passado se cerrando ao seu redor. A conexão entre Hades e o artefato familiar sugere uma possível verdade obscura: o próprio Hades, de alguma forma, poderia ser o verdadeiro responsável pelo assassinato brutal de seus pais. Será que Hades é o próprio Fumetsu?

Enquanto Jack luta para processar a verdade, o mascarado desaparece, aparecendo em posição de meditação. A marca élfica de Jack intensificou-se momentaneamente, tornando-se amarela antes de voltar ao verde. Cheio de fúria, Jack avançou na direção do mascarado, mas para sua perplexidade, atravessou-o como se fosse uma ilusão.

Ao tropeçar e cair, o mascarado, de pé, zombou da aparente impotência de Jack. Ele revelou ter encontrado Jack através da aljava e antes de desaparecer, lançou um enigma perturbador: "Não confie em todos de Magith. Existe um lobo em meio ao rebanho."

Com o desaparecimento do mascarado, o mundo recuperou suas cores, e a flecha, como se retomando seu curso, acertou o alvo marcado na árvore. O jovem rapaz se ergue do chão, uma mistura de confusão e raiva refletida em seus olhos.

Com determinação renovada, Jack decide investigar a aljava que carrega consigo. Ao virá-la de cabeça para baixo, todas as flechas caem no chão. No entanto, para sua surpresa, uma peça adicional se desprende: a metade da máscara vermelha de Hades, a mesma que Jack havia encontrado anos atrás e mantido guardada. A revelação ecoa em sua mente, revelando que Hades estava ciente de sua localização por meio dessa relíquia.

A raiva se intensifica dentro de Jack, e sua expressão reflete a tempestade emocional que o envolve. Em um acesso de fúria, ele que ainda estava com o modo élfico ativado, rompeu momentaneamente a promessa feita a Merlin, ativando a magia Verdaj Flamoj. Chamas verdes consomem a meia máscara, transformando-a em cinzas diante de seus olhos. Após isso, Jack cai de joelhos, e lágrimas começam a escorrer de seus olhos. O modo élfico se desativa, fazendo com que o rosto de Jack retorne à aparência normal.

O gesto impulsivo de Jack simboliza não apenas sua fúria contra Hades, mas também o rompimento com o passado, como se queimasse as conexões que o prendiam a essa figura enigmática. Agora, diante das cinzas, Jack se encontra em uma encruzilhada, refletindo sobre as palavras de Hades, que envolviam um lobo e um rebanho. Em sua mente, ecoam as perguntas sobre o significado dessas metáforas e como elas se entrelaçam com seu destino.

As palavras do mascarado a respeito de um lobo e um rebanho, ecoavam na mente de Jack, sugerindo talvez a presença de um traidor em Magith. Uma dúvida insidiosa crescia dentro dele, questionando a verdade por trás das palavras de Hades. Quem, entre os estudantes, professores ou até mesmo o fundador do colégio, poderia ser esse traidor? A incerteza flutuava no ar como uma névoa densa.

Jack, após o turbilhão de acontecimentos, regressa ao seu dormitório em Magith. O dormitório em Magith estava envolto em um silêncio peculiar, quebrado apenas pelo ronco alto e ocasional murmúrio de Kenai, profundamente imerso em seu sono. A ausência de Ster e Ives deixava o ambiente ainda mais sereno, como se o quarto guardasse segredos temporariamente adormecidos.

Jack, após guardar sua aljava com cuidado, observou por um momento o ambiente tranquilo ao seu redor. A luz suave das estrelas que permeia o teto estrelado do dormitório criava uma atmosfera etérea. Sem muitas delongas, sentindo o cansaço se abater sobre ele como uma suave névoa, Jack se jogou em sua cama.

Ao se cobrir com a acolhedora coberta, as experiências tumultuadas do dia passado parecem desvanecer, deixando espaço para a quietude noturna. O sono, como um refúgio tão aguardado, chegou rapidamente, levando-o para além das fronteiras da realidade.

No silêncio tranquilo do dormitório, Jack entregou-se aos sonhos. À medida que adormecia, Magith se dissolvia lentamente, transformando-se em uma paisagem onírica onde mistérios e revelações aguardavam nas sombras da imaginação.

— Bom dia, Jack! Dormiu bem? — Ster pergunta, sorrindo.

Jack esfrega os olhos, ainda processando os eventos tumultuados da noite anterior. Ele acena afirmativamente, tentando afastar os resquícios dos sonhos perturbadores.

Ster, com entusiasmo, anuncia a Jack que hoje é o dia do torneio em Magith. Ela o incentiva a se levantar e se preparar para o evento que está prestes a começar. O clima no dormitório se transforma, e a ansiedade pela competição se mistura com a determinação nos olhos de Ster.

— Jack, é hora de mostrar o que aprendeu nos treinamentos! Vamos lá, o torneio nos espera! — Ster exclamou, empolgada.

Ives emite um som agudo, como se estivesse ecoando o entusiasmo de Ster. Jack, sentindo a energia contagiante de seus amigos, levanta-se da cama com determinação.

O clima no dormitório de Magith estava eletricamente carregado na manhã do torneio. Jack, animado com a perspectiva do desafio, decide que é hora de acordar Kenai e compartilhar a empolgação.

Com um toque gentil, Jack aborda Kenai, que ainda estava envolto em um sono leve.

— Kenai, meu amigo, é hora de brilharmos no torneio! — Jack o desperta com um sorriso.

Kenai, embora inicialmente confuso, percebe a excitação de Jack e rapidamente se deixa contagiar pela energia vibrante.

— Ah, o torneio! Estou pronto! — Kenai exclamou, levantando-se com entusiasmo.

Ster, que estava presente, se antecipa para esclarecer a situação.

— Desculpe pela confusão, Kenai. Parece que me empolguei demais. Jack é o único que vai participar, mas com certeza nós e o Ives podemos torcer por ele da plateia!

Kenai, agora completamente acordado, concorda com um sorriso.

— Tudo bem, Jack! Vai lá e vença! Nós estaremos torcendo por você! — Kenai deseja, enquanto Jack se prepara para enfrentar o desafio que o aguarda no torneio de Magith.

Jack ao ouvir que Ives iria também, expressa seus pensamentos a Ster:

— Ster, acho arriscado levar Ives. E se alguém o notar durante o torneio?

O pequeno dragão emite um som semelhante a um rugido, expressando sua discordância.

Ster tranquiliza Jack com sua resposta, garantindo que Ives será mantido em segredo durante o torneio.

— Não se preocupe, Jack. Ele vai estar escondido no meu bolso, eu já pensei em tudo. — Ster esclarece, assegurando a Jack que todas as precauções foram tomadas para manter Ives fora dos olhos curiosos.

Jack, ao ouvir a explicação de Ster, relaxa um pouco e agradece pela consideração.

— Está bem, Ster. Só quero ter certeza de que Ives ficará seguro durante todo o torneio. — Jack responde, confiando na habilidade de Ster em manter o pequeno dragão longe dos olhares indesejados.

O trio se prepara para o torneio, e Jack organiza seus pertences. Sua aljava repousa confortavelmente em suas costas, enquanto o arco de seu pai encontra um novo lugar em um coldre em sua perna direita. O coldre é perfeitamente ajustado para o arco, mantendo-o firme e seguro, mas com uma pequena parte à mostra, permitindo que Jack o acesse rapidamente quando necessário. Essa disposição estratégica oferece ao jovem elfo a vantagem de uma retirada ágil e eficiente do seu poderoso arco.

O quarteto, composto por Jack, Ster, Ives e Kenai, parte animado em direção ao local do torneio. O caminho até lá é marcado por uma mistura de emoções - a ansiedade pelo que está por vir, a expectativa do desempenho de Jack no torneio e a curiosidade sobre os competidores e o público que em breve preencherão as arquibancadas.

Ao chegarem, ficam surpresos ao ver o local ainda vazio. As arquibancadas, que em breve estarão repletas de espectadores ansiosos, permanecem silenciosas, porém eles não encontram nenhum labirinto, na frente das arquibancadas, só havia um enorme campo de um jogo que se assemelha com football.
Jack, agora com sua aljava nas costas e o arco de seu pai devidamente acomodado em seu coldre na perna direita, sente uma mistura de nervosismo e determinação. Ster, ao lado dele, carrega a confiança de quem já planejou tudo, e Ives, escondido no bolso de Ster, emite pequenos ruídos como se também compartilhasse da excitação do momento. Ives, voando próximo a Ster, observa curiosamente o ambiente ao redor.

O quarteto decide explorar o local enquanto aguarda o início do torneio. Eles caminham pelas arquibancadas, observando grandes painéis levitando ao redor delas, eles analisam as marcações mágicas nos painéis e os detalhes que os compõem. O silêncio inicial é interrompido apenas pelos passos deles e pelo suave bater das asas de Ives, que ocasionalmente esvoaça para fora do bolso de Ster para dar uma olhada ao redor.

Enquanto o quarteto estava imerso em conversas e diálogos, Jack, por sua vez, sente um tocar de mãos em suas costas e uma voz um tanto familiar ecoando. A mão gentil nas costas de Jack e a voz conhecida fazem com que ele se vire abruptamente, pronto para se defender. No entanto, ao encarar a cena, percebe que é Neitan, seguido de perto por Nittan Cruz, dois amigos de Jack. Uma mistura de alívio e surpresa se instala em seu rosto, e ele relaxa a postura defensiva.

Neitan, com seu sorriso característico, cumprimenta Jack de maneira amigável.

— E aí, Jack! Não esperava nos ver por aqui, hein?

Nittan, ao lado de Neitan, acena com um aceno amistoso. Jack, ainda se recuperando do susto, sorri e cumprimenta seus amigos.

— Realmente, não esperava mesmo. O que vocês estão fazendo aqui?

Os irmãos compartilham entusiasmadamente as boas notícias com Jack. Neitan começa a contar sobre como a generosidade de Jack e Tony permitiu que eles ajudassem significativamente sua vila.

— Cara, você não faz ideia do impacto positivo que você e Tony tiveram lá. Conseguimos direcionar parte do tesouro para várias instituições carentes e realmente fazer a diferença na comunidade. — Neitan expressava seu entusiasmo.

Nittan, com um sorriso radiante, complementa a história.

— E sabe aquela cafeteria onde eu trabalhava? Bem, agora é nossa! Com uma pequena parte do tesouro, conseguimos realizar o sonho de ter nosso próprio negócio. É a Cruz e Cruz Café agora, e estamos indo muito bem!

Jack, ao ouvir sobre as realizações dos irmãos Cruz, sente um calor reconfortante. A ideia de que a aventura anterior teve um impacto tão positivo em suas vidas traz um sorriso ao rosto dele.

— Isso é incrível, pessoal! Estou realmente feliz por vocês. É bom saber que nossa jornada teve um impacto tão positivo.

Nittan prossegue, explicando que eles foram chamados para preparar as refeições do torneio em Magith. Inicialmente, estavam inclinados a recusar a oferta, mas a menção de Jack Fields como um dos participantes os fez reconsiderar imediatamente.

— Nós não tínhamos certeza de que você seria Jack Fields, porque antes o seu nome era diferente. — Afirma Neitan, revelando a dúvida que pairava sobre a verdadeira identidade de Jack.

Ster, atenta à menção de um suposto nome anterior, decide entrar na conversa e indagar sobre esse detalhe intrigante.

— Outro nome, Jack? Você não nos contou isso. Qual era o outro nome?

Nittan, com um sorriso gentil, revela que o nome de Jack estava presente em uma bebida do café, uma homenagem feita ao velho amigo. Neitan complementa, afirmando que a bebida "Jack Aidan" é uma das mais populares. A menção do nome real de Jack, deixa-o pálido, sua espinha parecia congelar e uma expressão de surpresa e nervosismo toma conta de seu rosto. Seus amigos o encaram intrigados, enquanto

Ster comenta que já tinha lido sobre esse sobrenome em algum lugar, embora não conseguisse se lembrar exatamente onde.

Nesse momento, Jack, numa tentativa desesperada de mudar de assunto, pergunta aos seus antigos amigos se os piratas continuavam dando problemas. Nittan responde que não, e que eles realmente mantiveram sua palavra. O grupo continua a conversa, mas um clima de mistério paira sobre Jack, deixando Ster se perguntando sobre seu passado e o motivo de ter mudado seu nome.

À medida que o tempo passa, mais participantes começam a chegar, preenchendo as arquibancadas e criando uma atmosfera crescente de excitação. O trio encontra outros competidores, alguns conhecidos das aulas em Magith, outros rostos novos que estão prestes a se tornar parte importante dessa jornada. A energia no ar se intensifica à medida que a multidão se aglomera, ansiosa para presenciar o início do torneio mágico.

Kenai, observador como sempre, nota que todos os participantes estavam vestindo algum tipo de armadura, enquanto Jack estava apenas com o uniforme de Magith. Nittan percebe a preocupação no rosto de Jack e entra na conversa, explicando que uma regra do torneio explicita a obrigação do uso de armadura. Ele comenta que essa informação é dada no momento da inscrição. Neitan sorri e tranquiliza Jack, dizendo que obviamente ele havia trazido uma armadura. No entanto, como Jack não fez pessoalmente a inscrição, não estava ciente dessa condição. Ele mantivera esse fato em segredo dos companheiros, pois era uma informação que escapara na inscrição feita por outra pessoa.

A tensão toma conta de Jack quando ele admite, em desespero, que não possui nenhuma armadura para o torneio iminente. Uma expressão de surpresa e preocupação toma conta de seus companheiros, incluindo Ives. Jack, ciente da gravidade da situação, propõe correr até a cidade para comprar uma armadura adequada. No entanto, Nittan rapidamente o informa que todos os estabelecimentos estão fechados neste momento, já que os comerciantes estão ocupados assistindo ao torneio.

A sensação de urgência cresce, mas Kenai, sempre observador, sugere que pode haver uma solução em seu baú no dormitório. Ster, instando Jack a se apressar, alerta que o tempo está se esgotando rapidamente, e o início do torneio é iminente.

Movido pela pressa e pela necessidade, Jack, em um surto de velocidade, corre freneticamente em direção a Magith. Seus passos chamam a atenção de todos na arquibancada, criando um momento de suspense e expectativa enquanto Jack tenta resolver sua falta de equipamento no último minuto. O destino do torneio e a participação de Jack estão pendentes nesse momento crucial.

Jack corre desesperadamente de volta a Magith, seu coração pulsando forte com a urgência de obter uma armadura a tempo para o torneio. O caminho até o dormitório parece uma eternidade, cada segundo crucial enquanto o relógio avança inexoravelmente.

Ao chegar ao dormitório, Jack se apressa em direção ao baú de Kenai. Entre ansiedade e esperança, ele o abre, e para sua sorte, encontra uma armadura dentro.

A pressa e o desespero de Jack ao vestir a armadura de Kenai acaba revelando um problema inesperado. Assim que Jack a colocou, percebeu que a armadura é notavelmente maior que ele. As luvas, desproporcionalmente grandes, escorregam de suas mãos, indo em direção ao chão.

Entretanto, antes que as luvas de Kenai consigam tocar o chão, a cor do ambiente novamente muda, deixando tudo ao redor de Jack na cor cinza. As luvas, suspensas no ar, parecem desafiar a gravidade.

Nesse momento, Jack, sozinho no dormitório, ciente da possível intervenção de Hades, assume uma postura defensiva, preparado para qualquer ameaça que possa surgir.

A aura cinza cria uma atmosfera tensa e misteriosa, como se o tempo tivesse congelado. Jack mantém os olhos atentos, buscando por qualquer sinal do mascarado vermelho. A incerteza paira no ar enquanto ele se prepara para o que pode vir a seguir.

Num instante, Hades emerge diante de Jack, a máscara vermelha e o manto negro projetando uma presença aterradora no ambiente cinza do dormitório vazio. O mascarado fixa seu olhar oculto por trás da máscara em Jack, uma risada abafada ecoando pelo ar.

— Você conseguiu encontrar o lobo? Jack "Fields". — Diz Hades, sua voz sussurrando como o vento gelado.

Jack, ainda vestindo a armadura desajeitada de Kenai, sente um arrepio percorrer sua espinha. A presença de Hades traz consigo uma atmosfera de tensão e mistério. O mascarado observa Jack atentamente, como se estivesse apreciando o desconforto do jovem elfo.

— Você pretende usar essa armadura? — Questiona Hades, criticando a armadura de Jack.

Num silêncio pesado, Hades lança um olhar desdenhoso para a armadura que envolve Jack. O garoto, em sua postura defensiva, encara o mascarado sem emitir nenhuma palavra. Num instante, a armadura que o protegia simplesmente desaparece, até mesmo as luvas que estavam suspensas no ar somem instantaneamente. A fúria toma conta de Jack, e ele grita para Hades, exigindo respostas.

— Cale a boca, garoto. — Responde Hades com uma voz impregnada de desdém. — Quando eu partir daqui, toque na esmeralda do seu anel e visualize uma armadura te protegendo.

A confusão paira sobre Jack, e em meio à frustração, ele indaga sobre o lobo que se esconde em Magith. O mascarado, desvanecendo lentamente, deixa uma frase enigmática ecoar no ar: "Você já o encontrou."

A atmosfera sombria da cena se desenha, deixando Jack sozinho com suas dúvidas, enquanto Hades se desvanece nas sombras. O mistério se aprofunda, lançando sombras ainda mais obscuras sobre o caminho incerto que Jack agora enfrenta.

Jack, ainda atordoado pela estranha interação com Hades, observa o mascarado desaparecendo lentamente. As palavras enigmáticas ecoam em sua mente, aumentando a intriga e a tensão. A ideia de que alguém em Magith poderia ser o traidor, o suposto lobo entre os cordeiros, paira como uma sombra sobre o jovem elfo.

Sem mais respostas, Jack se encontra sozinho no dormitório vazio. O ambiente agora havia retornado a sua cor normal e o tempo parecia ter retornado. Jack, hesita por um momento, ponderando sobre a revelação de Hades e as palavras finais do mascarado. Em seguida, ele toca na esmeralda de seu anel e se concentra na imagem de uma armadura o envolvendo.

Jack sente uma energia mágica envolvendo-o. A luz verde esmeralda irradia dele, formando uma armadura que parece fluir e se moldar a cada contorno de seu corpo. A proteção esverdeada se estende desde sua cabeça até os pés, transformando suas roupas com um brilho mágico, apenas os olhos do garoto estavam à mostra. Sua aljava e seu coldre com o arco continuavam lá, porém agora estavam revestidos pela a armadura, ambos estavam adornados em esmeralda. Surpreendentemente, a armadura se ajusta perfeitamente, como se fosse feita sob medida para Jack, tornando-se uma extensão natural de sua própria forma. O garoto sente a fusão entre ele e a armadura, proporcionando não apenas proteção, mas também uma sensação de unidade e força. Agora, totalmente preparado, ele se encaminha para a arena do torneio, a armadura reluzindo com uma intensidade esmeralda peculiar.

A armadura, com seu brilho verde cintilante, lembrava a resplandecência da jóia esmeralda. Cada peça era como uma manifestação física da própria pedra preciosa, emanando uma luz verde que proporciona uma sensação única de harmonia com a magia. O conjunto perfeito entre a armadura e a esmeralda do anel conferia a Jack uma presença imponente e mágica enquanto ele se dirigia para a arena do torneio. O reluzir da armadura refletia não apenas proteção, mas também uma conexão profunda com o poder mágico que a envolvia.

Jack, chegando no local do torneio, leva um susto ao perceber que aquele lugar, que antes estava relativamente vazio, havia mudado completamente. As arquibancadas, antes com poucas pessoas, agora estavam lotadas de espectadores ansiosos. Ele percebe uma fila de participantes, todos um ao lado do outro no campo à frente das arquibancadas. Ele, então, se dirige para a fila, Jack se surpreende ao perceber a magnitude do evento. A atmosfera vibrante do torneio paira no ar, aumentando a adrenalina de todos os presentes.

O fiscal do torneio, com uma voz potente, chama os participantes um a um. O primeiro a se apresentar é Speddy, um duende com pele verde e cabelos brancos, trajando uma imponente armadura vermelha. Jack, aguardando sua vez, observa atentamente cada competidor que se apresenta.

Finalmente, é a vez de Jack Fields. Ao dar um passo à frente, ele encara o fiscal com determinação. A armadura esmeralda que cobre seu corpo brilha com intensidade, destacando-se entre as demais. Após breve análise, o fiscal instrui Jack a retornar para a fila. O processo continua, com o fiscal chamando cada participante. Os competidores são diversos, desde um saci até um lobisomem, todos vestindo armaduras. Merlin, intrigado, observando na plateia, nota Jack com aquela armadura esmeralda, relembrando que o pai de Jack usava uma armadura semelhante, porém de cor amarela.

Enquanto a chamada prossegue e diversos competidores, cada um mais peculiar que o outro, se apresentam, a expectativa cresce na arena. O torneio promete ser uma experiência única, repleta de desafios e surpresas.

O sol iluminava o local do torneio, pintando o céu com tons dourados e criando um ambiente vibrante e acolhedor. As vassouras das bruxas e bruxos cortavam o ar em meio ao claro dia, deixando para trás rastros brilhantes de pó mágico. O público nas arquibancadas se maravilhavam com a destreza e a beleza do voo, enquanto o dia ensolarado proporciona uma atmosfera encantadora para o evento.

Jack sente o olhar penetrante de um participante, trajando uma armadura preta e vermelha que oculta completamente não apenas o corpo, mas também o rosto do misterioso competidor. Desde a chegada de Jack ao torneio, esse enigmático participante autodenominado "Ignis" o observava com uma intensidade palpável. O contato visual persistente de Ignis parecia transcender as camadas de suas armaduras, como se estivesse decifrando cada movimento e pensamento do jovem rapaz.

A voz do fiscal corta o ar, ecoando pelo local enquanto os competidores aguardam ansiosos. Seus olhos percorrem a multidão, avaliando cada rosto determinado. Ele ergue a mão, segurando um pergaminho amarelado com as regras do torneio.

— Escutem atentamente, nobres participantes. Este é um torneio único, e as regras devem ser seguidas à risca para garantir a integridade e a justiça do evento. Os senhores serão lançados em pontos diferentes do labirinto, onde apenas uma bandeira de fogo sinaliza o caminho para a vitória. Seu objetivo é encontrá-la e sair do labirinto antes dos outros.

Entretanto, devem se lembrar das regras fundamentais. A primeira: em momento algum, permitimos a morte de outro competidor. A segunda regra é uma extensão da primeira, proibindo terminantemente qualquer ato que possa resultar na morte de um colega. Por último, a terceira regra: teletransporte não é permitido. Estejam cientes de que violar qualquer uma dessas regras acarretará em sérias consequências, que serão decididas pela administração do torneio. Alguma dúvida ou questionamento? — Ele encara os participantes, aguardando uma possível pergunta.

Um dos competidores, um anão de estatura robusta, ergue a mão e indaga:
— Onde exatamente está localizado esse labirinto?

O fiscal esboça um sorriso breve antes de responder à pergunta do anão.
— O labirinto se encontra em uma dimensão especial, acessível apenas durante o torneio. Quando eu der o sinal, cada um de vocês será transportado para um ponto aleatório dentro dele. Boa sorte a todos. — Com isso, ele baixa o pergaminho e observa a reação dos competidores.

Outro participante, um bizarro palhaço esguio de estatura alta, com estranhos cabelos laranjas e um sorriso sinistro, trajando uma armadura branca, levanta outra questão:
— Como irão saber se usamos teletransporte ou trapaceamos?

O fiscal responde com seriedade:
— Por meio de uma magia especial que está nas paredes do labirinto. Nós, aqui, conseguimos visualizar cada movimento de vocês. Tudo será transmitido por meio de painéis espalhados na arquibancada e

no campo. Sem mais perguntas. Agora, vocês serão teletransportados aleatoriamente para algum local dentro do labirinto.

Após a fala do fiscal, um portal azul surge sob os pés de cada participante, e todos rapidamente somem, sendo teletransportados para dentro do labirinto. Ster observa Jack no telão da arquibancada e, com a voz baixa, deseja:

— Boa sorte!

Jack, que havia fechado os olhos, ao abri-los percebeu que não estava mais no campo, mas sim em um grande labirinto. No entanto, ao contrário do que se pensava, o labirinto não era feito de folhas, e sim de grandes espelhos. As paredes de espelho pareciam ter cerca de cem metros de altura, refletindo a imagem de Jack de forma infinita em todas as direções.

Era bizarro. Os reflexos nos espelhos confundem a mente de todos os participantes, tornando impossível se localizar. A repetição infinita das imagens de Jack criava uma ilusão desorientadora, desafiando sua capacidade de distinguir a realidade no labirinto de espelhos.

No emaranhado de espelhos, a tontura de Jack aumenta, e a dor de cabeça se intensifica diante do labirinto desorientador. Lutando para manter a compostura, ele evoca a lembrança dos treinos com arco e flecha, especialmente aqueles em que confiava apenas em sua intuição, vendando os olhos.

Diante da confusão dos espelhos, Jack fecha os olhos, mergulhando na escuridão momentânea. Seus outros sentidos ganham destaque, e ele se concentra na percepção do ambiente ao seu redor. As superfícies espelhadas, que antes confundiam sua visão, agora são substituídas por uma sensação guiada pelo instinto. Com passos cautelosos, ele se move pelo labirinto, confiante de que essa abordagem peculiar pode ser a chave para desvendar o intrincado desafio à sua frente.

Jack que até então estava com os olhos fechados, se aventura dentro do labirinto de espelhos. Por uma estranha intuição, Jack abre os seus olhos, e nesse momento, ele se depara com um ser peculiar emergindo da neblina reflexiva. O adversário é um Quimérico Refletor, uma criatura mágica com a habilidade única de manipular sua forma com base nos reflexos ao seu redor.

O Quimérico Refletor, era um ser todo branco, sem uma forma aparente, ele usava uma armadura transparente, que parecia se adaptar ao ser. O quimérico, com seu corpo fluido e mutante, assume uma aparência camaleônica, adaptando-se às imagens refletidas nos espelhos. Seus olhos multifacetados brilham com uma intensidade quase hipnótica, sinalizando uma astúcia perigosa. A criatura, ao perceber Jack, decide atacar, aproveitando a confusão gerada pelos reflexos distorcidos para se aproximar sorrateiramente.

Jack se preparava para o ataque, mas aquele ser estranho simplesmente deslizou para dentro do espelho, como se mergulhasse em águas escuras. Jack, percebendo a persistência da presença da quimera, manteve-se alerta. Repentinamente, a criatura emergiu de outro espelho, agora por trás de Jack, as sombras envolvendo-a como um manto sinistro. A quimera, confiante de que seu golpe deixaria o protagonista desacordado, movimentou-se para atacar.

Contudo, algo peculiar ocorreu, algo que só poderia ser atribuído à natureza insondável da armadura de Jack. Com uma agilidade surpreendente, a armadura agiu por conta própria, esquivando-se habilmente do golpe da quimera. Jack, perplexo, reassumiu sua posição defensiva. A quimera, agora de frente para Jack, desapareceu misteriosamente. Invisível, ela lançava golpes camuflados contra Jack, mas a armadura, como se tivesse uma consciência própria, reagia, retaliando com vigor a cada investida, como se um poder oculto se manifestasse naquelas entranhas sombrias.

O embate entre Jack e a quimera prosseguia em meio às sombras dançantes da sala de espelhos. A atmosfera tornava-se densa, impregnada com uma tensão palpável. A armadura, agora agindo de forma independente, parecia ser guiada por forças desconhecidas, um eco dos mistérios entrelaçados de Hades.

A quimera, mesmo invisível, continuava seus ataques vorazes, enquanto a armadura de Jack respondia com movimentos graciosos, uma dança de aço em um duelo sobrenatural. Cada golpe, cada desvio, era uma manifestação de uma energia sutil e enigmática que fluía através da armadura. Era como se a própria essência do local, permeada por magias esquecidas, estivesse dando vida a involucra esmeralda.

Os espectadores, incluindo Merlin na plateia, observavam boquiabertos enquanto a batalha prosseguia em um espetáculo de forças invisíveis. A sala de espelhos tornou-se o palco de um confronto entre o desconhecido e o inexplicável, com Jack no epicentro de forças que escapavam à compreensão humana. O suspense crescia, as sombras revelavam apenas vislumbres fugazes da luta sobrenatural, uma dança entre o visível e o oculto.

No ápice da batalha, a quimera, frustrada por não conseguir superar a resistência da armadura animada de Jack, recuou momentaneamente. As sombras da sala de espelhos pareciam se contorcer, como se estivessem reagindo à intensidade do confronto. Jack, ofegante e surpreso com a reviravolta, mantinha-se alerta, seu corpo envolto pela armadura que, agora, emanava um brilho sutil.

Foi então que, de forma inesperada, a quimera se manifestou novamente, surgindo diante de Jack com uma feroz determinação. Contudo, algo havia mudado. O ambiente ao redor deles vibrava com uma energia que não podia ser ignorada. A armadura, agora imbuída de uma luz etérea, não apenas se defendia, mas também respondia aos ataques com uma série de movimentos graciosos e precisos.

Com um golpe final, a armadura de Jack desferiu um contra-ataque, envolvendo a quimera em uma aura luminosa. O ser misterioso soltou um uivo agonizante quando a luz intensa o consumiu. Em um instante, a quimera desapareceu, deixando para trás apenas ecos fantasmagóricos de sua presença.

A sala de espelhos, antes um campo de batalha, agora estava mergulhada em um silêncio tenso. A armadura de Jack, por sua vez, parecia pulsar com uma energia que transcendia sua forma física. Os espectadores, incluindo Merlin, contemplavam o desfecho surpreendente da luta, perplexos diante do inexplicável.

Jack, ainda atônito, permanecia no centro da sala de espelhos, sua armadura agora mais do que um simples artefato. Era um elo entre ele e as forças enigmáticas que permeiam seu pai e Hades, uma conexão que o lançava ainda mais fundo nos mistérios do reino mágico.

A criatura, derrotada pela habilidade imprevista da armadura de Jack, encontra-se agora inconsciente no centro médico de Magith. Os curandeiros e magos do colégio, surpresos com o teleporte inusitado da quimera, começam a avaliar e tratar seus ferimentos.

No entanto, a vitória de Jack não passa despercebida. Os observadores no telão e na arquibancada ficam atônitos com a peculiar reviravolta na luta. A notícia se espalha rapidamente, criando um burburinho entre os participantes e espectadores, que agora aguardam ansiosos por mais desdobramentos no emocionante torneio de Magith.

A armadura de Jack, após a intensa batalha contra a quimera, permanece alerta, indicando que um perigo iminente se aproxima. Jack, ainda em posição defensiva, confia nos sinais de sua armadura e procura visualmente o ambiente de espelhos em busca de qualquer indício do próximo desafio.

Os murmúrios no centro médico de Magith sobre a luta inusitada começam a se espalhar entre os curandeiros e estudantes, criando uma aura de expectativa em relação aos próximos eventos do torneio. Enquanto isso, Jack se concentra, preparando-se para enfrentar qualquer ameaça que possa surgir no labirinto de espelhos.

Enquanto Jack estava parado, atento, a armadura parecia sussurrar alertas invisíveis em seus ouvidos, tornando-o mais consciente dos perigos ao seu redor. Em um reflexo instintivo, ele salta para trás, uma esquiva hábil, como se a própria armadura estivesse guiando seus movimentos para protegê-lo. O lugar que ocupava antes do salto é agora preenchido pela figura sinistra de Ignis, um olhar demoníaco dominando seus olhos, e uma mão flamejante estendida em direção a Jack.

A tensão no labirinto de espelhos aumenta quando Ignis desativa o capacete de sua armadura, revelando o rosto furioso de Scott Owen. O olhar intenso e cheio de ressentimento entre os dois participantes torna-se palpável, criando um momento de silêncio tenso.

Jack, surpreso ao reconhecer Scott como seu adversário, recuou instintivamente, avaliando a situação. O ambiente de espelhos adiciona um toque surreal à cena, multiplicando as imagens de ambos, criando uma atmosfera ainda mais enigmática.

Ignis, ou melhor, Scott, não pronuncia uma única palavra, mas sua expressão fala volumes. O passado conturbado entre os dois parece ecoar naquele momento, deixando Jack em alerta máximo. A armadura de Jack, sensível à atmosfera carregada, intensifica sua luminosidade, como se estivesse respondendo à energia negativa que paira entre os dois competidores.

Com uma saudação cordial, Jack pergunta a Scott se está tudo bem, expressando seu desejo de se desculpar pelo ocorrido no duelo. No entanto, Scott parece imperioso às palavras de Jack, agindo com hostilidade. Num ímpeto de fúria, Scott avança com um soco flamejante, mas a armadura de Jack, como se tivesse vida própria, responde de forma automática. Um soco poderoso é desferido contra Scott, lançando-o para longe e fazendo-o cair no chão, sua boca escorrendo sangue resultante do impacto.

Scott, agora levantando-se furioso, encara Jack com uma intensidade que sugere que o confronto está longe de terminar. O labirinto está prestes a se tornar o palco de um embate entre dois poderosos competidores, enquanto a misteriosa armadura de Jack revela mais de suas habilidades inesperadas.

O silêncio tenso se estabelece no local espelhado. Enquanto Scott enfrenta Jack com um olhar hostil. Os espectadores, observam com fascinação o desenrolar desse confronto inesperado. A armadura de Jack brilha com um leve fulgor esverdeado, uma manifestação da energia que a percorre, pronta para responder aos instintos do jovem elfo.

Scott, mesmo enfurecido, percebe a peculiaridade da situação. Ele toca sua boca machucada, limpando o sangue, e lança um olhar desafiador a Jack. Os dois competidores se preparam para o embate, cada um ciente dos desafios que enfrentarão.

A armadura de Jack, como se compreendesse a gravidade da situação, ajusta-se automaticamente para oferecer a máxima proteção. O elfo respira fundo, concentrando-se em seus sentidos aguçados e na conexão com a armadura. Enquanto Scott avança com chamas dançantes ao redor de suas mãos, Jack se movimenta com agilidade, usando a armadura não apenas como defesa, mas também como uma extensão de seus próprios movimentos.

A batalha se desenrola com intensidade, cada troca de golpes revelando a habilidade única de Jack em harmonia com a armadura. O calor das chamas contrasta com o brilho esverdeado da proteção, criando uma cena hipnotizante. As pessoas assistindo o combate pelo telão, inicialmente surpresas pelo início abrupto do confronto, agora estão envolvidos pela energia palpável emanada pelos dois competidores.

O embate entre Jack e Scott prossegue com uma intensidade sobrenatural, o labirinto espelhado, tornando-se palco de uma dança letal entre fogo e luz esverdeada. Os espelhos refletindo cada movimento de ambos, o fogo de Scott e a aura esverdeada de Jack. Os movimentos de Jack estavam em perfeita sintonia com a armadura, isso era uma resposta engenhosa aos ataques ardentes de Scott. O calor e a energia mágica se entrelaçam, criando uma atmosfera eletricamente carregada que envolve os espectadores.

A plateia, entre fascinada e atemorizada, assiste à cena como se estivesse presenciando um duelo ancestral entre forças ocultas. Os olhos de Jack refletem a determinação de quem compreende a verdadeira natureza do conflito que se desenrola. Ele não está apenas lutando contra Scott; está navegando pelas correntes invisíveis de magia que permeiam seu pai.

No entanto, Scott, mergulhado em sua própria obstinação, não aceita a iminência da derrota. Cercado por chamas que aos poucos perdem intensidade, ele continua investindo contra Jack, mesmo que a exaustão e a frustração se manifestem em seus olhos marejados. As paredes espelhadas ecoam com os gritos distorcidos de Scott, uma melodia dissonante em meio ao cenário mágico.

A plateia, testemunhando a inevitável conclusão do embate, observa em silêncio tenso. A resistência de Scott, uma sombra inquieta, se desfaz aos poucos diante da habilidade extraordinária de Jack. O confronto atinge seu clímax quando, finalmente, a luz verde da armadura envolve Scott, extinguindo as chamas e deixando para trás apenas a rendição.

Scott, quase sem forças, agora derrotado e desolado, recua para um canto da sala. Suas lágrimas, misturas de raiva e angústia, escorrem por seu rosto, refletindo não apenas a dor da derrota, mas também a desconcertante aceitação de que ele testemunhou algo além de sua compreensão. O labirinto, agora envolta em um silêncio tenso, é testemunha do desespero de Scott, como se as sombras revelassem, por um instante, sua verdadeira face.

Scott, mesmo quase desmaiando, começa incansavelmente a socar as paredes do labirinto, contudo ele não consegue fazer nenhum arranhão no espelho. O choro e o lamento de Scott ecoam pelos reflexos, uma expressão de frustração diante da incapacidade de superar Jack. Cada lágrima parece carregar o peso de sua derrota e a impotência diante das forças do garoto.

A atmosfera carregada de magia parece intensificar-se diante da conexão entre os dois competidores. Scott, desamparado, desmaia, e sua forma é instantaneamente teletransportada para a unidade médica de Magith, deixando para trás o eco das emoções intensas que permearam os espelhos.

Um tempo passa e Jack avança pelos corredores sombrios do labirinto de espelhos, com os olhos cerrados, onde cada passo ecoa como um lamento nos recantos desconhecidos da sua própria mente. Sombras grotescas dançam à sua volta, distorcendo-se nos reflexos que se multiplicam infinitamente. Cada espelho revela não apenas a sua imagem, mas um vislumbre distorcido dos seus pecados e tormentos.

Uma voz familiar, agridoce e impregnada de sofrimento, corta o silêncio. Os olhos de Jack se abrem para o reflexo de Elisa, sua prima perdida para o além. Uma beleza desvanecida surge nas imagens refletidas, mas à medida que ele se aproxima, a visão se despedaça, transformando-se em uma caricatura distorcida e aterradora. Elisa acusa-o, gritando palavras que ecoam nas galerias do pesadelo.

A figura distorcida emerge do espelho, um espectro repleto de dor e amargura. Jack, enredado nas correntes da culpa, recua diante da visão aterrorizante. Cada acusação ecoa como um rugido de demônios ancestrais, e sombras grotescas ganham vida nos corredores retorcidos.

O terror se manifesta nas imagens que se desdobram, como se as próprias sombras estivessem tecendo um conto de horror indescritível. Cada passo de Jack é acompanhado por sussurros sinistros, e os espelhos tornam-se portais para um pesadelo interminável. A linha entre realidade e pesadelo se dissolve, deixando Jack imerso em um abismo de terrores que desafiam a compreensão humana.

As sombras dançam mais intensamente, contorcendo-se como serpentes famintas de medo. Cada imagem refletida é uma faceta distorcida da sua própria consciência, uma sinfonia de horrores que ecoam pelos corredores do labirinto. Jack, preso na teia da culpa, enfrenta uma visão horripilante de seu próprio tormento, enquanto o labirinto de espelhos revela os segredos mais obscuros da sua alma.

Em meio à escuridão sufocante, uma figura nebulosa emerge do nada. Elisa, distorcida e macabra, estende mãos esqueléticas em direção a Jack. Seus dedos, sombras alongadas, serpenteiam na direção do seu pescoço, e o ar gela ao seu redor. O medo, como um veneno, se espalha por cada fibra do ser de Jack. Por algum motivo, uma mudança abrupta em sua vestimenta acontece. A armadura esmeralda desaparece, cedendo espaço à roupa que ele trajava antes de ingressar em Magith. O capuz que pertencera a Elisa paira sobre seus ombros, e o arco antigo repousa em suas mãos, trazendo consigo reminiscências de um passado que ele procurava enterrar.

A visão atinge o auge quando Elisa, uma marionete da escuridão, suspende Jack pelo pescoço. Seus olhos, poços negros de desespero, encontram-se com os dele enquanto a corda imaginária aperta, asfixiando-o lentamente. O horror se intensifica quando Jack, impotente, tenta lutar contra a força invisível que o consome.

O garoto é envolvido por uma escuridão opressora. O cenário distorcido desvanece, e a consciência de Jack desliza para o abismo da inconsciência. No vazio silencioso, o palhaço demoníaco revela-se, sua risada ecoando como um eco sinistro. Nada do que Jack viu era real; tudo era uma ilusão diabólica, um espetáculo bizarro criado para dilacerar sua sanidade.

Jack, em seus últimos suspiros, os olhos obscurecidos por lágrimas, conseguiu reunir suas forças e arrancar uma flecha de sua aljava. Com determinação dolorosa, ele fincou a flecha no coração da figura distorcida de sua amada prima, Eliza. Um grito estridente de desespero irrompeu dos lábios dela, ecoando pelos corredores sombrios do labirinto de espelhos. Aos poucos, Eliza começou a se desfazer em pó, como se as sombras que a compunham estivessem sendo consumidas por uma força inescapável.

Jack, agora de volta à sua armadura e sem ferimentos aparentes, contemplou o resultado de sua ação. As lágrimas ainda deslizavam por suas bochechas exaustas, mas a certeza de que tudo não passava de uma ilusão se infiltrava em sua mente fatigada. Era o palhaço demoníaco, o arquiteto de seus pesadelos, que manipulava as mentes de suas vítimas, transformando temores profundos em realidade distorcida.

No silêncio tenso, Jack percebeu a presença invisível do palhaço sanguinário se aproximando. Com uma flecha semelhante àquela usada contra Eliza em mãos, ele aguardou, pronto para surpreender seu adversário invisível. Num movimento rápido e certeiro, Jack apareceu atrás do palhaço, fincando a flecha em suas costas, atravessando sua armadura maleável. O palhaço, agora revelado, recuou diante do olhar gélido de Jack. Era palpável o medo nos olhos do palhaço, que percebeu ter escolhido o alvo errado para suas artimanhas psíquicas.

Jack, decidido a encerrar aquela ameaça demoníaca, sacou seu arco e preparou uma flecha mortal, mirando no coração do palhaço. O momento de justiça parecia iminente, mas, subitamente, um som celebrante preencheu o espaço ao redor. Uma melodia festiva cortou o ar, e tanto Jack quanto o palhaço foram teletransportados de volta ao campo diante das arquibancadas.

Ao retornarem à realidade, os dois espectadores involuntários da condecoração do anão com a medalha de ouro, a atmosfera mudou. O palhaço, ainda visivelmente perturbado, encarou Jack com um misto de temor e confusão. O jogo do palhaço foi interrompido, mas as sombras que ele evocou deixaram resíduos perturbadores na mente de Jack. A experiência traumática, embora encerrada, lançou uma sombra mais profunda no inconsciente de Jack. O terror persistia, enraizado nas raízes do desconhecido, pronto para despertar novamente em formas inimagináveis.

O fiscal, com voz firme, manda os participantes que não estavam na ala médica se enfileiram, um ao lado do outro, então os repreendeu, um por um, andando pela fileira e olhando em seus rostos, suas faces demonstrando desapontamento e desconforto diante da falha coletiva.

— O que aconteceu com vocês? Parecia que haviam se esquecido do real objetivo. O foco não era lutar entre si, e sim usar suas habilidades para encontrar a bandeira e depois sair do labirinto. Enquanto vocês estavam se digladiando uns contra os outros, Geralt, o anão, pegou a bandeira e saiu de forma imperceptível. Ele não lutou com ninguém, não perdeu tempo com outras coisas, apenas seguiu o objetivo. Ninguém viu ele saindo com a bandeira.

A observação do fiscal ecoou pelo campo de competição, pensando como uma repreensão coletiva. Os participantes, que ainda estavam se recuperando do embate, abaixaram a cabeça, cientes de que haviam se desviado do propósito real do desafio. A plateia, que antes estava envolvida pela intensidade das batalhas, murmurava entre si, refletindo sobre a reviravolta inesperada.

Geralt, o anão vitorioso, permanecia de pé, orgulhoso de sua estratégia perspicaz. Ele olhava para os outros competidores com uma expressão de triunfo, destacando que a astúcia e a eficiência superaram a força bruta naquele desafio peculiar.

Enquanto o fiscal despejava palavras monótonas sobre o torneio, a realidade ao redor de Jack começou a desintegrar-se em uma paleta de cinzas. O tempo estagnou, as cores desbotaram e o mundo ao seu redor silenciou em um espectro de quietude. O garoto, em sua armadura reluzente, permaneceu como um ponto de destaque no desvanecimento da realidade.

Bruxas que cruzavam o céu, agora suspensas no ar, suas vassouras pairando no vazio temporal. Jack, um espectador solitário de sua própria dimensão suspensa, compreendeu instantaneamente a presença sombria de Hades.

Terceira vez que você aparece — Murmurou Jack, girando para encarar o mascarado, como se tivesse mapeado as intrincadas nuances de sua chegada. — Merlin está na arquibancada, não tem medo de ser pego por ele?

Hades materializou-se diante de Jack, revelando a peculiar habilidade de interromper o fluxo do tempo, tornando-se invisível até para os olhos de Merlin.

Você ainda não percebeu que eu parei o tempo? Nem mesmo Merlin consegue me ver, apenas você — Disse Hades, sussurrando em um tom que ecoava nas fissuras do silêncio temporal.

— O que você quer? — Questionou Jack, cauteloso.

Hades desapareceu, apenas para reaparecer nas costas de Jack, suas palavras sibilando em seus ouvidos:

— Quer saber quem é o traidor?

O elfo recuou desconfiado.
— Você não está falando a verdade. Em Magith, não tem nenhum traidor.

Hades criou um portal, semelhante ao de Merlin, à frente de Jack.

— Você não precisa acreditar em mim. — Disse Hades. — Apenas atravessar esse portal. Você verá o traidor diante de seus olhos.

Jack resistiu, consciente do torneio em curso.

— Se quiser ir depois, deixarei um selo em suas mãos. — Explicou Hades. — Apenas aponte e diga 'Portalo', o portal aparecerá. Procure pelo Olho que Tudo Vê, faça suas perguntas e descubra a verdade.

Com um gesto, Hades transformou a armadura de Jack de volta ao anel e deixou um selo que parecia um pequeno quadrado preto em sua mão.

— Peça a ajuda de seus amigos. Você não vai conseguir sozinho. — Aconselhou Hades, desvanecendo-se lentamente.

O tempo retomou seu curso, o mundo recobrou suas cores, mas Jack sentiu um peso sombrio em seu ser. Tentou reativar a armadura em vão. Quando o fiscal recomeçou a falar, algo sinistro começou a consumir Jack. Sua visão turvou, seu corpo cedeu e ele desabou no chão, inconsciente.

Todos os participantes se aglomeraram ao redor do garoto caído, perplexos. Merlin, o observador silencioso, surgiu como um vulto e, ao tocar o corpo de Jack, os dois desapareceram, aparecendo no centro médico de Magith.

Sexto capítulo: Os mitos do templo.

O ambiente do hospital se revela familiar para Jack Aidan, e ao abrir os olhos, ele se depara com a presença reconfortante de Ster e Kenai sentados na cama ao lado, e Ives no de relance, escondido no bolso de Ster. As paredes rosas da sala de recuperação revelam contornos familiares e a sensação tranquilizadora de estar entre amigos.

Ster, com sua expressão preocupada, solta um suspiro de alívio ao ver Jack recobrar a consciência. Ives, o pequeno dragão, emite um ruído suave, uma mistura de contentamento e alívio.

Jack piscou os olhos, tentando ajustar sua visão. A confusão se misturava com o retorno gradual à consciência, e ele franziu a testa, tentando recordar como tinha chegado ali.

Ster, aliviada, inclinou-se na direção de Jack.
— Jack, você finalmente acordou. Como você está se sentindo?
Jack passou a mão pela testa, sentindo uma leve dor, perguntou:
— O que aconteceu? Eu estava no campo, e agora estou aqui?

Kenai soltou um som suave, como se estivesse expressando compreensão.
— Você desmaiou. Merlin te teleportou para cá.

Jack, cerrando seus olhos, ainda tentando juntar os fragmentos de sua memória.
— Desmaiei? Eu não me lembro disso.
Jack, ao examinar o selo deixado por Hades em sua mão, sentiu as correntes da memória começarem a se soltar, desvendando os véus do

esquecimento. Um suspiro escapou de seus lábios enquanto a clareza emergia.

— Eu sei o que aconteceu. — Anunciou Jack, sua voz ecoando no silêncio do hospital.

— Você se lembrou? — Perguntou Kenai, seus olhos carregando uma mistura de curiosidade e preocupação.

Jack lançou um olhar ao redor, percebendo que as camas, uma vez vazias, agora abrigavam Scott e a quimera. Consciente da delicadeza das informações que estava prestes a compartilhar, ele sussurrou aos companheiros que revelaria tudo quando recebesse alta. No dormitório, prometeu, desvendaria cada segredo cuidadosamente guardado, lançando luz sobre as sombras que pairavam sobre Magith.

Dias se passaram, e Jack finalmente recebeu alta do hospital de Magith. Enquanto caminhava pelos corredores familiares da academia, sua mente ainda ecoava com os eventos perturbadores e as revelações que haviam ressurgido. Ele se dirigiu ao dormitório, onde seus companheiros, Ster, Kenai e Ives, o esperavam com expectativa e ansiedade.

Ao entrar na sala, Jack pôde sentir a atmosfera tensa. Seus amigos olharam para ele, esperando por respostas que apenas ele poderia oferecer. Jack se sentou, apoiando-se contra a parede, e começou a contar a história que havia sido selada pelas sombras do esquecimento.

O silêncio na sala do dormitório era tangível, como se as palavras de Jack pairassem no ar, pesadas e cheias de mistério. Ster, com seus olhos curiosos e expressão sincera, encorajou Jack a se abrir.

— Jack, nós queremos te ajudar. Pode se abrir. — Disse ela, sua voz carregada de empatia.

Jack soltou um longo suspiro, como se carregasse o peso de eras em seus ombros. A narrativa começou a fluir de seus lábios, uma história que se entrelaçam com sombras e segredos. Ele mergulhou nas profundezas do passado, compartilhando a tragédia do assassinato de sua prima, os encontros sinistros com Hades e a revelação que ecoava como um sussurro sombrio na sala — ele não era simplesmente Jack Fields, e sim Jack Aidan.

A atmosfera na sala se transformou, impregnada de uma tensão sobrenatural. Jack delineou os eventos que levaram à descoberta de sua linhagem élfica, uma raça antiga e esquecida. Ele explicou como seus pais o mantiveram oculto para proteger um legado ancestral, um conhecimento e poder que, nas mãos erradas, poderiam desencadear uma escuridão indomável.

Jack compartilha quase todos os detalhes com seus companheiros, omitindo apenas as partes que envolvem Fumetsu e seus treinos noturnos com Merlin.

Ster, Kenai e os demais ouviam em silêncio, absorvendo a revelação como quem desvenda um enigma ancestral. O último elfo de Magith agora compartilhava seu fardo com aqueles que considerava amigos, preparando-se para enfrentar as sombras que pairavam sobre eles.

A sala do dormitório estava imersa em uma atmosfera carregada de tensão, como se o destino tivesse traçado linhas obscuras sobre aquele pequeno espaço. Jack, encarando o selo de portal em sua mão, sentia a necessidade de seguir adiante com sua busca pela verdade. Seus amigos, Kenai e Ster, absorviam as revelações com uma mistura de perplexidade e preocupação.

Ster, manifestando suas apreensões, insistiu que Jack não criasse o portal impulsivamente, alertando sobre os perigos de confiar nas palavras de alguém tão nefasto quanto Hades. Jack, em resposta, baixou a cabeça em reflexão, revelando uma nova camada de sua busca por respostas.

— Ultimamente, tenho tido um sonho recorrente, como uma profecia. — Compartilhou Jack. Seu olhar perdido no horizonte dos próprios pensamentos. Ele pintou a imagem sombria de seus sonhos, onde a escuridão devorava até mesmo a figura confiável de Merlin, transformando a segurança em uma gaiola com apenas um leão vigilante. As ruínas de Magith surgiam, revelando um Merlin distorcido, encarando Jack com olhos vermelhos e um sorriso inquietante.

— Não sei se Hades fala a verdade, mas se há uma chance de deter esses sonhos, quero tentar. — Afirmou Jack com determinação, seus olhos refletindo a resolução de um elfo pronto para enfrentar o desconhecido.

A sala mergulhou em um silêncio profundo, cada palavra de Jack ressoando como um eco do destino iminente que os aguardava. O mistério, agora compartilhado entre amigos, tornava-se a trama que os uniria contra as sombras que espreitam em Magith.

Kenai, que até então permanecia em relativo silêncio, quebrou a quietude ao sugerir a comunicação com Merlin sobre a possível traição em Magith. No entanto, Jack, mantendo uma resolução que ecoava em seus olhos, expressou desconfiança até mesmo em relação ao próprio mestre.

— Eu não acho que seja, mas Merlin pode ser o traidor, qualquer um pode, até mesmo um de vocês. — Respondeu Jack, espalhando a desconfiança no ar. Ster, buscando compreender a lógica por trás de revelar tal segredo, perguntou por que Jack havia decidido compartilhar a informação com eles.

— Eu não sei dizer ao certo, mas por algum motivo me sinto conectado com vocês, eu confio em vocês. — Confessou Jack, revelando uma teia de vínculos que transcendia os segredos sombrios. — Merlin é uma figura recorrente dos meus sonhos, por isso tenho minhas ressalvas.

Jack compartilhou as sombrias profecias de Hades, enfatizando que fora o próprio mascarado a visitá-lo nos recessos de seus sonhos. O alerta urgente do mascarado girava em torno da necessidade de impedir o traidor de ressuscitar um demônio há muito adormecido. O porquê de Hades decidir intervir permanecia envolto em nebulosidade, lançando sombras sobre as verdadeiras motivações do mascarado.

Kenai, cético sobre as razões de Hades oferecer ajuda, questionou a natureza do suposto auxílio, enquanto Ster, com um toque de especulação, sugeriu que os interesses de Hades poderiam estar intrinsecamente ligados com o desejo de eliminar um obstáculo representado pelo traidor.

Diante das revelações sombrias, Jack, em meio a suspiros, anunciou sua decisão de abrir o portal na noite seguinte, determinado a buscar a bola de cristal que, segundo Hades, revelaria a identidade do traidor. Um silêncio tenso pairou na sala, rompido quando Kenai, com um gesto carregado de determinação, colocou sua mão no ombro de Jack, expressando apoio. Ster, quebrando o silêncio com uma voz firme, afirmou sua decisão de acompanhar Jack nessa jornada, unindo-se ao gesto ao colocar sua mão de maneira reconfortante sobre o ombro do amigo.

Assim, sem palavras explícitas, o grupo selou um pacto silencioso. Nos toques simples e significativos, fortaleceram seus laços, transcendendo de meros companheiros para uma família, pronta para enfrentar as sombras que pairavam sobre Magith.

Na negrura da noite seguinte, depois de um dia tumultuado nas entranhas mágicas de Magith, o trio se preparava para adentrar uma jornada obscura em busca do olho que tudo vê. Jack ajustava sua aljava nas costas, enquanto o frio aço de seu arco descansava no coldre, como se ansiando por libertar sombras em cada flecha. Ster, encontrava-se sentada na beira de sua cama, imersa nas páginas de um livro antigo e empoeirado. O conhecimento que ela absorvia não era apenas teórico, ela estudava sobre os portais e os riscos de utilizá-los.

Kenai, o terceiro companheiro, entregava-se a um sono inquieto em sua cama, enquanto o ambiente se saturou com uma tensão palpável. Ives, por sua vez, estava agitado, ele saltitava freneticamente de um lado para o outro sobre a cama de seu dono, como se fosse possuído por uma energia incontrolável. Cada pulo era uma explosão de movimento, uma dança errática que ecoava na quietude do quarto. Suas patas tocavam a cama com uma leveza febril, como se estivesse prestes a romper os limites do real e adentrar um reino de excitação pura. Os olhos brilhavam com um fogo travesso, enquanto ele brincava no território da euforia, enchendo o ambiente com uma energia contagiante. O quarto transformava-se em um palco improvisado para sua exuberância, e a cama, um terreno de saltos e giros, onde a alegria desenfreada reinava.

Ao despertar de seu sono inquieto, Kenai juntou-se aos seus companheiros, formando agora um trio decidido a desvendar os segredos ocultos de Magith. Com preparativos mínimos, estavam prontos para se lançar na impenetrável escuridão que aguardava além dos corredores familiares da escola de magia. Uma aura de determinação pairava sobre eles, misturada com a tensão palpável da expectativa. Os olhares se encontraram em silenciosa concordância, como se cada integrante soubesse que essa jornada os levaria a lugares onde a magia e o mistério dançavam numa sinfonia assombrosa.

Ives, o pequeno dragão, ansioso para acompanhar Jack, tenta se agarrar nas roupas do jovem elfo. No entanto, Ster age com rapidez, segurando-o quando ele se prepara para pular. A fada tenta explicar ao dragãozinho que seria perigoso segui-los, mas Ives, enfurecido, solta um pequeno e falho rugido em resposta.

Percebendo que o dragãozinho não seria facilmente dissuadido, Ster toma uma decisão. Com dedos delicados, ela toca a cabeça de Ives, lançando uma magia dourada que gradualmente acalma a agitação da criatura. O pequeno dragão vai perdendo a energia, apagando-se sob o toque mágico de Ster. Com cuidado, ela coloca Ives de volta na gaveta improvisada onde ele costuma dormir.

Agora livre de interrupções, Ster volta para junto de seus companheiros. No epicentro sombrio de seus companheiros, Jack revela a palma de sua mão, ostentando o selo sinistro de Hades, e profere a palavra 'Portalo'. Um rugido ancestral ressoa no vazio, e diante do trio, um portal colossal se materializa. Matizes púrpuras e sombras insondáveis dançam em sua abertura, criando um espetáculo tão hipnótico quanto a promessa de mistérios inexplorados.

O silêncio cai como uma manta, ecoando como um sussurro fantasmagórico. Todos hesitam, cientes de que não há retorno; a jornada precisa ser consumada. Ster, com os olhos cerrados, avança ousadamente em direção ao portal, liderando o caminho. Seus passos ecoam como um eco desafiador no vasto vazio, e Kenai, corajoso, segue seus passos. Por fim, Jack, marcado pelo selo sombrio, cruza o limiar antes que o portal se feche, como se engolisse a luz que ousava tocar.

O trio emerge em um recinto que evoca um templo de ouro fulgurante. As paredes, o chão e o teto irradiam uma luminosidade intensa, mas distorcida, refletindo imagens perturbadoras dos semblantes de Jack e seus companheiros. Uma beleza enganadora permeia o cenário, onde cada brilho dourado sussurra promessas e ameaças inaudíveis.

Contudo, a grandiosidade do templo não oferece indícios práticos. O trio, agora envolto por uma luminosidade que ofusca a razão, depara-se com três passagens, cada uma apontando para um ponto cardeal: uma ao norte, outra à oeste e a última a leste. A incerteza é palpável, enquanto os três se veem forçados a decidir entre o desconhecido que se estende diante deles.

A separação inevitável paira no ar, e com relutância, o trio decide se dividir na busca pela esquiva bola de cristal, cuja presença permanece escondida nas sombras da profundeza. Jack, o elfo, guiado pela influência sombria, opta pelo caminho ao norte. Kenai, o caapora instintivo, se lança na direção oeste, e Ster, a fada com conhecimentos mágicos, se embrenha nas sombras do leste. A incerteza flutua no ar, enquanto cada um se aventura pelas entranhas do desconhecido, onde sombras e luz se entrelaçam numa dança que pode revelar ou obscurecer a verdade.

Os corredores do templo de ouro fulgurante pareciam pulsar com uma vida própria, enquanto Jack, Kenai e Ster seguiram seus destinos separados. A luminosidade dourada, antes sedutora, agora lançava sombras que pareciam dançar em um balé sinistro nos cantos do templo. Cada passo ecoava como um murmúrio, e o trio sentia o peso da escolha em suas decisões.

Jack, marcado pelo selo sombrio de Hades, trilhava o caminho ao norte, guiado por uma força oculta que o atraía para as profundezas do templo. Sua visão, por vezes, era distorcida pelas ilusões que o templo projetava, testando sua resistência às sombras que tentavam tomar sua mente.

Kenai, por sua vez, avançava para o oeste, confiando em seus instintos aguçados. Cada corredor era uma jornada em direção ao desconhecido, com sombras que pareciam sussurrar segredos insondáveis. Seu coração batia em uníssono com os ecos do templo, um indicativo de que algo antigo e adormecido estava despertando.

Ster, escolheu o caminho a leste, seus passos delicados ecoando na luminosidade intensa. Ela deslizava entre as sombras e os feixes de luz, como se compreendesse a dança mágica que se desdobrava ao seu redor. Sua magia se entrelaça com as energias do templo, e ela buscava compreender as verdades escondidas nas entrelinhas daquele lugar enigmático.

Enquanto cada membro do trio avançava, o templo parecia reagir às suas presenças, desafiando-os com visões e murmúrios que testavam a força de suas determinações. Nas entranhas do templo, o equilíbrio entre luz e sombra se desfazia, dando lugar a uma narrativa tão antiga quanto o próprio tempo. E assim, o trio prosseguia, cientes de que suas escolhas moldam não apenas o desfecho da busca pela bola de cristal, mas também o destino intrincado do misterioso traidor de Magith.

O caminho de Jack o conduz a um espaço vasto e exuberante, repleto de tesouros que cintilam com a promessa de riquezas inimagináveis. Montanhas de ouro se erguem como testemunhas silenciosas de eras passadas, e artefatos misteriosos se aninham entre pilhas de moedas centenárias. A aura do local é tão opulenta quanto perigosa, e Jack avança com olhos ávidos, observando as riquezas que se estendem diante dele.

No entanto, para a surpresa do elfo, em meio a essa cacofonia de riquezas, surge uma visão que faz seu coração acelerar. Sobre uma montanha de moedas, repousa um colossal ciclope adormecido. Sua figura é imponente, os músculos poderosos visíveis mesmo sob a camada de pele grosseira. Uma única pálpebra pesada cobre seu olho, denunciando um sono profundo e perigoso.

Jack, agora diante dessa criatura titânica, percebe a dualidade do momento. A riqueza deslumbrante ao seu redor é contrastada pela presença ameaçadora do ciclope, cuja respiração lenta e profunda ressoa como um trovão distante. Cauteloso, Jack se move em meio às moedas, cada passo sendo um teste de sua destreza e silêncio.

A tensão paira no ar, enquanto o arqueiro se esgueira entre as montanhas de ouro, mantendo os sentidos aguçados diante da imprevisibilidade do ciclope adormecido.

À medida que Jack se movia com a precisão de uma sombra, cada suspiro do ciclope parecia reverberar como um tambor, ecoando pelo recinto repleto de tesouros. O arqueiro, apesar de sua habilidade furtiva, não conseguia evitar o som sutil das moedas que se moviam sob seus pés. Cada momento se tornava um instante de tensão crescente, enquanto ele se aproximava da colossal criatura adormecida.

No entanto, a sorte pareceu abandoná-lo quando, inadvertidamente, uma moeda deslizou de sua posição, causando um sutil tinido metálico no ar. O ciclope, despertado de seu sono profundo, ergueu sua única pálpebra, revelando um olho que parecia conter a força de um furacão. Um grunhido rouco escapou de seus lábios, ecoando pelo salão do tesouro como um trovão distante.

Jack, agora fixado pelo olhar do ciclope, sentiu a iminência do perigo. O gigante, com uma lentidão que ressoava com uma ameaça iminente, começou a se erguer de sua cama de riquezas. Cada movimento era um testemunho de sua imponência, e o arqueiro percebeu que a batalha estava prestes a começar.

O colossal ciclope parecia ter mais de trinta metros de altura, cada passo que ele dava sobre as pilhas de tesouros ressoava como um estrondoso terremoto, fazendo com que as moedas se agitarem como ondas em resposta à sua presença maciça. O salão do tesouro, outrora repleto de um silêncio reverente, agora vibrava com a energia avassaladora do gigante que se erguia.

Os olhos do ciclope, antes sonolentos, agora emanavam uma intensidade formidável. Seu único olhar, carregado de uma mistura de curiosidade e raiva, fixava em Jack, o intruso que ousou perturbar sua sestra. Jack, diante dessa força monumental, sentiu o peso da responsabilidade de enfrentar uma criatura cuja escala desafiava a compreensão.

Enquanto Jack encarava o colossal ciclope na sala do tesouro, Ster e Kenai, que exploravam caminhos separados, eram impactados pelos efeitos dos passos estrondosos da criatura gigantesca. Cada passada reverbera através das estruturas do templo, como ondas de choque em um lago tranquilo, enviando vibrações até mesmo para os recantos mais afastados.

Ster, envolta na luminosidade intensa do corredor leste, sentiu o chão vibrar sob seus pés delicados. A magia que ela manipulava parecia pulsar em sincronia com os passos do ciclope, como se a própria essência do templo respondesse à presença da criatura.

Enquanto isso, Kenai, que seguia o caminho oeste, também experimentava a perturbação causada pelos passos titânicos do ciclope. Seu instinto selvagem detectava a aproximação da criatura mesmo antes de sua visão capturar a visão imponente do gigante.

A presença do ciclope, embora distante, tornou-se uma realidade inescapável para Ster e Kenai. O templo, antes estático e imperturbável, agora pulsava com uma energia que transcende as barreiras físicas, conectando cada recanto a esse colosso desperto.

O templo, que antes era um santuário de riquezas intocadas, transformou-se em um campo de batalha improvável. Enquanto o ciclope avançava com passadas colossais, Jack se viu diante de uma escolha crucial: enfrentar a fúria desencadeada do gigante ou encontrar uma rota de fuga hábil através das montanhas de ouro que se estendiam ao seu redor.

Jack corria na tentativa desesperada de escapar do ciclope. Contudo, a criatura, em sua astúcia sinistra, saltava repetidas vezes, aproveitando o impacto para derrubar o jovem elfo ao solo. Flechas espalharam-se como testemunhas mudas de sua derrota iminente. Mesmo sem suas flechas, Jack sacava o seu arco, segurando-o firmemente. O ciclope então agarra Jack, que ainda estava no chão; suas garras apertavam-lhe a perna, e uma agonia lancinante se espalhava por seu corpo.

"Você é insignificante", rugia o ciclope, suas palavras reverberando como um eco distorcido que penetrou nos ouvidos de Jack, causando-lhe tormento. Enquanto o gigante se aproximava, segurando Jack como um mero brinquedo, a escuridão tomava conta do elfo.

A expressão cruel do ciclope iluminava-se com um deleite mórbido. "Um aperitivo, eu diria", murmurava, preparando-se para saborear seu prêmio. Com a boca faminta, a criatura erguia Jack em direção ao abismo voraz.

Sem perspectivas e em um último ato de desespero, Jack desejava que o arco que segurava se tornasse uma espada. De maneira mística, o arco de Jack resplandeceu em uma sinistra luz verde, metamorfoseando-se em uma espada prateada, adornada com detalhes que pareciam pulsar com uma vida própria. Uma revelação bizarra e assustadora, uma manifestação desconhecida da herança paterna.

O ciclo do pesadelo continuava quando Jack, suspenso pelos dedos do ciclope, balançava-se precariamente. Em um ato de desespero e coragem, a espada encontrava o dedo do gigante, causando-lhe uma dor intensa. O ciclope soltava seu prisioneiro, antes de Jack tocar o chão, inconscientemente ativou o modo élfico, uma proteção de segurança contra a colisão inevitável.

O dedo decepado caía, fazendo o chão tremer ao impacto. A criatura chorava e praguejava em um tom dissonante. A dor emanava de sua forma grotesca, e Jack, conseguiu pousar em pé, quase sem ferimentos, encarava o pesadelo mortal à sua frente.

O ciclope, enlouquecido pela dor, lançava sua mão pesada em um gesto de retaliação. Jack, impulsionado pelo modo élfico, escapava por um triz. A lâmina com detalhes em verde da espada, agora tingida com o sangue do gigante, dançava no ar.

O pesadelo continuava a se desenrolar quando Jack, aproveitando-se da vulnerabilidade momentânea do ciclope, avançava com precisão aterrorizante, decepando o pulso do monstro. Um gemido grotesco ecoava, a chuva de sangue inundava o local, enquanto as moedas, agora tingidas de vermelho, testemunharam o desdobrar do horror.

Jack, sujo com o sangue do ciclope, permanecia como uma testemunha na cena grotesca, onde a atmosfera insuportavelmente bizarra ecoava no ar impregnado pelo odor metálico do sangue.

A situação no salão do tesouro do templo era caótica e surreal. Jack, empunhando a espada mística que seu arco se tornara, mantinha-se firme no meio da carnificina que ele próprio desencadeou. O ciclope, caído e mutilado, agonizava em sua própria desgraça.

O sangue do gigante pintava as moedas que antes brilhavam com promessas de riqueza, transformando o cenário em uma paisagem distorcida e macabra. A luz verde pulsante da espada de Jack iluminava a cena de horror, realçando os detalhes grotescos do sacrifício que ele fizera para escapar da voracidade do ciclope.

O gigante, sua mão decepada e o pulso cortado, mergulhava em um frenesi de dor e desespero. A chuva incessante de sangue criava uma atmosfera sufocante, enquanto o lamento do ciclope reverbera pelos corredores do templo. As garras da criatura, agora inúteis, tentavam agarrar o que restava de sua dignidade, mas o destino cruel já estava selado.

Jack, com olhos que testemunharam o inexplicável, enfrentava o desdobramento de sua própria coragem e desespero. A espada prateada em suas mãos, tingida pelo sangue vermelho, era agora a testemunha silenciosa de uma batalha que transcende a mera busca por uma bola de cristal. O templo, impregnado com a essência do grotesco, aguardava o próximo capítulo dessa narrativa sombria e imprevisível. Enquanto o ciclope se contorcia em seu tormento, o eco de seus gemidos ecoavam nas paredes do templo, marcando a passagem de um evento que deixaria cicatrizes na trama da jornada de Jack.

Ster, agora também chegando ao fim do caminho, depara-se com um espaço vasto em ouro, cujo resplendor encobria seus sentidos. No centro desse colossal espaço, uma estátua de uma esfinge dominava o ambiente. Assim que Ster entra, a entrada que utiliza se fecha abruptamente, e a estátua ganha vida, fixando seus olhos na fada.

Sua pulsação acelerou, mas Ster, mesmo assustado, procurava manter a calma diante da imponente esfinge, com seu corpo de leão e cabeça humana. A criatura, com uma voz indescritível, inicia uma conversa com a fada.

"O que te traz aqui, jovem fada?" ressoa a voz da esfinge.

Ster, ainda sob a influência do estranho lugar, questiona a esfinge sobre sua habilidade de identificar sua natureza. A resposta da esfinge, envolta em mistério, revela que sabe de tudo, incluindo o motivo da presença de Ster.

Eu sei de tudo, sei também o motivo de estar aqui; apenas quis perguntar a você", responde o colossal leão-humano. "O olho que tudo vê está no templo, mas não aqui nesta sala, ele está escondido, oculto."

— Se ele não está aqui, abre a passagem e me deixa voltar! — Exclama Ster, ansiosa para escapar daquele lugar.

"Infelizmente, não vou poder fazer isso. Agora que entrou em meus aposentos, só vou deixá-la sair se responder três charadas", adverte a esfinge.

— E se eu errar essas charadas? — Indaga a garota, com uma pontada de preocupação.

A esfinge, revelando sua natureza sinistra, acrescenta com uma voz soturna: "Então, infelizmente para você, se tornará uma de minhas muitas refeições." As palavras ressoam na sala dourada como um eco ameaçador, e um fedor pútrido permeia o ar quando a esfinge abre sua boca colossal.

A cavidade escura é um abismo sombrio, preenchido com a visão grotesca de restos humanos e animais em diferentes estágios de decomposição. O cheiro, uma mistura nauseante de carne putrefata, envolve Ster, fazendo-a lutar contra a ânsia que ameaça dominá-la. Os olhos vazios da esfinge fixam-se na reação de Ster, como se encontrassem prazer nas emoções que infligiam.

A ameaça iminente transforma a sala antes resplandecente em um palco de horrores, e Ster, mesmo diante do terror, mantém uma fachada de coragem. A esfinge, com sua boca macabra, permanece à espreita, esperando as respostas de Ster como uma entidade faminta ansiosa para se alimentar da incerteza e do medo.

Ster, encarando a ameaça iminente, respira fundo e aceita o desafio proposto pela esfinge. A criatura, com sua expressão enigmática, formula a primeira charada:

"O que é uma ponte entre o passado e o futuro, mas nunca está no presente?"

Ster, ponderando por um breve momento, responde com uma certa confiança:

— É uma lembrança.

A esfinge, surpreendentemente, solta um rugido suave e concorda. "Você acertou a primeira, fada. Mas ainda há mais duas a responder."

A segunda charada emerge da boca da esfinge:

"Quanto mais você tira, maior ela fica. O que é?"

Ster, mantendo a concentração, responde:

— É um buraco.

A esfinge, mais uma vez, aprova a resposta da fada. "Impressionante, jovem Ster. Agora, a última charada."

A tensão no ar era palpável quando a esfinge formulava a terceira charada:

"O que é algo que todos temos, mas que sempre está faminto?"

Ster, pensando cuidadosamente, sussurra para si mesma antes de responder:

— É o tempo.

A esfinge solta um rugido triunfante, revelando sua satisfação. "Você acertou todas as charadas, fada. Como prometido, eu abrirei o caminho para você."

Com um movimento majestoso, a esfinge desloca-se, revelando uma passagem oculta. Ster agradece à criatura e parte apressadamente, sentindo o peso de seus passos ressoando no chão de ouro. Enquanto ela se afasta, a esfinge murmura algo enigmático: "Boa sorte, jovem fada. Sua grande paixão será sua ruína."

Ster avança pela passagem, deixando para trás o estranho templo de ouro, enquanto a esfinge, novamente uma estátua, observa silenciosamente. O próximo desafio aguardava Ster no caminho à frente, e ela estava determinada a enfrentá-lo com coragem e astúcia.

Ster, frustrada e exausta, acreditava que estava avançando para uma nova sala, mas para sua decepção, encontrou-se de volta ao ponto inicial, o mesmo lugar onde o portal se abriu. Sentindo-se derrotada pelo jogo traumático que enfrentará, Ster se senta no chão, determinada a aguardar seus companheiros, mantendo a esperança de que teriam mais sorte.

Enquanto isso, Kenai chega ao final de seu caminho. Diferentemente das experiências anteriores, ele se encontra em um vasto espaço revestido de pedras e ossos, com um pequeno baú ao fundo. Ao entrar, Kenai se dirige rapidamente ao tesouro, antecipando o que poderia encontrar.

Como esperado, Kenai não escapa dos desafios do templo mágico. Ao caminhar um pouco, um terremoto sacode o chão, e em questão de segundos, esqueletos e cadáveres decompostos emergem do solo, enchendo o lugar e cercando Kenai em um pequeno espaço.

Os mortos-vivos se preparam para atacar, ansiosos para arrancar a pele do jovem caaporã e saborear seus órgãos e cérebro. No entanto, algo inesperado ocorre. Kenai fecha os olhos por um breve momento, e quando os abre novamente, os monstros param, paralisados pelo olhar amarelo penetrante do caapora. Tremendo de medo, os esqueletos e corpos desviam do caminho de Kenai e, em seguida, se curvam diante dele. Com uma expressão fria e séria, Kenai avança lentamente em direção ao baú.

Chegando até ele, Kenai não o abre imediatamente. Em vez disso, pega-o e vira as costas, deixando o local. Ao sair, fecha os olhos mais uma vez, e de repente, todos os esqueletos e corpos explodem, transformando o local em um cenário de ossos e sangue.

Jack, sujo de sangue e visivelmente abalado, retorna ao ponto de encontro inicial. Ster, aguardando-o, observa-o com uma expressão preocupada e curiosa.

— O que aconteceu? — pergunta Ster, ansiosa por respostas.

Jack, evasivo, responde que não está pronto para falar sobre aquilo. Em seguida, vira a conversa para Ster, indagando sobre o que ela encontrou em seu caminho. Ainda perturbada pela visão da esfinge, Ster compartilha sua experiência, admitindo que provavelmente terá pesadelos futuros. Jack, sombrio, concorda, reconhecendo a possível assombração de suas próprias experiências.

Quando Jack pergunta se Ster encontrou a esfera, ela nega, e Jack confirma que também não teve sinal dela. Os dois aguardam a chegada de Kenai, que logo aparece segurando o baú sob o braço. Interessados, questionam se o olho está dentro dele, mas Kenai responde que ainda não abriu, decidindo fazê-lo na presença do grupo.

Nesse momento, o ambiente ao redor deles começa a tremer, e pedaços do templo começam a cair. Sem hesitar, Jack estende a mão e invoca a magia para abrir um portal. Com a passagem aberta, o trio começa a atravessar um por um. Ster é a primeira, seguida por Kenai, e por último, Jack. Assim que ele atravessa, o portal se fecha atrás deles. Desta vez, o selo na mão de Jack desaparece por completo, indicando que a passagem do portal havia se encerrado.

O grupo celebra o sucesso de sua empreitada, preparando-se ansiosamente para abrir o baú que guardava o olho mágico. Entretanto, a alegria é abruptamente interrompida quando Luci, como uma aparição fantasmagórica, se materializa diante deles, segurando Ives pela cauda. O pequeno dragão, impotente, tenta lançar bolas de fogo, mas apenas emite fumaça.

A tensão se instala, e Jack, ao ver seu amigo nas garras espectrais de Luci, grita para que ela o liberte. Luci, com um olhar frio e um sorriso sinistro, aponta as transgressões do grupo: quebraram regras ao abrir o portal sem permissão e ao manter um mascote clandestino no dormitório. Kenai, desconfiado, questiona como Luci sabia sobre o portal, e ela alega ser sensitiva, capaz de detectar fontes poderosas de magia.

Ster, em um misto de desconfiança e acusação, sugere que Luci é a traidora tentando ressuscitar um demônio. Merlin surge atrás de Luci, indagando sobre as acusações. Jack, ciente da necessidade de revelar a verdade ao mestre, menciona a existência de um traidor em Magith e a presença de um artefato no baú de Kenai que revelaria o responsável.

Kenai abre o baú, mas para surpresa de todos, está vazio. Luci ri maliciosamente, zombando do grupo, e anuncia que todos serão punidos. Ela revela que uma excursão por Mystrall será realizada pelos demais estudantes e professores, enquanto o trio ficará em Magith limpando. Contudo, a supervisão será mantida por Professor Equinoir.

A indignação do grupo é sufocada pela ameaça de Luci. Ela adverte que qualquer desobediência resultará em expulsão. Jack, furioso, questiona o destino de Ives. Luci, em resposta, o chama de rato e assegura que o dragão será enviado a um zoológico.

A punição é aceita sem questionamentos, mas Jack, movido pela raiva e preocupação, ativa involuntariamente seu modo élfico. Ele avança em direção a Luci, determinado a resgatar Ives. No entanto, Merlin, em silêncio até então, materializa-se como uma sombra na trajetória do jovem elfo. Ele o para, fitando-o com desaprovação e desapontamento. O olhar de Merlin atinge Jack profundamente.

Luci, apesar de sua aparente confiança, demonstra medo da energia que emana do garoto. Merlin coloca sua mão na cabeça de Jack, que, instantaneamente, desativa o modo élfico e desmaia. O ambiente, iluminado pelo brilho esverdeado dos olhos de Jack, agora, mergulha em uma escuridão e um silêncio pesado, enquanto a sinistra atmosfera do castigo se instaura.

Sétimo capítulo: O mal encarnado

O dia seguinte se desenrola com o trio de amigos, Jack, Kenai e Ster, cumprindo a punição de limpar o castelo de Magith enquanto todos aproveitam a excursão. O castelo, que costumava se auto limpar, agora exibia sujeira e teias de aranha, resultado de um feitiço ardiloso de Luci.

O tortuoso dia se torna noite e eles continuam sua limpeza inacabável. Esfregam, varrem e limpam, Jack expressa suas desculpas aos companheiros, atribuindo a punição ao engano de Hades. Kenai, com otimismo, reforça a união do grupo, enfatizando que são uma equipe. Ster, com um riso sincero, confirma seu apreço pelos amigos, revelando que agora não está mais fingindo. Apesar da punição, o trio encontra alegria e diversão na companhia um do outro, enfrentando juntos as adversidades impostas.

O céu estrelado no teto do castelo testemunha a cumplicidade do trio, e por um momento, a alegria parece prevalecer. No entanto, quando Jack, após se levantar do chão, percebe a súbita mudança na atmosfera, seus amigos se transformam em estátuas cinzentas, congelados no tempo.

Jack já esperando a presença de Hades, sussurra, o acusando de mentir sobre a presença do olho mágico no templo. Hades emerge do solo diante de Jack, alegando não ter mentido e afirmando que o artefato foi roubado antes da chegada do trio. O mascarado sombrio ordena que Jack reúna seus amigos e vá até o bosque onde treinavam, revelando que o traidor está tentando invocar Fumetsu.

O coração de Jack acelera, um frio se instala em seu estômago. Hades alerta sobre as consequências catastróficas se Fumetsu for revivido, e Jack, com voz trêmula, questiona as intenções do mascarado sombrio. Hades responde enigmaticamente, sugerindo que sua máscara pode estar perdendo o encanto.

Antes de desaparecer, Hades revela uma revelação impactante: "Garoto, seu pai não está morto." A revelação ecoa na mente de Jack enquanto o ambiente volta ao normal, os amigos retomam seus movimentos e o tempo recomeça a fluir.

Jack, com os olhos marejados, desfere um soco na parede, deixando Ster confusa e preocupada. O terror se instala, e as sombras da verdade começam a emergir, obscurecendo ainda mais o destino do trio diante do iminente despertar de Fumetsu.

Jack, com voz ansiosa e permeada pelo medo, revela aos seus amigos que ocultou informações cruciais. Intrigados, Kenai e Ster param seus afazeres, levantando-se diante de Jack, aguardando a perturbadora revelação que estava por vir. Com uma expressão carregada de angústia, Jack narra a verdade sobre Fumetsu, compartilhando o encontro recente com Hades e a sombria previsão do mascarado.

O trio se vê imerso em pavor ao compreender a magnitude do perigo que se aproxima com o possível retorno de Fumetsu. Kenai, antes tranquilo, agora reflete um rosto perturbado, evidenciando o temor que a mera menção do nome carrega. A ameaça iminente de Fumetsu torna-se palpável, envolvendo todos em uma atmosfera de terror.

Sem aguardar a absorção completa da informação, Jack corre desesperado em direção ao bosque fora de Magith. Sua corrida frenética, impulsionada pelo modo élfico, testemunha sua ansiedade e determinação em alcançar o local predestinado.

Depois de uma longa corrida, Jack com o seu modo élfico despertado, finalmente chega ao destino, deparando-se com uma vista diabólica. O coração de Jack acelerou ao se deparar com a cena aterradora diante de seus olhos. Seu professor, Equinoir, estava no centro de um pentagrama desenhado com um líquido que lembrava sangue, portando o colar de Eliza em seu pescoço, enquanto seus pulsos cortados indicavam um ritual sinistro em andamento.

O pentagrama, marcado no chão com o líquido profano, indicava que algo sombrio estava em curso. Equinoir, apesar de não olhar para Jack, parecia ciente da sua presença, mas seu olhar permanecia fixo, embranquecido, como se aprisionado por forças além de sua compreensão. O garoto, impulsionado pela coragem, avançou para desfazer o pentagrama, acreditando que poderia interromper o ritual sombrio.

Contudo, sua ação desencadeou uma reação inesperada. Chamas negras surgiram do pentagrama, formando um círculo ao seu redor. Ao contrário do calor reconfortante, essas chamas emitem um frio abrasador, transformando o ambiente ao seu redor em um reino gélido. O fogo parecia congelar, criando uma paisagem surreal de gelo e trevas.

O professor Equinoir, permanecia impassível no centro do pentagrama, como se estivesse cativo de forças além de seu controle. Jack, agora enfrentando não apenas um desafio físico, mas uma manifestação de magia negra, sentia o peso da responsabilidade pesar sobre seus ombros. O destino do mundo agora repousava nas mãos do jovem elfo.

Kenai e Ster dirigiam-se a Jack quando, ao saírem do castelo, depararam-se com os Cavaleiros do Apocalipse, os mesmos mascarados que atacaram Eliza no passado. No entanto, desta vez, Hades não estava entre eles. A dupla assume posições defensivas, mas antes que os mascarados possam agir, Merlin surge diante deles, protegendo-os. O feiticeiro explica que, ao acreditar nas palavras de Jack, fingiu se ausentar de Magith para descobrir o traidor. Suspeitando que o traidor buscava o colar de Eliza, Merlin o deixou exposto em sua mesa, fácil de ser pego.

— Não fiquei espantado ao descobrir que Equinoir era o traidor, nunca confiei nele totalmente.

Merlin afirma que sozinho cuidará dos mascarados e sugere que a dupla siga até Jack. Merlin, com um simples gesto de sua mão, faz os cavaleiros levitarem e os mantém paralisados no ar liberando o caminho.

Com o caminho livre, Kenai e Ster seguem as instruções de Merlin em direção a Jack. No entanto, antes que a dupla pudesse se distanciar, Merlin interveio, detendo-os com uma palavra.

— Há algo que eu preciso devolver a vocês. — Declarou Merlin, enquanto uma aura mágica envolvia sua mão direita. Em segundos, Ives, o pequeno dragão, materializou-se voando diante da fada, soltando um rugido animado. Em um gesto surpreendente, Ives, agora coberto por um brilho mágico, deslizou para o bolso do blazer de Ster.

A expressão intrigada de Ster transformou-se em um sorriso, e a compreensão brilhou em seus olhos. O dragão, agora seguro em seu esconderijo, emitiu um som satisfeito. Com o presente inesperado entregue por Merlin, a dupla retomou sua jornada

Depois do trio se afastar em segurança, Merlin coloca os mascarados de volta no chão. Com um olhar que transmitia superioridade, ele estendeu a mão, convidando-os a atacar.

Loki, gargalhando insanamente, investiu com uma faca em mãos, mas Merlin, exibindo uma agilidade impressionante, esquivou-se do ataque e respondeu com um chute preciso no estômago, lançando Loki de volta para o grupo.

— Se não usarem todo o poder de vocês, logo serão mortos. — Adverte Merlin com um semblante frio em seu rosto.

A batalha prosseguia intensa, com Loki se erguendo do chão e gargalhando insanamente, como se cada momento da luta fosse uma fonte de deleite macabro.

Uma tensão silenciosa preenchia o ambiente enquanto os cavaleiros do apocalipse encaravam Merlin. No entanto, apesar da oportunidade para o combate, nenhum dos mascarados se atrevia a atacar novamente, até mesmo Loki estava em silêncio. A aura emanada por Merlin era avassaladora, parecendo subjugar os cavaleiros com uma presença imponente.

O silêncio era quebrado apenas pelos murmúrios do vento e pela respiração ofegante dos mascarados, cujas posturas denotavam uma hesitação perceptível. A figura do mago parecia transcender a mera habilidade mágica; era como se ele personificava uma força maior que impedia qualquer movimento impulsivo por parte dos cavaleiros.

Merlin permanecia inabalável, suas mãos repousando com tranquilidade sobre as costas, enquanto seus olhos lançavam um olhar penetrante sobre cada um dos cavaleiros. O impasse se prolongava, criando uma cena onde a intensidade do confronto não se traduzia em ação imediata, mas sim em uma atmosfera carregada de tensão.

O trio de amigos, Kenai, Ster e o adormecido Ives no bolso da fada, chega ao lado de Jack, que permanece imóvel diante da assustadora cena. Seu modo élfico, normalmente uma fonte de poder, revela-se impotente diante das chamas negras, e Jack, desarmado sem seu arco e aljava, sente-se desesperado.

Kenai e Ster, atônitos, testemunham o horror do ritual enquanto Jack permanece paralisado. Equinoir, com olhos fechados e uma aura maligna envolvendo-o, inicia a pronúncia do sinistro feitiço em uma língua obscura:

"Kom uit die duisternis en verteer hierdie wêreld heeltemal, klim uit, luister na my demone. Ek smeek, wees demonies, siel verloor, duistere gode luister na my magie, maak hulle almal dood, verteer hierdie wêreld in die duisternis."

A linguagem estranha ecoa no bosque, carregada de uma malevolência que ressoa com as sombras da magia negra. A tradução, obscurecida pela sinistralidade da invocação, revela um chamado às trevas para consumir o mundo inteiro.

Nuvens negras encobrem o céu estrelado, transformando a noite em uma escuridão trevosa. No centro do ritual, Equinoir passa por uma mutação terrível, revelando sua verdadeira forma. O que antes parecia ser um centauro nobre desmorona na aberração que ele realmente é.

O rosto humano de Equinoir se distorce e se transforma em uma visão grotesca de uma besta, algo reminiscente de um lobisomem, mas muito mais perturbador. Seu corpo segue a metamorfose, sendo coberto por pêlos marrons que transformam sua figura em uma criatura monstruosa. Dois chifres sinistros emergem de sua testa, garras negras afiadas substituem suas unhas e a pelagem branca de seu corpo de cavalo é tomada pela coloração escura e selvagem. A verdadeira forma de Equinoir agora é revelada: uma besta-fera marrom

A cena é surreal e aterrorizante, fazendo com que o trio de amigos, impotente diante dessa metamorfose, sinta o verdadeiro horror que agora se desencadeia diante deles. A atmosfera está impregnada com a presença maligna da criatura, e o ritual sombrio atinge seu ápice.

As chamas negras, antes aterrorizantes, cedem seu domínio, e a besta-fera emerge do pentagrama, aproximando-se do trio com passos pesados e sinistros. Em um murmúrio grave, a criatura revela a iminência do retorno de Fumetsu, lançando um véu de terror sobre o coração paralisado de Jack.

Enquanto o jovem elfo permanece diante da besta, uma voz sussurra na mente de Jack. É Hades, instigando-o a quebrar o colar que adorna o pescoço de Equinoir. Ignorando as promessas feitas a Merlin, Jack, com seu modo élfico ativado, estende a mão em direção à fera. Uma expressão determinada domina seu rosto quando ele pronuncia as palavras mágicas: "Verdaj Flamoj!"

Chamas verdes dançam na mão estendida de Jack, voando em direção a Equinoir. O colar é engolfado pelo fogo verde, começando a se desfazer. Aos poucos, o objeto maldito cede às chamas, que consomem tanto o metal quanto a carne. Equinoir, agora envolto em um tormento flamejante, emite gritos desesperados, como se sua alma estivesse sendo dilacerada por cada fio de chama.

A besta insana avança na direção de Jack, capturando-o pelo pescoço com mãos monstruosas. As chamas verdes, apesar de inofensivas para Jack, dançam ao redor deles, criando uma aura fantasmagórica. Equinoir, em meio a seus próprios tormentos, apertam o pescoço de Jack, estrangulando-o com força implacável. Os gritos desgarrados e o silêncio macabro se misturam, formando uma sinfonia funesta que ecoa pelas sombras do bosque.

Um grito lancinante ecoa pelo bosque, um lamento que se assemelha ao próprio desespero contido nas entranhas da noite. Os amigos de Jack, testemunhas impotentes desse cenário grotesco, clamam pelo nome do garoto, mas suas vozes se perdem na cacofonia da tragédia que se desenrola diante deles.

Kenai, ciente de sua impotência, tenta um gesto desesperado para conter a besta que agora parece ser possuída por uma entidade além da compreensão humana. Seus esforços, porém, são vãos, como tentar conter o vendaval com as mãos.

Os gritos da besta, agora mais graves e desconcertantes, reverberam pelo bosque, invadindo o âmago da escuridão que se espalha. Os olhos da criatura, outrora carregados de selvageria, se tornam alvos de um branco penetrante, como se o próprio abismo olhasse de volta para a alma atormentada.

Equinoir, antes a personificação da força e da razão, solta Jack e retrocede, agarrando-se à sua própria cabeça em um gesto de dor inenarrável. No meio do tumulto, a boca de Equinoir resplandece com uma luz branca intensa, uma claridade que parece brotar de um plano desconhecido. Seus olhos, antes tomados pela obscuridade, são agora inundados por esse fulgor cegante.

Essa luz, no entanto, é apenas um prelúdio para o desdobramento macabro que se revela. O brilho se intensifica, projetando sombras grotescas por entre as árvores retorcidas do bosque, e, em meio a gritos e tormentos, a boca de Equinoir se torna o epicentro de uma manifestação sobrenatural. O espectro da luz e sombra dança em sua forma, e uma presença sinistra começa a emergir, como se as barreiras entre o mundo terreno e o além-vida se dissolverem nesse momento de agonia.

Da boca e dos olhos de Equinoir, uma fumaça negra serpenteia para fora, ganhando vida própria no vazio noturno. À medida que essa sinistra névoa se adensa diante de Jack, ela assume uma forma humanoide, um espectro das sombras que parece desenhar sua essência de um abismo profundo e desconhecido. Uma presença maligna, antes confinada aos recantos mais escuros da imaginação, agora ganha tangibilidade neste bosque macabro.

Jack, impotente diante dessa manifestação do mal, sucumbe de joelhos, desativando seu modo élfico. Contudo, a influência nefasta dessa entidade estende-se além do garoto, envolvendo seus amigos e até mesmo o traidor Equinoir, que desfalece entre chamas, sua figura se contorcendo em agonia ardente. O horror que paira no ar é tão denso que parece impossível respirar; cada inalação é uma luta contra uma atmosfera envenenada pela própria essência do pavor.

A presença maligna não apenas se manifesta visualmente, mas também invade os sentidos, tornando cada movimento uma tarefa hercúlea. O ar parece carregado com o peso da escuridão, impedindo qualquer resistência. Todos os presentes, mesmo os que deveriam ter sido os arquitetos de seu próprio destino, são levados ao colapso, vítimas de uma força além da compreensão humana.

No silêncio que se segue, apenas o crepitar das chamas consumindo o corpo de Equinoir é audível, um eco macabro dessa tragédia que se desdobrou na encruzilhada entre o sobrenatural e o mundano.

No firmamento noturno, a fumaça, agora assumindo a forma de um espectro, envolve Jack como uma sombra grotesca e predatória. Num átimo, ela o agarra pelo pescoço, arrastando-o para as nuvens escuras a uma velocidade desconcertante. No ápice dessa ascensão impiedosa, Jack está além da respiração, sufocado pela mão fria e invisível do destino que agora o envolve.

Uma voz, fria e grave, ecoa da entidade sombria que agora possui o jovem, lançando maldições e profecias sombrias sobre seu futuro. As palavras, como serpentes enredadas, sibilam um destino tenebroso, prometendo tirar de Jack tudo o que ele ama e transformá-lo em uma encarnação do próprio mal.:

"Ó infeliz mortal, tens à tua frente um destino sombrio, um fado funesto que te aguarda. Tudo o que amas será cruelmente arrancado de ti, e em teu rastro, hás de trazer consigo uma trama de ódio, morte e dor, que se estenderá como uma sombra pavorosa sobre todos os que ousaram aproximar-se de ti. Tu és a personificação do próprio mal, um ser envolto em trevas, destinado a semear a desgraça entre aqueles que te rodeiam. Teu caminho é uma sinistra maldição, tecida pelos fios nefastos do destino e entrelaçada com as sombras impiedosas que pairam sobre tua alma atormentada."

Sem ar, a consciência de Jack desvanece, mergulhada em uma escuridão opressiva enquanto a fumaça o envolve completamente. Entrando pelo nariz, pela boca e pelos ouvidos, ela penetra cada parte de sua existência, como se marcasse sua alma com a essência do abismo. Após essa sinistra cerimônia, a fumaça se dissipa, deixando para trás um vazio pairando no ar noturno.

Iluminado pela lua, Jack, agora abandonado e vazio, inicia sua descida vertiginosa em direção à terra. Uma queda livre através da escuridão, um prenúncio do destino sombrio que aguarda o garoto que ousou desafiar as fronteiras entre o natural e o sobrenatural.

As trevas envolviam Merlin, como se a própria noite se tornasse uma ameaça palpável. O mago, em sua toga escura, continua sua batalha solitária contra o desconhecido, mas um pressentimento sinistro sussurrava em sua mente, uma melodia dissonante que ecoava nas sombras que o rodeavam.

Os mascarados, como sombras em fuga, desapareciam da presença de Merlin, como se obedecessem a um comando sussurrado pelos ventos noturnos. O mago, perplexo e inquieto, contemplava o vazio que se formava à sua volta, uma quietude que ecoava com um tom de presságio.

Enquanto as nuvens negras se congregavam acima, Merlin sentia um calafrio percorrer sua espinha, um frio que transcendia a temperatura ambiente. Seus passos apressados o levavam em direção ao local do ritual, mas sua mente estava entrelaçada com preocupações sombrias. O ar estava impregnado de uma tensão iminente, como se o próprio cosmos retivesse a respiração, aguardando o desdobramento de eventos macabros.

Os uivos do vento noturno sussurravam segredos obscuros, e a lua, oculta por trás de velhas nuvens tempestuosas, lançava uma luz trêmula sobre o caminho de Merlin. O mago avançava, um espectro solitário enfrentando as entranhas sombrias da noite, enquanto o desconhecido pairava no ar como um espectro inquietante.

Merlin, em um movimento rápido como a sombra de um pesadelo, se aproximou de Ster e Kenai, ambos prostrados no solo como marionetes que perderam suas cordas. O mago, com olhos penetrantes, vasculhou o cenário caótico em busca de pistas, de alguma resposta perdida nas dobras sombrias do destino.

Os resquícios de um ritual profano dançavam no ar, envolvendo o corpo queimado de Equinoir, cujas chamas esverdeadas se extinguiram lentamente, como se a própria natureza recusasse reconhecer tal morte. Merlin, com uma expressão carregada de preocupação, buscava freneticamente por Jack, seu olhar perscrutador percorrendo o céu que se estendia acima.

Kenai, com esforço, rompeu o silêncio pesado que pairava no ambiente. Sua voz, abalada e fraca, sussurrou a terrível verdade que desgarrou a realidade:

"Jack... ele está no céu."

No momento em que as palavras de Kenai se dissolveram no ar, Merlin ergueu os olhos para o céu, como se os próprios astros pudessem lhe fornecer alguma resposta. O corpo de Jack, uma figura frágil e indefesa, traçava uma trajetória descendente, desafiando a gravidade com a inevitabilidade de sua queda.

Uma centelha intensa de determinação e preocupação cintilou nos olhos do mago. Com um gesto que desafiou a lógica da física conhecida, Merlin lançou-se em uma jornada vertical, rompendo o chão em uma explosão de energia. O solo, em uma demonstração de submissão ao poder mágico, se partiu sob o impacto do mago, como se aceitasse o inevitável.

Em um instante que parecia transcender o tempo, Merlin interceptou o corpo em queda livre de Jack, envolvendo-o com um abraço protetor. O mago, com uma destreza que misturava magia e instinto, aterrissou em segurança, desafiando as leis da realidade com sua habilidade mágica.

O silêncio que se seguiu foi quebrado apenas pelo vento sussurrante e pelas respirações entrecortadas dos presentes. Merlin, mantendo Jack nos braços como se segurasse não apenas um aluno, mas uma peça crucial em um tabuleiro cósmico, olhou ao redor com um semblante sombrio. O destino, muitas vezes, era uma força inescrutável, mas o mago estava determinado a enfrentar o desconhecido e desvendar os segredos que o universo tentava ocultar.

Luci e o grupo recém-chegado, composto por outros alunos e professores, acabaram de pisar em Magith. O castelo, imponente e misterioso, os recebia com suas sombras. O ambiente estava calmo, o silêncio se propagava pelo castelo à medida que alunos e professores retornavam aos seus dormitórios. Luci, porém, notou a ausência de Jack e seus amigos, além de Equinoir e Merlin. Uma inquietação pairou sobre ela, e seu olhar perspicaz mirou o bosque próximo, ela sentia a presença de Merlin nele. A sensação de uma presença poderosa emanando do interior da floresta guiou Luci.

Com passos decididos, ela se afastou do caminho seguro e adentrou as sombras do bosque, guiada pela presença de Merlin entre as árvores antigas.

Merlin depositou com cuidado Jack no solo, e com uma calma inabalável, dirigiu-se até Kenai e Ster. Com uma simples pressão em suas testas, como se traçasse um selo mágico, Merlin os enviou instantaneamente para o posto médico de Magith. O cenário oscilou por um instante, e a dupla desapareceu do local.

Entretanto, Jack permaneceu, e Merlin, ciente dos perigos que pairavam sobre o garoto, decidiu não delegar sua segurança a outros. Com uma expressão séria, o mago aproximou-se de Jack, cuja condição incerta demandava atenção especial. O bosque ao redor silenciou, como se a natureza mesma estivesse atenta à cena que se desenrolava.

O bosque, outrora silencioso, agora ressoava com uma atmosfera densa. Luci, ao chegar no local, depara-se com o cenário sombrio, não pôde conter sua expressão de espanto. O pentagrama distorcido marcava o chão, e os resquícios da besta-fera, um cadáver queimado ainda emitindo algumas chamas verdes, lançavam uma aura de horror ao redor.

Ao questionar Merlin sobre o que havia ocorrido, ela percebeu que algo estava errado. Jack, que repousava diante de Merlin, subitamente se ergueu, para os olhos de Luci, o garoto estava perfeitamente normal. Ela se dirigiu a Jack, inquirindo sobre seu estado.

Entretanto, os olhos de Merlin captavam uma realidade distorcida. Os olhos de Jack, agora sombrios e envolvidos por enigmáticas sombras oleaginosas, revelavam uma presença sinistra. Sua pele pálida e o semblante macabro indicavam que algo além do compreensível estava acontecendo. Jack estava possuído por algo horrendo, mas apenas Merlin percebia essa grotesca transformação. Enquanto Luci buscava respostas, o horror silencioso se desdobrava diante dos olhos do mago, em um espetáculo digno dos pesadelos mais obscuros.

Merlin avança cautelosamente em direção a Jack, estendendo sua mão para tocar o rosto do garoto. No entanto, antes que seu toque pudesse alcançá-lo, Jack, com uma velocidade sobrenatural, agarra o braço de Merlin e o torce com uma força brutal. Luci solta um grito de horror, ordenando que Jack pare, mas o garoto parece indiferente às suas palavras.

Em um movimento repentino, Jack, possuído por uma força demoníaca, desfere um soco poderoso no estômago de Merlin, forçando-o a se ajoelhar. Luci, desesperada, tenta usar seus poderes para paralisar Jack, mas seus esforços mostram-se inúteis diante da intensidade da possessão que tomou conta do garoto. A cena era como um pesadelo que se desenrolava, cada momento mais sinistro do que o anterior.

Jack aproxima seu rosto perturbador na direção dos ouvidos de Merlin, sussurrando uma frase que ecoa de forma aterradora, arrepiando até o próprio mestre. Com uma voz rouca, Jack profere: "Eu vou voltar."

Nesse momento, uma fumaça negra se desloca da boca de Jack e penetra no corpo de Merlin. Apesar de Jack parecer ter retornado ao normal, Merlin permanece ajoelhado, e algo terrível começa a ocorrer. Gritos de dor e lamento escapam dele, ecoando pelo ambiente, e tanto Jack quanto Luci observam horrorizados. Jack, preocupado, pergunta ao mestre se ele está bem.

O nariz de Merlin começa a sangrar, enquanto o mesmo ocorre com seus ouvidos. Seus olhos, antes brancos, agora se enchem de sangue, tornando suas escleras vermelhas. Merlin continua a gritar e a sangrar, até que finalmente desaba no chão, completamente desacordado. O terror na cena atinge seu ápice, deixando Jack e Luci perplexos diante do ocorrido.

Luci, desesperada, clama pelo nome de Merlin, mas ele permanece imóvel no chão. Jack, tentando compreender o que ocorreu, é interrompido pelos gritos acusatórios de Luci. Ela, com olhos enfurecidos, rotula Jack como um demônio, e antes que o garoto possa articular uma resposta, é capturado pela fúria de Luci.

A paranoia nos olhos dela se traduz em uma força sobrenatural que aperta o corpo de Jack, ameaçando quebrar-lhe o pescoço. No entanto, ela opta por congelar Jack em sua agonia, deixando-o petrificado em meio à sua ira.

O céu, outrora encoberto por nuvens negras, finalmente se abre, revelando um firmamento estrelado. Essa mudança celestial é quase poética, contrastando com a tensão e a escuridão que se desenrolam no terreno abaixo. O silêncio que se segue, quebrado apenas pelos sussurros do vento, intensifica a atmosfera de horror, como se o próprio universo aguardasse o desfecho desse macabro espetáculo.

Enquanto isso, em um recanto esquecido, sob a luz pálida da lua, Hades, figura enigmática e imponente, fitava a esfera celestial como se buscasse respostas nos arcanos do universo. O silêncio, porém, era uma fina camada que se rompia ante a chegada abrupta dos outros cavaleiros, emergindo das sombras como espectros sombrios e distorcidos.

— Alcançaram o objetivo, então? — Inquiriu Hades, seus olhos ocultos pela máscara fixos na lua.

— Sim, senhor, com perfeição. — Afirmou Hybris, o cavaleiro da máscara branca, em resposta.

A tensão pairava no ar, e Loki, o provocador de natureza insidiosa, ousou questionar.

— Por que não estava lá? Se tivesse, poderíamos ter silenciado Merlin para sempre. — Espetou Loki, desafiador.

Um riso maligno reverberou de Hades, uma calma sobrenatural pairando sobre suas palavras.

— O plano não era ceifar a vida de Merlin, apenas atrasá-lo.

Loki, insolente e desdenhoso, lançou mais uma provocação.

— Tem medo, senhor Hades, ou será que o grande Arthur preferiu não enfrentar seu antigo mestre? — Debochou, mergulhando na escuridão ousada de suas palavras.

Em um frenesi avassalador, Hades avançou na direção de Loki, sua presença eclipsando a lua, a rocha sob seus pés fragmentando-se com a intensidade do confronto iminente. A fúria se desdobrava, lançando Hybris e Breu para longe, como peças jogadas em um tabuleiro cósmico.

— Nunca mais ouse falar esse nome! — Rugiu Hades, enquanto sua força apertava o pescoço de Loki como uma sentença do além.

Loki, sufocando em agonia, suplicou por misericórdia, um espetáculo grotesco no palco sombrio da noite. Hybris e Breu, espectadores atordoados do tormento, assistiam impotentes ao drama sobrenatural que se desdobrava diante deles.

A cena, imersa na essência do terror e da tragédia, desapareceu nas sombras da noite, deixando um mistério flutuando no ar como uma névoa densa. O destino, enredado nas trevas do desconhecido, sussurrava promessas de horrores que transcendem as páginas da realidade, ecoando nos recantos mais obscuros da mente. O que surgiria além desta noite mágica e aterradora permanecia como uma visão distorcida, aguardando para desvendar seus próprios terrores.

Recado da Esfinge:

Jovem leitor, parabéns por concluir sua leitura! No entanto, não pense que escapará tão facilmente. Eu, a Esfinge, faminta e ardilosa, vou conceder-lhe a liberdade somente se puder decifrar dez charadas desafiadoras. Se tentar fugir ou buscar auxílio, saiba que caçarei você sem piedade. Quando nos encontrarmos, sua existência será incorporada ao meu museu de corpos dilacerados, guardados entre meus dentes afiados.

Agora, sem mais delongas, enfrentemos os enigmas que decidirão seu destino:

Primeira Pergunta: *Qual era a cor da máscara do mascarado que apareceu primeiro para Eliza?*

Segunda Pergunta: *Quem foi responsável por ensinar Jack a arte do arco e flecha?*

Terceira Pergunta: *Qual objeto flutuante revelou a mensagem deixada por Eliza para Jack?*

Quarta Pergunta: *Qual era o nome do urso que Jack encontrou em sua cabana?*

Quinta Pergunta: *Para qual lugar Jack foi transportado ao usar a poção fornecida por Tony?*

Sexta Pergunta: *Qual era o nome da cidade que Jack e Tony visitaram antes de chegar a Magith?*

Sétima Pergunta: *Qual era o código secreto que Tony revelou a Jack para acessar Magith?*

Oitava Pergunta: *Qual era a cor da máscara do líder dos Cavaleiros do Apocalipse?*

Nona Pergunta: *Quem era o cavaleiro conhecido como Breu?*

Décima Pergunta: *Qual criatura foi responsável pelo massacre no reino élfico, segundo a mensagem de Eliza?*

Responda-as com sabedoria, jovem leitor, e talvez escape do seu horrendo destino…

Querido(a) Leitor(a),

Gostaria de expressar minha profunda gratidão por você ter embarcado nesta jornada junto com Jack Aidan. Cada página que você leu, cada mistério desvendado, e cada desafio enfrentado são parte de um universo que criei com muito carinho e dedicação. Saber que você chegou até aqui, ao final desta história, é para mim uma honra indescritível.

Escrever este livro foi uma aventura em si, repleta de desafios e descobertas, e estou imensamente feliz por ter compartilhado essa experiência com você. Espero que os momentos de suspense, as revelações surpreendentes e os personagens tenham deixado uma marca em sua memória, assim como deixaram na minha.

Agradeço por seu tempo, sua atenção, e por permitir que minha história fizesse parte da sua vida, mesmo que por algumas horas. É o apoio de leitores como você que torna a escrita uma jornada tão recompensadora.

Se você gostou da história, ficarei muito feliz em ouvir suas impressões. E se em algum momento você se pegar pensando em Jack, ou no universo que criei, saiba que essa foi a maior recompensa que eu poderia esperar como autor.

Até a próxima aventura!

Com gratidão,

Matheus Vander Campos

www.ingramcontent.com/pod-product-compliance
Lightning Source LLC
LaVergne TN
LVHW041507170726
843492LV00005B/1399